百年普利策小说奖研究

A Study of The Pulitzer Prize for Fiction (1917— 2021)

史鹏路 著

科学出版社
北 京

内 容 简 介

本书以普利策小说奖为原点，以民族身份的想象与书写为横轴，以获奖作品的文化产品生产与消费为纵轴绘制坐标。该坐标所涵盖的广泛空间有利于研究者对该奖项进行文学与市场的双向研究。本书通过作家的身份轨迹及文本特质凸显美国文学文化的时代特征，以此考察该奖项的观念与价值内核，并对获奖作家的文本环境、文本策略，以及文学生产、传播及消费等外部条件进行具体研究，以探索获奖作家在精英文化、中额读者群和大众文化市场的开拓策略，实现对普利策小说奖从高到低不同文化维度上的整体观照。

本书可供美国文学、文化研究等研究方向的学者、师生及爱好者阅读。

图书在版编目（CIP）数据

百年普利策小说奖研究/史鹏路著. —北京：科学出版社，2023.9
国家社科基金后期资助项目
ISBN 978-7-03-076312-9

Ⅰ. ①百…　Ⅱ. ①史…　Ⅲ. ①文学研究-美国　Ⅳ. ①I712.06

中国国家版本馆 CIP 数据核字（2023）第 173716 号

责任编辑：常春娥　乔艳茹 / 责任校对：王晓茜
责任印制：赵　博 / 封面设计：润一文化

科学出版社 出版
北京东黄城根北街 16 号
邮政编码：100717
http://www.sciencep.com
天津市新科印刷有限公司印刷
科学出版社发行　各地新华书店经销
*
2023 年 9 月第　一　版　开本：720×1000　1/16
2024 年 1 月第二次印刷　印张：14
字数：200 000

定价：98.00 元

（如有印装质量问题，我社负责调换）

国家社科基金后期资助项目
出版说明

后期资助项目是国家社科基金设立的一类重要项目，旨在鼓励广大社科研究者潜心治学，支持基础研究多出优秀成果。它是经过严格评审，从接近完成的科研成果中遴选立项的。为扩大后期资助项目的影响，更好地推动学术发展，促进成果转化，全国哲学社会科学工作办公室按照“统一设计、统一标识、统一版式、形成系列”的总体要求，组织出版国家社科基金后期资助项目成果。

全国哲学社会科学工作办公室

前　言

普利策小说奖（The Pulitzer Prize for Fiction）创立于 1917 年，是美国历史最悠久的文学奖项，也是代表美国文学最高水平的标杆之一，其影响力波及整个世界文坛与学术界。截至 2021 年，在普利策小说奖百年历史上，共有 90 位美国作家创作的 94 部小说获奖。普利策小说奖以"由美国作家创作的，最好是反映美国生活的优秀小说"为评审标准，旨在推动美国文学的发展，鼓励优秀美国作家创作，增强美国作品的文化价值。[①]普利策小说奖以美国性为核心，是美国最重要的文学奖项之一。

获得普利策小说奖的作品大多成为经典，许多作家及其获奖作品也为广大中国读者所熟知，如赛珍珠（Pearl Buck）、厄内斯特·海明威（Ernest Hemingway）、威廉·福克纳（William Faulkner）、索尔·贝娄（Saul Bellow）、托妮·莫里森（Toni Morrison）等。获奖作品以美国性为核心，涉及历史、文化、战争、身份、种族、阶级等一系列处于时代最中心的话题，反映着当下美国生活的方方面面，与文学思潮、社会运动一道，构成一部美国文学发展史。这些作家的写作为各个批评流派提供了支撑性的研究文本，成为文学研究、美国研究和历史研究等学术领域积极言说的对象。本书重点从普利策小说奖视野下的美国文学百年发展史呈现出的特征及其演化动因、获奖作品对美国民族身份（national identity）的文学书写与想象、普利策小说奖的文学传统与经典建构及获奖作家的市场化历程几个方面进行具体研究。

---

① https://www.pulitzer.org/page/2021-plan-award[2023-01-04]. 本书所引用英文材料的译文除标明译者外，一律由笔者翻译。

本书并不采用传统的作家研究模式，即针对单个作家或作品展开传记加文本分析的方式，而是将重点放在文学生产和接受的外部机制上，即主要是通过普利策奖，研究美国各历史阶段文学体制和文学创作及接受之间的动态关系，从而对具体历史语境下的文学生产及接受模式加以透视。本书对获奖作家的文本环境、文本策略，以及文学生产、传播与消费等外部条件进行具体研究，并通过获奖作家的文本特质凸显美国文学文化的时代特征。本书以普利策小说奖的民族身份书写、美国文学流变特征与动因、获奖作家的经典化过程和文化市场拓展为中心展开论述，具有以下学术价值。

第一，以史证史。阐明“普利策小说奖”的民族文学属性，从而通过奖项史还原美国文学的民族身份书写史、国家形象的文学想象史和美国生活史。

第二，深化文学研究的批判认知品格。通过普利策奖来研究文学体制和文学创作及接受之间的动态关系，从而对具体历史条件下的文学生产、传播及消费模式加以透视。这种跨学科方式可以实现作品与社会运动、作家与文化机构、文化机构与文化市场相结合的综合效果，从而揭示该文学奖项背后的意识形态以及文化-权力关系。

第三，借整体研究更新研究意识。本书将文学奖项与社会文化、文学史与文学理论联系起来考察，可推进总体文学观念的形成以及文学与其他学科的互相渗透。

第四，对普利策小说奖的经典化与市场化问题进行继续研究。在多元文化日益成为一个现象、问题及论域的美国，从经典文本出发，统摄文化机制、身份政治、文化经济及社会政治学的跨学科视野对美国文学研究具有较高的学术价值。

本书除导论和结语外，分为六章。以下着重介绍六章和结语。

第一章　普利策小说奖的文学传统。

文学奖项是文学社会化的产物。普利策小说奖对“美国民族特性”的强调是其成为美国文学制度重要组成部分的原因之一，其评审标准和机制是现代化文学评奖制度的先驱之一。

本章将对普利策小说奖进行历史回顾，厘清其百年发展所构筑的“普利策文学传统”。本章形成以下观点。

（1）对个人主义的推崇及对文学作品道德意识功用的重视成为该奖项的重要传统。该传统容易使获奖作品陷入对人生、社会的简单解读。

（2）普利策小说奖与市场的密切关系引来诸多争议。批评界认为普利策小说奖不能代表精英文化，它只是中产阶级趣味的中介。

（3）在出版社日益集团化的环境下，统领出版界的大型出版社几乎包揽了普利策小说奖。文学作品的创作、出版、获奖、推广等一系列流程具有显著的产业化制式。作为文化产业链一环的普利策小说奖以其雄厚的象征资本催生隐性市场效应，确保了普利策小说奖名单上的作家的经典化，使其在文化场域占有领先地位。

第二章　普利策小说奖对美国民族特性的书写。

普利策小说奖与作为美国民族身份标志的“美国性”（Americanness）紧密相关，对它进行考察可描绘出过去一百年美国文学在建构民族特性和国家想象方面的发展脉络。本章考察了普利策小说奖对美国民族特性的文学书写及流变，形成以下观点。

（1）新教精神折射在文学层面塑造了普利策小说奖定义的“优秀美国文学”的气质。

（2）历史小说和现实主义小说是普利策小说奖在塑造美国性、弘扬民族身份方面有力的文学载体。

（3）普利策小说奖视野下的族裔景观经历了从白人作家的种族想象到少数族裔作家直接书写的以反抗、异质、有色为特征的身份文学这一过程。这种看似进步但内核实为以种族方式理解族性的文化实践是更值得我们深入思考的一个论域。

第三章　普利策小说奖视阈下的女性文学。

普利策小说奖对女作家的收录历史呈现出清晰的社会运动和文艺思潮的痕迹。本章考察“普利策女性文学”的发展语境，对女作家的入选轨迹进行历史梳理，并对 1980—2000 年获奖女作家做重点考察，从而呈现普利策小说奖对美国女性文学的阐释和建构。本章形成以下观点。

（1）女作家的获奖轨迹呈现出三个繁荣期，即 20 世纪 20—30 年代、80—90 年代和 21 世纪。这三个繁荣期分别见证了南方女作家、非裔女作家和其他少数族裔女作家在普利策小说奖的崛起。这一图谱强有力地印证了社会运动与文学思潮对普利策小说奖的影响。这种“身份政治”文学本身又构成一个新论域，有待更深入的研究。

（2）20 世纪 80—90 年代是第二个繁荣期，该时期有八位获奖女作家。这一时期打破了该奖历史上只有白人女作家获奖的格局，出现了族裔身份多元化的现象。早期获奖女作家的作品大多以女性经验为中心，而该阶段获奖女作家不再囿于女性身份的限制，展现出处理男性传统题材的能力。她们的着眼点越来越广泛，开始更多探索当代社会中人类面临的问题和困惑。同时，女作家的创作与不断发展的女性主义理论相辅相成，具有修正经典、抵抗表征等特点。

第四章　普利策小说奖与中额读者。

普利策小说奖一个令人瞩目的特点是获奖作家不同程度地做出了开拓文化市场和发展多元读者的努力。尤其对于少数族裔作家和女作家来说，该策略可拓展读者群并解决双重读者的问题。本章引入中额读者（middlebrow readers）概念，以托妮·莫里森和奥普拉·温弗瑞（Oprah Winfrey）的联手为重点，探讨获奖作家在中额读者群的传播与接受，得出以下结论：少数族裔作家和女作家通过模糊文化界限，积极开拓主流中额读者群，以达到在公众意识中深化作者身份、整合双重读者、确立商业价值等效果。

第五章　普利策小说奖与大众文化市场。

截至 2021 年，普利策小说奖 94 部获奖作品中超过一半被改编成电影、电视剧、音乐剧、有声读物等形式。从中可窥见，在后资本主义社会已然成为经济支柱的大众文化市场对经典文学的汲取与依赖。本章选取部分代表作家为考察对象，分析他们在大众文化市场的传播与接受，形成以下观点：以中产阶级为主流社会阶层的美国对文化产品有很大的需求。普利策小说奖衍生出的文化产品从一定程度上满足了大众对经典文化的快餐式需要，由族裔作家的作品衍生出的文化产品更是肩负着重要的种族意义，成为美国社会多元文化的“名片”。

第六章　个案研究及获奖小说的翻译、研究与启示。

J. 希利斯·米勒（J. Hillis Miller）的重复观为解读文学作品提供了一种独特路径。本章对 2018 年、2017 年获奖作品《莱斯》（*Less: A Novel*）和《地下铁道》（*The Underground Railroad*）进行文本细读，揭示重复观视野下这两部作品所呈现出的丰富意义。同时，本章详细考察普利策小说奖获奖作品在我国的翻译和研究情况，从中审视国内美国文学研究的基本特色与趋势。

结语。

本部分对全书做出总结，指出本书将普利策小说奖还原为美国国家文学事业建立史、美国社会变迁的文学表征史、美国民族身份书写史、美国国家形象的文学想象史及美国生活的万花筒。更重要的是，该奖项是一部由一代代优秀作家的文学实验、叙事创新、语言应用和真知洞见构成的美学史。同时，本部分对普利策小说奖的文化逻辑和市场逻辑做出总结，指出美国性、人文性和经典性是其最根本的价值。获奖作家对文化市场的开拓是由多种因素促成的。这种文化实践取得的成果对确立作者身份、整合双重读者、冲破文化等级界限等方面有着重要意义。

本书的创新点有三。一是研究对象创新：本书开拓了针对普利策小说奖及其获奖作家的系统研究，并将其置于批评理论下审视。二是观点创新：本书对“中额读者”、“修辞性排他”（rhetorical exclusion）等概念做出命名尝试和相关理论的引入，将新教伦理纳入文学分析，通过翔实的资料支撑和缜密的学理分析推导出新颖的解读，如“美国现代文学诞生之时已具备浓厚的商业气息”“美国民族特性具有不可撼动的文化核心性和些许场域开放性”“普利策小说奖勾勒出的族裔景观看似进步但内核实为以种族方式理解族性”等。三是方法创新：本书摒弃对单个作家和作品的考证、评点、解析等传统研究方法，把人们再熟悉不过的“文学奖项”这一概念问题化，将其从背景推至前台，这凸显了本书的问题意识和批判意识。

本书以整体研究的方式来弥补传统的作家传记式研究的不足。除此之外，通过研究普利策小说奖对作家的经典化和市场化的影响，反观国内的美国文学译介与研究的现状和不足，这也是本书在第六章第三节讨论的问题。本书采取的文化研究方法具有学科交叉性的特点，涉及美国的历史、社会文化思潮、经济、民权运动、新历史主义批评理论、女性文学、文化机制等，且书中多处运用了统计法，这对于笔者的知识结构是一个很大的挑战。因为如何有效地根据命题进行跨学科整合，切实地落实文化研究方法论并没有统一的标准。当然，本书尚有缺陷及没有深入讨论的问题。首先，以文学奖项来观照文学史发展、民族身份的文学书写、经典观嬗变和文化体制与文学创作关系的研究并不多见，笔者没有太多可直接参考的文献，因此在对文学体制等宏观命题进行论述时会显得片面。其次，经典化是一个复杂的过程。笔者认为经典观是在不断发展的，受到观念的制约和影响。经典化并非一个固定制式，而是动态的。因此，很难有哪部论著能够对经典化做出全面论述。本书旨在为经典化讨论提供一个角度，而非为获奖作家的经典化历程做出总结报告。最后，本书涉及作家的文化市场探索，这意味着需要涉猎大量的文化现象和市场数据。受到时间限制，本书不可能对每位作家的每一项大众文化实践做到面面俱到的阐释。因此在论述作家对大众文化市场的参与时，对作家的选择有一定针对性。

史鹏路
2023 年 5 月 15 日

目　　录

导　　论

早在一个世纪以前，著名作家弗兰克·诺里斯（Frank Norris）在《小说家的责任》（*The Responsibilities of the Novelist*）中就曾预言："今天是小说的时代，任何一个时代或者任何一种传达手段，都不能像小说那样充分地表现出时代生活，为了发掘我们的特点，22 世纪的批评家在回顾我们的时代，力求重建我们的文明的时候，他们所注意的将不是画家、建筑师，也不是剧作家，而是小说家。"①这句话到 21 世纪的今天仍不失为一个对文学研究的学理性和合法性进行说明的极好论述。纵观繁荣的美国文学与文化，很难对其全貌作出恰当的梳理与评判。因此，将一个权威的文学奖项作为考察对象，以此来反思制度、文本与文化之间的深刻联系，是一个以小见大的研究角度。

本书重点研究普利策小说奖的两个维度，一为该奖项对民族身份的想象与书写，二为获奖作品的文化产品生产与消费。这两个维度可使研究者对该奖项进行文学与市场的双向研究。本书通过作家的身份轨迹及文本特质凸显文本所处时代之特征，进而探讨奖项经由对作品的选择与"加冕"传递出的观念与价值内核，并对获奖作家的文本生产环境及传播、消费过程等外部条件进行具体研究，以探索获奖作家在主流读者群和大众文化市场的开拓策略，实现对普利策小说奖不同文化维度上的整体观照。

---

① Kenneth Millard. *Contemporary American Fiction: The Introduction to American Fiction Since 1970*. Beijing: Foreign Language Teaching and Research Press, 2006. p. 3.

一、选题设计和研究方法

以往对美国文学的研究主要借助各批评流派手法对作家进行个体研究。王晓路教授认为，国内相当一部分研究方式“停留在传记式研究模式之上，即依据作家所在国或国外的参考书、作品、自传或传记、国外学者的评论材料或研究成果，按照作家的生平、时代、文学思潮、同时代文学创作或流派、主要作品的结构、主旨、意蕴和艺术手法等方式，将材料进行分类整理，意译转述为中文，在此基础上进行阐释，由此成为国内了解该作家的研究成果”①。本书所采取的研究方式意在弥补这种单一传记式研究模式的不足。在现有美国文学文化的研究成果基础上，本书考察普利策文学奖呈现出的民族想象与文学书写、经典观的嬗变以及体制、市场与文学创作和接受之间的关系。在文学研究中借助文化研究的方法，把文本作为作家、文化机构、社会运动、市场运作多方参与的竞技场来进行考察。以研究现状来看，文化机构对作家选择和观念生产的影响方面的研究尚且不足。普利策小说奖作为美国文学最重要的奖项之一，在文学经典化历史上扮演着举足轻重的角色。本书拟从民族文学和文化市场两个方面对它展开研究。

民族文学层面以民族身份的想象与书写为主题。这部分对普利策小说奖的文学传统、民族身份的想象与书写、“普利策女性文学”的发展语境与历史梳理和美国主题这四个论题进行阐述。普利策小说奖的评审标准和机制是现代化文学评奖制度的先驱之一。在百年发展历史中该奖项业已形成独特的“普利策文学观”。在对奖项的历史还原中，可以追溯到普利策小说奖文学观念和传统的形成。普利策小说奖重视作品的道德意识功用，倾向于选择历史题材作品，注重发扬美国文化所特有的个人主义、美国梦等元素，这是该奖项在发展过程中形成的传统和偏好。

普利策小说奖定义下的“美国民族身份”虽然是一个流动的概念，

① 王晓路:《事实·学理·洞察力——对外国文学传记式研究模式的质疑》,《外国文学研究》2005年第3期，第157页。

但有两个特点，即文化的核心性和场域的开放性。新教文化是美国性的核心价值，而开放性则使之接纳了源源不断的修正力量。在对美国性的不断阐述与修正中，普利策小说奖成为一个多方作用下的动态文本，该文本通过文字符号编码达到观念生产与输出，促进文化建构、民族认同及国家想象等功能。

普利策奖获奖女作家是本书重点关注的群体。她们的获奖身份轨迹、主题和写作手法等与女性主义运动和女性文学批评的发展之间有何关联？她们的作品与普利策文学传统是否有承袭或反叛的关系？这些是本书试图回答的问题。

在文化市场层面，本书以文化等级自上至下的顺序为论述做出安排。

首先是文学体制与精英文化机构。文学奖项主要通过为作家颁发象征资本而达到经典化的效果。经典化本身就是一个多重机制交织的复杂构成。掌握文化领导权的阶级通过对文化机构的管理来选择生产特定的观念。普利策小说奖在现代化历程中已拥有高度的自主，但作为文学制度中的一个重要环节，又不得不与社会、经济、政治产生紧密联系，受到外围多重因素的影响。它与文艺思潮的相互映照便是社会、经济和政治的变迁投射在文学场域的佐证。其次，作家以独特的洞见和笔触书写出对美国文化的反省和社会现实的抨击。从思想性上来讲，大部分获奖作品符合普利策小说奖一贯对美国性的倡导。从文学性上来讲，作品较高的文学价值正是入选普利策奖的最核心条件。

普利策小说奖独有的文艺原则和评判标准就像游戏规则，符合游戏规则的作品才可步入以该奖项为平台的经典化历程。对作品应展现“美国生活”的强调使普利策小说奖具有民族性，可以说深刻反映美国历史和现实是普利策小说奖的根本立足点。这一倾向将在第一、二、三章中进行详述。

除却文本本身，本书从知识社会学的角度审视作为精英文化机构的普利策小说奖，发现在出版社日益集团化的环境下，统领出版界的几家大型出版社几乎包揽了普利策小说奖获奖作品。根据笔者的统计，从 1917 年到 2021 年，有 94 部小说获得普利策小说奖，这 94 部小说分别由 36 个出版社发行，其中 69 部获奖小说出自 10 家出版社，比例高达 73.4%。[①]在全美 3000 多家具有一定规模的图书出版社中，这 10 家出版社在激烈的竞争中可以保持长久的不败之地，足以见得编辑对市场走向把握之精确、优秀稿源之充足及组稿能力之强。包揽获奖小说数量排名前三的出版社分别是克诺夫出版社（Alfred A. Knopf）、双日出版社（Doubleday）和兰登书屋（Random House）。克诺夫出版社于 1960 年被兰登书屋收购；双日出版社在 1986 年被贝塔斯曼集团合并，后来被纳入隶属于贝塔斯曼旗下的企鹅兰登书屋集团。[②]也就是说，获奖图书排名前三的出版社均为兰登书屋及其旗下出版社，即出自该机构的普利策奖获奖小说比例高达 35.1%。[③]文学文化体制对文化景观的塑造和制约作用在这一案例中可见一斑。

作家要想参与奖项角逐，首先作品要由出版社出版，并且在每年出版的多部作品中脱颖而出，得到出版社的认可和推荐，才能踏上角逐奖项的第一步。大型出版集团不仅主导图书市场，且是文学奖项的主要作品输送源。因此，作者是否得以进入公共视野，是否可以步入经典化过程，出版社是非常关键的一环。在民权运动还未取得成果之前，出版社视白人读者为主流消费群，忽视少数族裔作家的文学成果。少数族裔作家和女作家在普利策小说奖舞台上的较晚登场可以说与出版社有着密切关联。自从 1983 年艾丽丝·沃克（Alice Walker）成为获得普利策小说奖的第一位少数族裔女作家之后，托妮·莫里森和裘帕·拉希莉（Jhumpa Lahiri）的获奖使普利策小说奖作家名单逐步呈现出种族多元化的态势。因此，作家的经典化除却作品本身的美学价值和人文情怀之外，商业价值、市场因素、政治力量和社会运动等也是不可忽视的影响力。在创作、出版、获奖、推广、销售等一系列具有显著产业化制式的流程中，普利策小说奖以其雄厚的象征资本催生一系列隐性市场效应，确保普利策奖获奖作家的经典化，让他们在文

---

① 参见本书第一章第四节表 1-1。

② https://global.penguinrandomhouse.com/company-history/[2023-09-05].

③ 数据出自本书第一章第四节表 1-1。

化场域占有领先地位。

对普利策小说奖文化市场层面考察的第二部分是中额读者群。开拓精英文化以外的文化市场可以说是少数族裔女作家区别于获奖男作家，尤其是白人男作家的重要文化实践。传统观念中对经典作家的刻板印象是高高在上的精英形象，如托马斯·品钦（Thomas Pynchon）、J. D. 塞林格（J. D. Salinger）等作家就过着远离媒体的隐居生活，他们无须迎合市场也可保持自己的经典地位。然而这种策略对女作家而言却是行不通的。对少数族裔女作家而言，在文化场域保持低调相当于失声。因此，她们必须积极开拓主流读者群和大众文化市场，才能在公众意识中深化作者身份。少数族裔女性文学在美国文学史中获得一席之地的历史并不长，在文化市场也是刚刚确立了商业价值。少数族裔女作家对大众读者市场领域持较开放的态度。她们把经典地位和文化市场结合起来，通过模糊高、中、低端文化界限而达到巩固自身地位的目的。

本书层层递进，继续考察普利策小说奖作为文学产业中的一环，获奖作家如何在大众文化市场中将象征资本转化为经济资本。在传统的文化等级中，经典小说和商业小说是二元对立的关系。这一现象在普利策小说奖获奖作家中却没有出现。过半数的获奖作品都被改编成了电影或其他艺术形式。虽然在传播的广度和市场收益上有所不同，但可以看出获奖作家对新文本范式的勇敢尝试。他们之中以艾丽丝·沃克和托妮·莫里森两位非裔女作家的市场效应最为显著。艾丽丝·沃克的小说《紫色》（*The Color Purple*）从文化等级高位上以牺牲艺术价值为代价而步入大众文化市场，《紫色》同名电影成为美国大众文化视野中为数不多的成功的黑人文化产品。《紫色》音乐剧和托妮·莫里森的有声读物褪下“光晕”，成为具有娱乐性的文化消费品。

从传统的文化等级角度来看，本书对普利策小说奖的多维度考察是从上至下的。作家通过得奖而获得一定象征资本，确立经典地位。接着利用这种以经典地位为标志的象征资本拓展精英文化以外的文化市场，在中额读者群和大众文化市场中取得成就。这种文化实践不仅加强了公众意识中的作者身份认同，也把象征资本转化为经济资本。经典化到市场化是一个从上至下，很难逆向实施的过程。也就是说，经典地位可作为象征资本转化为经济资本，而获得市场成功的作品却很难依靠经济资本获得象征资本。因此，获奖作家在不同文化等级领域中的开拓是以获得权威文化机构的认可为中心的。

二、相关研究成果

本书以普利策小说奖为研究对象，通过探讨文化机构对文学创作的选择，揭示文学场域和社会环境、历史背景以及文学市场的关系，以期达到对当代美国文学的经典化及市场运作进行梳理的效果。国内外的美国文学文化研究等丰富成果为本书提供了良好的学术基础。

1. 国内研究现状

获得普利策小说奖的文学作品代表了美国文学的最高水准，因此国内对这些作家的个体研究几乎均有涉及，但以普利策奖为线索将其作为一个创作群体来考察的研究尚未出现。

以研究现状来看，作家得到的关注出现不平衡现象。在研究热点方面，根据笔者在中国知网（CNKI）数据库的检索，截至 2021 年 12 月，国内发表的对威廉·福克纳的评述和论文达到了一万多篇，其中包括硕士、博士论文 1600 多篇。针对托妮·莫里森的评述与论文达 4000 多篇，在 670 篇硕士和博士论文中博士论文有 15 篇，而针对《宠儿》（*Beloved*）这一部作品的研究、评论文章就达 1380 余篇。对艾丽丝·沃克的获奖作品《紫色》进行探讨的论文多达 881 篇。国内对艾丽丝·沃克的研究几乎都集中在《紫色》这一部作品，对她的其他小说、诗集和散文都以介绍为主。在《紫色》的研究文献中，大部分从非裔女性文学、种族、阶级、非裔女性自我觉醒、艺术特征及表现手法等角度进行论述。国内的研究者对艾丽丝·沃克在世界文坛的地位予以肯定，对艾丽丝·沃克作品中女性主义的理论价值尤其关注。艾丽丝·沃克研究中存在的问题是没有由点及面，研究视野比较狭窄。

另外，作家本人年逾 70 仍在进行创作，她著述颇丰，但限于国内译介的匮乏，国内学界没有对她进行全面深入的研究。

对于 20 世纪 90 年代之后在文坛崭露头角的新兴作家，国内研究表现出了研究者们紧跟作家创作、回应当下文坛的即时性特点。截至 2021 年 12 月，2017 年获奖作品科尔森·怀特黑德（Colson Whitehead）的《地下铁道》已有 60 多篇研究论文。以 2016 年获奖作品阮越清（Viet Thanh Nguyen）的《同情者》（*The Sympathizer*）和 2015 年安东尼·多尔（Anthony Doerr）的《所有我们看不见的光》（*All the Light We Cannot See*）为研究对象的论文分别已发表 20 余篇和 40 余篇。此外，主题为安妮·泰勒（Anne Tyler）的文献有 79 篇，印加荣的硕士学位论文《个性的抗争及为家庭和谐而做的让步——安妮·泰勒小说中自由而然的诗意栖居》对安妮·泰勒进行了较为全面的研究。[①]这篇论文以形象分析为基础对安妮·泰勒作品中的男性人物形象及其家庭观做了系统梳理。李美华对安妮·泰勒也比较重视，她在《当代外国文学》发表了一篇专门评介安妮·泰勒的文章《安妮·泰勒在美国当代女性文学中的地位》。[②]《译林》曾刊登过李美华的《二十世纪美国南方女作家的小说创作主题》一文，此文将安妮·泰勒归类为南方女作家。[③]其他文献多为书评和介绍性文章，其中杨建玫的《论安妮·泰勒与池莉的女性自审与母亲批判》探讨了女性生存现状的困惑与痛苦。[④]

获奖作家人数众多，在此笔者拣选几位女作家的研究现状进行描述，以期为普利策奖获奖作家的国内研究情况提供一个横截面。截至 2021 年 12 月，中国知网数据库中与简·斯迈利（Jane Smiley）相关的文献有 50 多篇。对获奖作品《一千英亩》（*A Thousand Acres*）的讨论

---

① 印加荣：《个性的抗争及为家庭和谐而做的让步——安妮·泰勒小说中自由而然的诗意栖居》，山东大学硕士学位论文，2008 年。

② 李美华：《安妮·泰勒在美国当代女性文学中的地位》，《当代外国文学》2003 年第 3 期，第 145-149 页。

③ 李美华：《二十世纪美国南方女作家的小说创作主题》，《译林》2004 年第 1 期，第 193-196 页。

④ 杨建玫：《论安妮·泰勒与池莉的女性自审与母亲批判》，《小说评论》2008 年第 5 期，第 84-85 页。

主要集中在女性主义、生态批评和这部作品与《李尔王》（*King Lear*）的关系上。都岚岚的《〈一千英亩〉的生态女性主义解读》认为这部小说完美再现了生态女性主义的观点。[①]随着生态批评逐渐受到学界的重视，对《一千英亩》的研究也出现了更多拓展。李玲和张跃军的《从荒野描写到毒物描写：生态批评的发展趋势》一文梳理了美国文学中荒野描写的生态内涵，指出毒物描写是对荒野描写的修正和延伸[②]。文章肯定了《一千英亩》在跨学科的后现代生态批评中的重要地位。这篇文章并非单单研究《一千英亩》一部作品，而是将它与其他文学作品形成互文，在一个文学语境和批评传统下让读者看到了《一千英亩》在美国文学中的位置与意义。

1994 年获奖作家安妮·普鲁（Annie Proulx）因其名篇《断背山》（*Brokeback Mountain*）的电影改编版为广大中国读者所熟识。国内对安妮·普鲁的评介、研究文章主要集中在因获奖和电影而拥有知名度的《船讯》（*The Shipping News*）与《断背山》上。在中国知网数据库中与安妮·普鲁相关的文献有 59 篇，其中研究《船讯》的文章大都从生态批评和成长小说的角度切入。实际上，如果把《船讯》放置在美国女性文学传统中，便可看到 20 世纪 90 年代后的美国女作家在题材上的转向。这一点将在正文中详细说明。

根据笔者目前掌握的资料，与裘帕·拉希莉作品相关的文献有 20 篇，其中研究《疾病解说者》（*Interpreter of Maladies*）的文章有 3 篇。薛玉凤的《“小历史”中的“大历史”——〈疾病解说者〉中的历史叙事与文化霸权》以新历史主义为视角分析了作品中殖民话语与文化霸权的问题。[③]对裘帕·拉希莉的研究视角大都从文化认同、流散文学和移民生存状况等角度入手。侯飞以女性人物的孤独意识为切入点对裘

---

① 都岚岚：《〈一千英亩〉的生态女性主义解读》，《当代外语研究》2011 年第 10 期，第 43-47 页。

② 李玲、张跃军：《从荒野描写到毒物描写：生态批评的发展趋势》，《当代外国文学》2012 年第 2 期，第 30-41 页。

③ 薛玉凤：《“小历史”中的“大历史”——〈疾病解说者〉中的历史叙事与文化霸权》，《外国文学研究》2009 年第 3 期，第 27-33 页。

帕·拉希莉的四个短篇小说进行解读，剖析了少数族裔女性作为双重他者的精神世界。[①]侯飞的另一篇文章《陌生的世界 不安的孩子——浅析裘帕·拉希莉笔下的儿童形象》把焦点放在异质世界的儿童身上，从形象分析角度研究了裘帕·拉希莉文中所呈现的扮演着保护者、宽容者和引导者形象的孩子们。[②]

1995年普利策小说奖得主卡罗尔·希尔兹（Carol Shields）并未受到国内学界太多关注，截至2021年12月，与之相关的26篇文献中大多是介绍性文章。李雪对卡罗尔·希尔兹的一部作品中的叙事角度和写作手法进行了分析。[③]陈榕的《卡罗尔·希尔兹其人其作》是对这位作家基本生平与著述的总结。[④]这位作家笔耕不辍，著作等身。除了长篇小说之外，还创作剧本，写过文学评论。国内学者对她的忽视，部分原因在于译介的匮乏，这位优秀的美国女作家有充裕的研究空间值得挖掘。

最后，不少获奖作家少人问津甚至完全没有进入研究者视野，这与威廉·福克纳、厄内斯特·海明威、托妮·莫里森、艾丽丝·沃克等作家的研究热度形成对比。1970年获奖作品琼·斯塔福德（Jean Stafford）的《琼·斯塔福德小说集》（*The Collected Stories of Jean Stafford*）、2001年获奖作品迈克尔·夏邦（Michael Chabon）的《卡瓦利与克雷的神奇冒险》（*The Amazing Adventures of Kavalier & Clay*）、2013年获奖作品亚当·约翰逊（Adam Johnson）的《孤儿领袖的儿子》（*The Orphan Master's Son*）等均未出现一篇研究论文[⑤]。2003年获奖作品杰弗里·尤金尼德斯（Jeffrey Kent Eugenides）的《中性》（*Middlesex*）仅有3篇研究论文。与之相比，出版和获奖更晚的科马克·麦卡锡

---

① 侯飞:《莎丽摇曳下孤独的异乡异客:〈疾病解说者〉中女性人物的孤独意识解读》,《安徽文学》2010年第11期，第5-6页。

② 侯飞:《陌生的世界 不安的孩子——浅析裘帕·拉希莉笔下的儿童形象》,《科教文汇》2010年第34期，第85、99页。

③ 李雪:《卡罗尔·希尔兹的小说〈斯旺〉解析》,《学术交流》2005年第11期，第165-167页。

④ 陈榕:《卡罗尔·希尔兹其人其作》,《外国文学》2003年第6期，第24-25页。

⑤ 国内暂无研究的获奖作品名单详见附录。

（Cormac McCarthy）的《路》（*The Road*），国内业已发表125篇研究论文，其中包括52篇硕士论文。这与科马克·麦卡锡的《老无所依》（*No Country for Old Men*）被改编为同名电影后获得了奥斯卡奖而名声大噪存在一定关联。除此之外，以1918年获奖作家厄内斯特·普尔（Ernest Poole）和1985年获奖作家艾莉森·卢里（Alison Lurie）为例，这些作家的作品不仅没有中译本，也尚未出现一篇研究文章。在中国知网数据库中，与艾莉森·卢里有关的文献有19篇，均以介绍为主，个中代表有赵德梅的《艾莉森·卢里及其代表作品浅评》，刊登于《齐鲁学刊》①。这篇文章主要评介了艾莉森·卢里的生平和她的两部长篇小说。其他与艾莉森·卢里有关的文章均是对美国文学流派或学术资源做整体梳理时蜻蜓点水般提到了艾莉森·卢里，代表作品有方卫平的《西方学术资源与当代中国儿童文学理论建设》和李顺春的《美国新现实主义小说散论》。②艾莉森·卢里多才多艺，作品题材从儿童文学、中产阶级生活到近几十年时兴的学界小说，可谓一位美国的社会风俗家，但国内对她的研究较为匮乏，有待更多的译介与研究。

综上所述，国内学界对普利策小说奖获奖作家的研究有以下几个方面存在改进空间：①获奖作家得到的关注严重不平衡。②关注种族、阶级、社会抵抗等宏大主题，忽视普通中产阶级和日常生活等主题。另外，针对作家的标签化研究现状值得警醒，这样的研究视角忽视了作家作品的多样性，没有由点及面，视野狭窄。③运用各批评流派手法对作家及作品进行传记式或文本分析式解读，文化批评视角较为匮乏。④对于20世纪90年代之后在文坛崭露头角的新兴作家，国内研究表现出紧跟作家创作、回应当下文坛的即时性特点。国内对安妮·普鲁和科马克·麦卡锡等热度较高作家的评介、研究文章主要集中在因获奖和电影而知名的《断背山》和《路》上，只关注得奖作品或因电

---

① 赵德梅：《艾莉森·卢里及其代表作品浅评》，《齐鲁学刊》1997年第4期，第41-44页。

② 方卫平：《西方学术资源与当代中国儿童文学理论建设》，《中国儿童文学》2009年春季号，第18-22页；李顺春：《美国新现实主义小说散论》，《江苏技术师范学院学报》2012年第3期，第36-39页。

影出名的作品，显示出文化产品生产体制对文学研究的影响。

关于文学奖项的研究：国内以文学奖项为切入点，考察文学创作与制度、文化间关系的研究还比较少，而对普利策小说奖的研究尚未有所涉及。对文学奖项的研究有兰州大学任美衡的博士学位论文《茅盾文学奖研究》和四川大学范国英的博士学位论文《茅盾文学奖的文学制度研究》。前者从美学角度和社会主义市场经济条件下的文学制度实践角度对茅盾文学奖进行了跨对象、跨文化与跨学科的研究；后者从文学制度的角度论证了茅盾文学奖的历史条件及可能性。另外，陈广兴的《普利策小说奖凸显老人关怀——从伊·斯特鲁特的〈奥利芙·吉特里奇〉获奖说起》以获奖文学作品为切入点反观了当下社会的热门议题。以普利策奖为线索将获奖女作家作为一个女性创作群体来考察属于整体研究，一些把握美国文学总体特征的论文也可为本课题提供思路参考。曹山柯的《独立 多元 整合——20 世纪美国文学走向探微》通过对美国社会文化、思想和流派进行梳理，概括了 20 世纪美国文学的特点。王守仁与吴新云的专著《性别·种族·文化：托妮·莫里森与美国二十世纪黑人文学》以托妮·莫里森的文学创作思想和艺术特色为研究对象，勾勒出非裔美国人百年历史画卷。综合国内研究现状，我们对作为影响作家创作的外部条件之一的文学奖项研究尚处于起步阶段。普利策小说奖作为文学市场的一环，在文学文本、社会文本、市场机制与制度之间所起到的桥梁作用，为文学和文化研究提供了许多空间。

2. 国外研究现状

相比较而言，国外学术界对普利策奖获奖小说的研究比较系统。威廉·斯塔基（William Stuckey）的专著《普利策奖获奖小说：批评回顾》（*The Pulitzer Prize Novels: A Critical Backward Look*）对普利策小说奖自 1917 年成立至 20 世纪 60 年代的获奖作品做出了历史性分析，以文学价值和审美原则来审视“优秀美国文学”和“普利策文学”间的差距。约翰·霍恩伯格（John Hohenberg）所著《普利策奖纪事——美国最大的奖金透视》（*The Pulitzer Diaries: Inside America's Greatest Prize*）追溯了普利策奖的评选历史与发展。对普利策奖历届获奖的档案记录系列有《1917—2000 普利策奖得主完全传记百科：记者、作家与作曲家的得奖之路》（*Complete Biographical Encyclopedia of Pulitzer Prize Winners 1917-2000: Journalists, Writers and Composers on Their Ways to the Coverted Awards*，2002）、《文化批评 1969—1990：从建筑损毁到媒体瑕疵》（*Cultural Criticism 1969-1990: From Architectural Damages to Press Imperfections*，1993）等。这些都是珍贵的历史资料。

目前对普利策新闻奖的研究是蔚为大观的，但针对普利策小说奖的研究还未出现。因此，本课题的开展需要借鉴大量研究美国文学、文化以及女性文学的专著。保罗・劳特（Paul Lauter）与美国文学建制之间的关系颇为密切。他主编的《重建美国文学：课程・提纲・议题》（*Reconstructing American Literature: Courses, Syllabi, Issues*，1983）等著作显示出他发掘、重读文本与重写历史的努力。伊莱恩・肖沃尔特（Elaine Showalter）是女性文学批评领域的重要学者。她的早期著作《她们自己的文学：从勃朗特到莱辛的英国女性小说家》（*A Literature of Their Own: British Women Novelists from Bronte to Lessing*）谱写了英国女性文学传统。她的另一本论著《姐妹的选择：美国女性写作的传统与变化》（*Sister's Choice: Tradition and Change in American Women's Writing*，1989）为梳理美国女性文学作出了功不可没的贡献。她的著作《她的同性陪审团：从安妮・布雷兹特利特至安妮・普鲁克斯的美国女性作家》（*A Jury of Her Peers: Celebrating American Women Writers from Anne Bradstreet to Annie Proulx*）梳理了 250 位女性作家在三个半世纪中对文学的贡献。这部文学史以女作家与文学市场的关系为脉络，强调了女性创作对文学经典的修正，推动了美国文学研究的发展。凯妮丝・米拉德（Kenneth Millard）的《当代美国小说——1970 年以来的美国小说介绍》（*Contemporary American Fiction: An Introduction to American Fiction Since 1970*）选定七个主题领域对 29 名当代作家的 34 部小说进行分析，梳理了 20 世纪 70 年代初至 90 年代末美国小说的成就。琳达·瓦格纳-马丁（Linda Wagner-Martin）的《二十世纪中期美国小说：1935—1965》（*The Mid-Century American Novel，1935-1965*）将社会背景与同时期小说创作联系起来，是一部20世纪中期的美国小说批评史。此外，安·伊丽莎白·盖林（Ann Elizabeth Gaylin）的《小说中的窃听——从奥斯丁到普鲁》（*Eavesdropping in the Novel from Austen to Proust*）和苏珊·穆尼（Susan Mooney）的《性的艺术审查：二十世纪小说中的幻想与评判》（*The Artistic Censoring of Sexuality: Fantasy and Judgment in the Twentieth-Century Novel*）等著作以特定主题为切入点对作家群体进行考察，也是本课题值得参考和借鉴的学术资源。

从前文所引专著、论文可以看出，现有研究主要是以文本为中心，以作家、作品、批评手法和奖项研究为切入点，对部分获奖作家的某一方面进行了卓有成效的探索，为本书以奖项为切入点进行研究打下了良好的学术基础。但现有研究的整体研究视野略显匮乏，整体研究方法也有进步空间。实际上，文化机制对作家、作品的选择和推广有着复杂的社会、文化成因，与文学场域内部和外部因素有着千丝万缕的联系。文学奖项作为文化制度的关键一环通过对作家的选择和忽视描绘着文学图景。斯蒂文·托托西（Steven Tötösy de Zepetnek）指出，文学是社会系统里的子系统，这个系统是开放的。① 因此，社会力量必然不断介入文学场域，对其产生影响。普利策小说奖对作家的收录轨迹就是普利策奖官方对美国文学进行不断阐释和建构的曲线图。

综上所述，现有研究鲜少采用文学-文化-市场综合视角来观照文学，而本书采取的文化研究视野蕴含丰富的理论资源和解读方法，可与传统文学研究形成互补，有助于提升美国文学研究在信息时代、消费社会语境下的阐释力。

① 〔匈〕斯蒂文·托托西：《文学研究的合法化》，马瑞琦译，北京：北京大学出版社，1997年，第12页。

第一章　普利策小说奖的文学传统[①]

每年的普利策小说奖颁奖不仅受到文学界、批评界的关注，更是媒体的一桩盛事。该奖项得到的关注与遭受的批评比例相当，备受争议的焦点表现在两个方面，一是对评价标准的专业性质疑，其中最具代表性的是威廉·斯塔基的专著《普利策奖获奖小说：批评回顾》。在这部著述中，威廉·斯塔基对普利策小说奖自 1917 年成立至 20 世纪 60 年代的获奖作品做了历史性分析，以文学价值和审美原则来审视"优秀美国文学"和"普利策文学"之间的差距。二是对普利策小说奖评选机制的质疑，这方面的争论主要集中在两点。其一是批评决定获奖小说最终归属的普利策奖评审委员会大都由新闻、出版界人士组成；其二是认为普利策奖推荐委员会很难细读每一本参赛作品，因此否认其推举作品的公信力和合法性。普利策奖官方很少对日益激烈的批评予以正面回应，因此这些讨论并没有得出明确结论。本章将对普利策小说奖进行历史化回顾，厘清它在发展过程中所构筑的普利策文学传统，并以这一传统为框架，论述普利策小说奖所呈现出的美国文学图景。

第一节　普利策小说奖文学传统之探索

文学奖项是文学社会化的产物。普利策小说奖对"美国性"的强调是其成为美国文学评奖体系重要组成部分的原因之一。普利策小说

① 本章部分内容在《外国文学动态研究》2016 年第 3 期《从普利策小说奖看"美国性"的建构与发展》一文中发表。

奖的评审标准和机制在奖项创立初期进行了多次探索，是现代化文学评奖制度的先驱之一。然其对“美国文学”的代表性依然受到诸多质疑。对普利策小说奖的历史还原意味着对作为文学现象的普利策小说奖和作为文学机构的普利策小说奖之间关系的探索。

普利策奖创始人约瑟夫·普利策（Joseph Pulitzer，1847—1911 年）的生平就像“美国梦”的翻版。少年普利策决意成为军人，但由于视力和身材不合格，在奥地利军队、驻墨西哥法军和驻印度英军处均被淘汰。1864 年，17 岁的普利策在德国汉堡（Hamburg）加入林肯骑兵队（the Lincoln Cavalry），随部队来到美国。美国南北战争结束退役后，他从什么活都干的小工，“一步一步地当上了律师、美国的国会议员、超级记者，最后竟成为美国两大报业《圣路易斯快邮报》和《纽约世界报》的业主”[①]。普利策于 1867 年 3 月 6 日加入美国国籍。他通过推动美国报纸业的发展，从而对美国的政治、金融、社会正义等方面产生重大影响。报业大王威廉·伦道夫·赫斯特（William Randolph Hearst）将他誉为“我们国家生活中一股强大的民主力量”。普利策于 1903 年立下遗嘱，决定出资“200 万美元用于创办哥伦比亚新闻学院以及每年一次的普利策奖”。[②]这项基金由哥伦比亚大学董事会掌管。普利策于 1911 年逝世。根据他的遗嘱，哥伦比亚大学新闻学院于 1912 年 9 月 30 日落成，普利策奖于 1917 年开始颁发。普利策奖包括新闻奖、文字-戏剧-音乐奖与普利策特别表彰与奖励三大类。截至 2021 年 12 月，文字-戏剧-音乐奖下设有小说奖、戏剧奖、历史奖、传记奖、诗歌奖、非小说类作品奖及音乐奖 7 个奖项。[③]普利策奖在美国乃至世界都享有很高的声誉。最初，新闻工作者起家的约瑟夫·普利策认为应该对新闻领域以外的“文字工作者予以鼓励”，于是设置了小说

---

① 〔美〕丹尼斯·布里安：《普利策传》，曹珍芬、何凡、林森等译，北京：中国财政经济出版社，2004 年。

② 〔美〕丹尼斯·布里安：《普利策传》，曹珍芬、何凡、林森等译，北京：中国财政经济出版社，2004 年，第 415 页。

③ http://www.pulitzer.org/bycat[2021-12-31]. 本书统计数据截至 2021 年 12 月，2023 年增设了“回忆录与自传奖”。

奖来肯定在文学方面表现突出的作家[①]。

普利策奖在设立之初，约瑟夫·普利策与哥伦比亚大学就评审标准事宜做过详细协商。约瑟夫让评审委员会来定夺优秀的标准，但他为评审委员会制定出具体的准则。小说奖最初的标准是："每年一度，授予当年出版的美国小说，该小说应最能反映美国生活的健康风貌、美国人的修养及人格之最高标准。"[②]其中"健康风貌"并非普利策最初的措辞，他用的是"整体风貌"（the whole atmosphere）。哥伦比亚大学校长尼古拉斯·默里·巴特勒（Nicholas Murray Butler）把"整体"（whole）一词修订为"健康"（wholesome），这给推荐委员会带来很大的难题。[③]"健康风貌"意味着鼓励委员会成员选择那些安全、保守的作品，在这种标准下只有教科书式的小说才符合评审要求。小说家亨利·詹姆斯（Henry James）在《小说的艺术》（*The Art of Fiction*）中反对沃尔特·比桑特（Walter Besant）把"道德意识功用"（conscious moral purpose）视为小说的主要功能之一。他写道："艺术问题是如何写作的问题，而道德问题完全是另外一回事。你怎么能够轻易将这二者统一起来呢？"[④]"道德意识功用"一词暗指一部作品中应有明确的善恶之分。"最能反映美国生活的健康风貌"与其一样，从道德的角度考察、评价小说。对小说的道德要求意味着：文学作品对人性的讨论最终都应以"人性本善"为落脚点；人生的困惑一定能得到解答；对社会现象的谴责都要以该问题得到解决和改善收场。像纳撒尼尔·霍桑（Nathaniel Hawthorne）的《红字》（*The Scarlet Letter*）、弗朗西斯·斯科特·菲茨杰拉德（Francis Scott Fitzgerald）的《了不起的盖茨比》（*The Great Gatsby*）、厄内斯特·海明威的《太阳照常升起》（*The Sun*

① Carlos Baker. "Fiction Awards." *Columbia Library Columns*, 1957,(5):30.

② John Hohensberg. *The Pulitzer Prizes. A History of the Awards in Books, Drama, Music, and Journalism, Based on the Private Files over Six Decades*. New York: Columbia University Press, 1974. pp. 18-20.

③ John Hohensberg. *The Pulitzer Prizes. A History of the Awards in Books, Drama, Music, and Journalism, Based on the Private Files over Six Decades*. New York: Columbia University Press, 1974. p. 55.

④ Henry James. *The Art of Fiction*. New York: Oxford University Press, 1948. p. 22.

Also Rises）这样的作品显然与这一精神是背道而驰的。专业的推荐委员会成员在这一教条的束缚下，需要审查作品中的爱国主义情操、良好的修养和高尚的品德。这种评审标准显然不利于提高小说奖的文学性，评审委员尤其认为“健康”一词对他们的评审工作是一个极大的束缚。然而迫于尼古拉斯·默里·巴特勒的坚持，普利策小说奖把“最能反映美国生活的健康风貌”这条标准执行了 11 年。

1928 年，桑顿·怀尔德（Thornton Wilder）的《圣路易斯雷大桥》（*The Bridge of San Luis Rey*）获得普利策小说奖。这部作品明显违背了委员会制定的小说应当与美国生活有关这一准则。于是，评审委员会修改了评审标准。他们放弃了对健康向上的要求，把“健康风貌”改回“整体风貌”。因此 1929 年的标准是“授予当年发表的美国小说，该小说最好能反映美国生活的整体风貌”。然而“美国小说”和“整体风貌”依然是含义模糊的表述。何谓“美国小说”？何谓“整体风貌”？为了展现“整体风貌”，一本小说需要涵盖美国生活的各个层面，对时代精神做出巨细无遗的描写吗？

为了避免歧义，普利策奖评审委员会对评审标准进行了多次修改，直到 1931 年才放弃了对小说应展示何种美国生活风貌的要求。哥伦比亚大学在外界的压力下也对其他奖项的评审标准做过修改。由于普利策戏剧奖宣称其获奖作品为“当年出版的最佳作品”，因此遭到了戏剧节的抵制。1935 年，在普利策戏剧奖评审之一克莱顿·汉密尔顿（Clayton Hamilton）的带动下，对普利策奖颇为不满的纽约戏剧批评家们成立了纽约戏剧评论家协会奖（New York Drama Critics Circle Award）。普利策奖官方在文艺界犀利的攻势下做出妥协，于 1936 年对戏剧奖评审标准做出了第五次修改，行文中舍弃了“最佳”一词，以“优秀”（distinguished）取而代之。[①]

1917—1947 年，普利策小说奖名为“the Pulitzer Prize for Novel”。这 30 年间只有长篇小说才可入围参评。1948 年，小说奖更名为“the

① *New York Times*, 1936-05-07.

Pulitzer Prize for Fiction”。一字之差，意味着凡是虚构类文学作品，不管是长篇小说还是短篇小说集都可参与评选。通过修正类别名称，普利策奖评审委员会可更全面地把握文坛动态，甄选出最能反映美国生活的文学作品。1947 年之前，弗朗西斯 · 斯科特 · 菲茨杰拉德、卡罗琳 · 戈登（Caroline Gordon）及厄内斯特 · 海明威等作家创作出了优秀的短篇小说集。普利策小说奖在成立 30 年之后才做出这一改动，使得它与 1947 年之前出版的诸多优秀短篇小说集失之交臂。从 20 世纪 30 年代便开始写作，擅长短篇小说创作的著名女作家凯瑟琳 · 安 · 波特（Katherine Anne Porter）也不得不等到 20 世纪 60 年代才获得了普利策小说奖。

文学奖项通过对价值体系的掌控，达到生产观念、影响文学的传播与接受的目的。它的显性功能是肯定创造性精神劳动产品。目前世界上有广泛影响的重要文学奖项出现在现代，如诺贝尔文学奖于 1901 年首次颁发，英国布克奖设立于 1969 年，因此，从起源上讲，文学奖项是现代社会的产物。文学奖项的繁荣发展体现出人类社会越来越重视创造性劳动的趋势。正如诺贝尔基金会的一位工作人员所说，“这是对知识的尊重，对为人类做出巨大贡献的人的尊重”[①]。普利策小说奖是美国文学界最早的奖项，创建之初并没有太多的经验可供参考，这是其评审标准在早期经历多次修改的原因之一。草创时期哥伦比亚大学对文学作品“健康风貌”的要求虽然被废除，但却对推荐委员和评审委员筛选作品的偏好起到了引导和奠基作用。评审委员会的保守作风在此后的获奖作品中依然有迹可循，成为奖项传统的一部分。

第二节　普利策小说奖文学传统的建立

从创立伊始，普利策奖的评选和机构运作都充满了争议性。普利策奖评审机构由推荐委员会（Nominating Jury）和评审委员会（The

① 《小议诺贝尔奖颁发仪式》，《光明日报》1992 年 12 月 19 日。

Board）组成。评审委员会为最高权力机构，成员由美国新闻界和学界享有崇高声望的从业者与学者组成，人数为 20 名左右不等，其委员的挑选是体现普利策奖评审标准和高品质结果的重要保证。普利策奖评审委员会的主席每年轮换，由最资深成员担任。推荐委员会负责初审，评审委员会负责终审。每年年初由评审委员会任命 102 名委员，分别组成 20 个推荐委员会。每年有 2400 多件作品参加普利策奖的竞争。普利策小说奖一般有两到三名推荐委员。他们要通读参赛作品，最后选出三部作品上报评审委员会。评审委员会可接受或淘汰这些作品，特殊情况下甚至可以另行推荐其他作品。①

从这一过程可以看出，评审委员会掌握着最终决定权。普利策小说奖评审委员会成员均为一流大学的校长、知名学者和最具权威的高级媒体主编。新闻界人士偏多，专业作家鲜少出现。因此，他们对文学作品的评鉴与专业推荐委员会的建议相左的情况时有发生。而理应具有专业水准的推荐委员，在评审委员会的调配下，则显得心有余而力不足。

早期的推荐委员大都是文学领域的学者。他们在奖项创立之初做出的工作为普利策小说奖定下了基本基调。其中最有名的是斯图尔特·普拉特·舍曼（Stuart Pratt Sherman）。他放弃了伊利诺伊大学的教职，接下《纽约先驱报》（*New York Herald Tribune*）图书主编一职。在职期间，他被公认为文化权威、当代文学的精英鉴赏人。此外，芝加哥大学的英文系教授罗伯特·莫斯·洛维特（Robert Morss Lovett）也是学者类推荐委员的代表之一。斯图尔特·普拉特·舍曼和罗伯特·莫斯·洛维特均认为，优秀的美国小说应当推动社会进步。罗伯特·莫斯·洛维特关注深远的社会变革，而斯图尔特·普拉特·舍曼则注重小说的道德教育意义。② 1929 年的获奖作品是《妓女玛丽》（*Scarlet Sister Mary*），而罗伯特·莫斯·洛维特把票投给了厄普顿·辛

① https://www.pulitzer.org/page/frequently-asked-questions [2014-03-02].

② William Stuckey. *The Pulitzer Prize Novels: A Critical Backward Look*. Norman: University of Oklahoma Press, 1981. pp. 16-17.

克莱（Upton Sinclair）的小说《波士顿》（*Boston*），理由是认同小说所传递的社会信息。1921 年的获奖小说是伊迪丝·华顿（Edith Wharton）的《纯真年代》（*The Age of Innocence*），然而得到罗伯特·莫斯·洛维特投票的作品是辛克莱·刘易斯（Sinclair Lewis）的《大街》（*Main Street*）。他认为，《大街》为美国社会做出注解，粉碎了小镇是世外桃源的神话。[①]

斯图尔特·普拉特·舍曼在文章中明确表述了自己的文学观。他认为，劳动可以使年轻人从困境中得到解脱。"不管是体力劳动还是脑力劳动，只要是需要完成的工作，都能使人获得宗教虔诚般的平静和满足。"[②]在评审小说过程中，斯图尔特·普拉特·舍曼也贯彻了将劳动视为至高无上的生活准则这一观念。从《他的家庭》（*His Family*）到《如此之大》（*So Big*），以及 1922 年的《爱丽丝·亚当斯》（*Alice Adams*），这些获奖作品都与斯图尔特·普拉特·舍曼的文艺理论不谋而合。斯图尔特·普拉特·舍曼的理念对普利策小说奖的评选口味产生了很大影响。这种积极向上的生活态度和工作伦理成为普利策小说奖文学传统中无法忽视的一点。

在草创阶段评审标准的影响下，普利策小说奖的基调得到奠定，即注重作品的社会意义和教育意义，把美学价值和艺术手法放在次要的位置。1943 年，尼古拉斯·默里·巴特勒退休，普利策小说奖推荐委员会成员结构发生了巨大变化。之前的推荐委员大多数为学界人士，但从 1943 年之后，普利策小说奖推荐委员会主要由记者组成。除了学者的缺失，让人意外的是，普利策奖官方鲜少邀请专业作家参与推荐与评审工作。1917—1974 年，155 位推荐委员中只有 5 位是作家，他们分别是哈姆林·加兰（Hamlin Garland）、多萝西·坎菲尔德·费希尔（Dorothy Canfield Fisher）、伊丽莎白·简威（Elizabeth Janeway）、

① William Stuckey. *The Pulitzer Prize Novels: A Critical Backward Look*. Norman: University of Oklahoma Press, 1981. p. 17.

② Stuart Sherman. *The Genius of America: Studies in Behalf of the Younger Generation*. New York: Charles Scribner's Sons, 1923. pp. 171-195.

珍妮 · 斯坦福（Jane Stanford）和伊丽莎白 · 哈德威克（Elizabeth Hardwick）。[①]1974 年以前，评审委员会的不合理结构也许是普利策小说奖最大的弱点。纵观普利策奖获奖小说，通常是安全、保守，注重道德教义的作品。普利策小说奖常常无法及时对优秀作家的代表作予以肯定，而总是等到这些作家确立了经典地位后才姗姗来迟为他们晚期的某部作品冠上普利策奖的头衔。这些决策上的延迟与推荐委员会和评审委员会的结构失衡有着紧密关联。

第三节　普利策小说奖文学传统的巩固

普利策小说奖一方面体现了对作家创造性劳动的重视和对精神产品的推广，另一方面，作为一个以美国性为主旨的奖项，评审对美国性这一概念的理解左右着它的价值倾向。奖项设立机构的意识形态主要集中在对评审标准的阐释之上。那么，在以美国性为诉求的评奖标准下，普利策小说奖的评价标准是什么呢？对早期获奖作品进行考察可以一窥评审委员和推荐委员对普利策小说奖文学传统的探索和奠定。受到早期评审标准的影响，普利策小说奖对具有浓厚道德教育意义的作品偏爱有加。首先，在普利策小说奖的历史上，对个人主义的确认贯穿始终。1918 年，第一部获奖小说是厄内斯特 · 普尔的《他的家庭》。这部小说讲述了一个纽约中产阶级家庭的故事，写实地反映了 20 世纪第二个十年的纽约生活。《他的家庭》就像一部寓言，通过四位主人公的处事方式为读者提供了四种不同的面对生活的态度。威廉 · 斯塔基评论道，“这部作品是为那些同情穷人但却不愿在经济现状中看到任何变化的中产阶级读者而设计的昭然若揭的宣传片”[②]。这部小说的艺术价值和技巧并未得到批评界的肯定。小说中传统的美

① William Stuckey. *The Pulitzer Prize Novels: A Critical Backward Look*. Norman: University of Oklahoma Press, 1981. p. 25.

② William Stuckey. *The Pulitzer Prize Novels: A Critical Backward Look*. Norman: University of Oklahoma Press, 1981. pp. 29-30.

国式信念——个人主义仿佛是人生困境和面对社会变迁的最佳答案。

普利策小说奖早期倾向于选择保守、争议较少的作品。《纯真年代》被认为是伊迪丝·华顿结构技巧最成熟的一部作品。作家从自己的成长环境中提取素材，塑造人物，对纽约上层社会进行清醒的针砭，具有深刻的社会现实意义。《纯真年代》的艺术水准颇高，《他的家庭》和《如此之大》与其相比就像粗枝大叶的情景剧。1921 年，与《纯真年代》竞争普利策奖的作品是辛克莱·刘易斯的《大街》。《大街》嘲弄所谓“美国生活方式”，行文诙谐，充满讽刺，这令许多读者不悦，然而推荐委员会对《大街》的获奖显示出极大信心。辛克莱·刘易斯解构 20 世纪 20 年代西方社会郊区的中产阶级，伊迪丝·华顿讽刺 19 世纪纽约的上层社会。二者相比，显然后者带来的争议更少。普利策奖委员会最终把 1921 年的小说奖颁给了伊迪丝·华顿的《纯真年代》。

除了选择争议较少的作品，普利策小说奖的保守还表现在倾向于选择有市场保障的作品。其获奖作品大都是著名作家之作或写得不错的畅销小说。这种保守的做法使它与很多重要作家的优秀作品失之交臂。1941 年，普利策奖推荐委员会向评审委员会推荐了厄内斯特·海明威的《丧钟为谁而鸣》(*For Whom the Bell Tolls*)，但是哥伦比亚大学校长尼古拉斯·默里·巴特勒以“荒淫”为由，阻挠了这部作品的获奖①。1953 年，厄内斯特·海明威凭借主题更加“健康向上”的《老人与海》(*The Old Man and the Sea*) 获得了普利策小说奖。威廉·福克纳是另一例证。在获得诺贝尔文学奖 6 年之后，威廉·福克纳于 1955 年获得普利策小说奖。获奖作品《寓言》(*A Fable*)是他的第 19 部作品，但在批评家眼中，这部作品的质量远不及他的其他作品。艾伦·泰特(Allen Tate) 直言《寓言》是威廉·福克纳的一本很差的小说。②在普利策小说奖名单上不乏重要作家，但考察其获奖作品，就会发现很多并不是他们的代表作，而是在他们建立经典地位并拥有读者市场后

① Robert Bendiner. “The Truth About the Pulitzer Prize Awards.” *McCall's*, 1966, (93): 128.

② Allen Tate. “William Faulkner 1897-1962.” *The Sewanee Review*, 1963, 71 (1): 161.

的职业生涯后期创作的作品。20 世纪 50 年代，普利策小说奖忽略了拉尔夫·埃利森（Ralph Ellison）的《看不见的人》（*The Invisible Man*，1952）、弗兰纳里·奥康纳（Flannery O'Connor）的《慧血》（*Wise Blood*，1952）。1954 年，可以参加评选的作品有 J. D.塞林格的《九故事》（*Nine Stories*，1953）、索尔·贝娄的《奥吉·玛琪历险记》（*The Adventures of Augie March*，1953），但普利策奖评审委员会却宣布"1953 年没有一位美国作家创作出匹配这一殊荣的小说"，因此 1954 年奖项空缺[①]。与之形成鲜明对比的是，1956 年普利策小说奖得主麦金利·坎特（MacKinlay Kantor）是一位产量颇高的畅销书作家，其获奖作品《安德森维尔》（*Andersonville*）讲述了安德森维尔内战战俘营的故事。2021 年普利策小说奖得主路易斯·厄德里克（Louise Erdrich）在获得普利策小说奖之前，已得奖无数，仅欧·亨利奖就获得六次之多。与此同时，她也得到学术界的认同和关注。仅以中国学界为例，在 2021 年之前就已涌现大量以路易斯·厄德里克为主题的论文和研究。[②]由于缺乏弗吉尼亚·伍尔夫（Virginia Woolf）所说的"鲜活的品味"（living taste），普利策小说奖对优秀作品的举棋不定以及对已建立声望的作家作品的追逐使它在艺术界的公信力下滑，学界并不将该奖项视为"精英文化"的代表和"最佳美国小说"的典范。这一事实与其期望中的"最佳小说"背道而驰，引发不少讨论。

辛克莱·刘易斯拒绝接受普利策小说奖事件便是一个在当时环境下普利策奖评审机构与精英作家在文学观念上具有巨大分歧的案例。1926 年，普利策奖评审委员会决定把小说奖颁给辛克莱·刘易斯的《阿罗史密斯》（*Arrowsmith*，1925），但辛克莱·刘易斯拒绝领奖。他在信中写道："所有的奖项和头衔都是危险的……［普利策奖］评审标准是'颁发给本年度最能体现美国生活的健康风貌，以及美国人修养及人格之最高标准的作品'。这个说法的含义是，他们不以小说的实际文

---

① *New York Times*, 1957-05-07.

② 截至 2021 年 12 月，研究路易斯·厄德里克的期刊论文有 139 篇，博士论文 7 篇，硕士论文 78 篇。

学价值为评判标准，而是根据时下流行的良好行为准则来鉴定小说。”[①]辛克莱·刘易斯此举表达了他对普利策小说奖荒谬的文学观念的鄙夷，同时也抗议了 1921 年保守派对《大街》的非难。

进入 20 世纪 70 年代后，普利策小说奖的评审委员会结构产生了较大改变。文学批评家、作家、文学教授、书评人和图书编辑成为评审委员会的主要组成部分。《纽约时报书评》（*The New York Times Book Review*）编辑丽贝卡·佩珀·辛克勒（Rebecca Pepper Sinkler）和《波士顿环球报》（*The Boston Globe*）的首席书评人盖尔·考德威尔（Gail Caldwell）多次出任普利策小说奖评审委员会主席或委员。盖尔·考德威尔本人是 2001 年普利策批评奖（Pulitzer Prize for Criticism）得主[②]。普利策小说奖得主也被邀参与评审工作。安妮·泰勒、奥斯卡·伊胡埃洛斯（Oscar Hijuelos）、艾莉森·卢里、杰拉尔丁·布鲁克斯（Geraldine Brooks）和爱德华·琼斯（Edward P. Jonens）分别承担了 1997 年、1999 年、2001 年、2013 年和 2016 年的普利策小说奖评审工作。这一转变从很大程度上修正了普利策小说奖对文学失之偏颇的判断。

综上所述，首先，普利策小说奖在发展过程中虽然对评审标准做了数次修改，但首次使用的对小说“健康风貌”的要求给未来的评审工作带来了不小的影响。这条标准虽已被摒弃，但对文学作品道德意识功用的重视无形中成为该奖项的传统之一。其次，普利策奖评审委员会推崇个人主义浓厚的文学作品。对美国传统道德，如自力更生、个人奋斗和工作伦理的宣传，容易让获奖作品陷入清一色的对人生、社会的简单解读。再次，普利策奖官方喜于把奖项授予争议少、有市场保障的作品，引来诸多争议。批评界认为普利策小说奖的保守不能代表精英文化，它只是中产阶级趣味的中介。此外，该奖项优秀的推荐委员和评审委员中新闻界人士偏多，在 20 世纪 70 年代以前鲜少邀

---

① “Lewis Refuses Pulitzer Prize.” *New York Times*, 1926-05-06.

② 普利策批评奖设立于 1970 年，是为非常优秀的批评类作品而设的奖项。获奖作品包括书评及文学批评、音乐批评、建筑批评、电视批评、电影批评、艺术及艺术家批评，其中书评及文学批评获奖比例最大。

请专业作家参与推荐与评审工作，这影响了获奖小说的文学价值和艺术水准，得到文学批评界肯定的作品常常与普利策小说奖失之交臂。在这一传统下，该奖项对美国文学的反映也势必带有其独有的色彩。最后，进入 20 世纪 70 年代后，评审委员会委员逐渐由文学、写作和出版界专业人士担任，普利策小说奖的获奖作品体现出更高的文学水准和艺术价值。

第四节　文化机构运作机制

皮埃尔·布尔迪厄（Pierre Bourdieu）指出，文学场域的自主程度是世世代代积累下来的[①]。文学奖项并非一个封闭的机构，而是场域内外各个因素形成的网络中的一个分子，各个因素彼此联系，互相施力。文学奖项主要通过为作家颁发象征资本而达到经典化效果。象征资本又和其他资本之间存在密切的转换关系。在部分作家的获奖历程中，可以看到文学场域和权力场之间的互动关系。在这个过程中，象征资本和政治资本互为良性转化。普利策小说奖对社会运动及文艺思潮的反映，体现了政治资本在文学场域中的作用，或者说，文学场域和权力场存在某种一致性。皮埃尔·布尔迪厄指出，文艺解除了对贵族、宫廷的依赖，这个过程中市场的作用功不可没。文学文艺的市场化进程中，文学场域的其他机构如出版社也积累了雄厚的象征资本，同时呈现出兼并、联手的集团化趋势，在作者和市场间成为一个重要的媒介，对文化生产有着重要意义。对美国的文学评奖来说，文化产业垄断巨头的作用是不可忽视的。

从功能论的角度看，普利策小说奖是为了提升美国文化价值，推动美国文学发展，肯定优秀作家和作品，提倡写作风气。这些显功能着重于文学价值本身，除此之外，奖项带来的社会影响和经济价值是

① 〔法〕皮埃尔·布迪厄：《艺术的法则——文学场的生成和结构》，刘晖译，北京：中央编译出版社，2001 年，第 268 页。笔者采用规范译名“布尔迪厄”，所引文献保留原貌。

其附加的隐功能。出版社、获奖作家和主办单位等都与文学奖项的隐功能有着密切的联系。本节从知识社会学的角度，考察作为一种产业的普利策小说奖。

1. 普利策小说奖与出版社

如上文所述，一部小说要想参与奖项角逐，首先作品要由出版社出版发行，并且脱颖而出，得到出版社的认可和推荐，这才能踏上角逐奖项的第一步。根据张建亮对普利策文学艺术奖项和出版社之间关系的分析，“在 1917—2005 的 88 年间共有 385 种图书获［普利策文学与艺术各类］奖，涉及出版社 68 个。而美国 2003 年图书出版能够达到一定规模等级的出版社共有 3000 多家，这 68 个出版社只占其中的 2%”。[①]更准确地讲，作品要得到这些占全美出版社总数 2%的主要出版社的认可才有可能得到推荐，进行奖项角逐。出版社与市场之间的关系紧密不可分割，而市场则由消费者决定。出版社重视市场，善于把握主流读者的喜好，这一点对女作家、少数族裔作家来说，是阻碍其进入公共领域的因素。

根据笔者的统计，1917—2021 年，有 94 部小说获得普利策小说奖。这 94 部小说分别由 36 个出版社出版。从表 1-1 可以看出，前 10 位出版社在获奖图书中占了 69 部之多，比例高达 73.5%。在全美 3000 多家具有一定规模的出版社中，这 10 家在激烈的竞争中可以保持长久的不败之地，足见其编辑对市场走向把握之精确、优秀稿源之充足及组稿能力之强。在表 1-1 中位列第一的克诺夫出版社成立于 1915 年，是一家有着 100 多年历史的老牌出版社，业绩辉煌，经由该社出版作品的诸多作家获得过诺贝尔奖、普利策奖、美国国家图书奖等重要奖项。但值得注意的是，出版界竞争激烈，出现了大量的并购现象，这些获奖诸多的出版社有合力的趋势。大集团希望通过收购优秀出版社来扩大自己的版图，巩固自身地位，中小型出版社也需要借助大集团的羽翼壮大自己的实力。兰登书屋已收购克诺夫出版社和双日出版社，

---

① 张建亮：《从普利策文学艺术奖透视出版社》，《新世纪图书馆》2007 年第 1 期，第 77 页。

也就是说，表 1-1 中获奖图书排名前三的出版社现均为兰登书屋及其旗下出版社。

表 1-1　1917—2021 年普利策小说奖分析

排名	出版社	获奖图书/部	比例/%
1	Alfred A. Knopf	14	14.9
2	Doubleday	10	10.6
3	Random House	9	9.6
4	Harper Collins	7	7.4
5	Harcourt	6	6.4
6	Farrar,Straus and Giroux	6	6.4
7	Viking	6	6.4
8	Houghton Mifflin	4	4.3
9	Little, Brown and Company	4	4.3
10	Macmillan	3	3.2
总计		69	73.5

大型出版集团不仅主导图书市场，且是文学奖项参赛作品的主要输送源。因此，作者是否得以进入公共视野，是否可以步入经典化过程，出版社是非常关键的一环。2010 年的普利策小说奖得主是保罗·哈丁（Paul Harding）的《修补匠》（*Tinkers*）。这部小说的出版单位是 2005 年才成立的贝尔维尤文学出版社（Bellevue Literary Press）。这是一家公益性质的小出版社，附属于纽约大学医学院，主要致力于涉及科学与艺术交互关系，尤其是医学与艺术交汇点的文学、非文学作品的出版工作。保罗·哈丁的作品在得到这家出版社赏识之前，曾遭遇多次退稿。最终，该作品获得普利策小说奖。评论界认为，在普利策小说奖由几大出版社主导的历史上，保罗·哈丁的获奖同时也是贝尔维尤文学出版社的胜利。保罗·哈丁成名之后，一些出版社很快与他接洽。他接下来的两部作品分别由兰登书屋和 W.W.诺顿公司出版。

作品获奖后会增加知名度，读者会竞相购买受到权威文化机构认可的作品。因此，获奖作品对出版社而言意味着巨大的利润。法国作家玛格丽特·杜拉斯（Marguerite Duras）的《情人》（*The Lover*，1984）在获得龚古尔文学奖之后销量猛增，让几乎破产的法国午夜出版社（Les Editions de Minuit）起死回生。文学奖项的经济效益不可小觑。

再来考察普利策小说奖的主要出版社出版了哪些作品。佐拉·尼尔·赫斯顿（Zora Neale Hurston）在发表于1950年的《白人出版社不会出版的书籍》（“What White Publishers Won't Print”）一文中指责道，这些出版社是“受到美国人民认可的代表”，它们只出版那些“所有非盎格鲁-撒克逊人都得符合简单的刻板印象”的作品。[①]在20世纪20—30年代，出版社只允许黑人作家创作那些既能吸引黑人读者，又能吸引白人读者的小说。对它们来说，白人读者的喜好才是主流市场的风向标。20世纪上中叶几乎是现代主义思潮主导的时代。现代主义文学以勇于创新、追求艺术为特征，具有浓厚的精英氛围。白人现代主义作家通常以抵制市场的姿态出现，而对黑人作家来讲，是很难做到这一点的。新黑人文化运动为非裔作家开启了步入市场、成为经典的大门，但休斯顿·贝克（Houston A. Baker, Jr.）评论道，“对非裔美国人来说，凭借充分的史实，一切被定义为‘现代’的行为同时也总被贴上流行、经济和解放的标签”[②]。非裔作家创作受制于出版社和读者的期待，许多自我表达的作品得不到充分重视和推广。

2. 文学奖的象征资本

普利策小说奖从征文、作品报名、筛选、评审直到颁出奖项，周期为一年。普利策奖历史悠久，稿源高质高量，宣传策略有效，它更像是一个成熟的产业。

然而普利策奖获奖小说的艺术质量却参差不齐。以现在的眼光回顾这些作品，会发现许多小说没能通过时间的考验。1917年春季，当第一届评审委员会成员聚首，试图从上一年发表的小说中挑选出一部获奖作品时，出现了意想不到的情况。评审报告中记录道：“这个奖项只有六部候选作品，其中一部还不是打印好的书籍，而是一本手写稿，这并不符合在当年发表的要求。提交的其他五本竞选书目中，除去一本尚可，其他在我们看来对评奖而言根本不值得考虑。我们一致认为，

① Zora Hurston. “What White Publishers Won't Print.” *Negro Digest*, 1950, 8(April): 86.

② Houston Baker, Jr. *Modernism and the Harlem Renaissance*. Chicago: University of Chicago Press, 1987. p. 101.

尽管这本书有很多优点，但也并非远胜其他几本非正式候选小说。我们认真考虑之后做出了决议。最后我们建议，今年奖项保留。”①

实际上，一个完整的文学奖项从规划到完成，涉及企划案的制作、计划预算、人员编制、工作时程安排、向各大媒体做出公告、公开征文、收稿、评审、颁奖等程序。根据皮埃尔·布尔迪厄对文化场域的分析，文化场域内在结构是对在合法性的竞争中占领特定位置的人和组织的关系结构。一个场域的建立是一个社会轨道的建立，这个社会轨道是该场域中被世袭占领的一系列位置。②由于普利策奖覆盖面极广，从新闻到艺术再到文学，且具有悠久的历史，它在美国媒体和公众意识中业已建立起了文化领导者的地位。每年媒体对于奖项评选给予很多的关注和报道，奖项揭晓后，获奖作品和获奖人立刻成为媒体追捧的宠儿。在聚光灯和各大媒体的集中报道下，获奖人的文化价值以及其在文化场域的地位得到极大提升，而作品的畅销也会成为立竿见影的经济效益。

皮埃尔·布尔迪厄在《艺术的法则》（*The Rules of Art*）中论述道，文化艺术产业有两种经济逻辑。一种是纯艺术的反“经济”逻辑，即在短期内，纯艺术作品虽无法快速变现，但长远看来艺术作品的符号资本反而是经济效益的保障，因为符号资本在一定条件下可转化为经济资本。另一种经济逻辑恰恰与纯艺术类相反，它追求快速、短暂成功。作品投放市场后要立竿见影，即刻转化为经济资本。这种逻辑不太考虑符号资本和文化资本。③把皮埃尔·布尔迪厄的理论放在文学作品上，便可一窥畅销作品和经典作品的区别。畅销作品几乎无一例外淹没在历史的跌宕中；而历久弥新、得以长期出售的作品，虽然短时可能看不到它的经济效益，却为出版社、作家带来持久的市场和难以取代的文化价值光环。

普利策小说奖和其他任何权威文化机构一样，通过“神圣化”

---

① Novel Jury Report, May 8, 1917, pp. 1f.

② Pierre Bourdieu. *The Rules of Art*. Trans. Susan Emanuel. Cambridge: Polity Press, 1996. p. 215.

③ Pierre Bourdieu. *The Rules of Art*. Trans. Susan Emanuel. Cambridge: Polity Press, 1996. p. 142.

（consecration）来提升文化产品的经济价值，把经典艺术和商业艺术、流行艺术区分开来。被普利策小说奖肯定过的作家及作品，便在文化场域中得到了该奖项积累已久的符号资本的一部分。“神圣化”过程包括将与文学相似性高的作品归为一类，与流行作家区分开来，以此确保世界范围，尤其是学院派领域内的成功。其次，通过读者的质量（例如社会地位，这也是符号资本积累的产物）来提升获奖小说的价值。文化产业的附属领域是以市场和盈利为中心的大批量生产工业链。按照上文论述过的逻辑，普利策小说奖显然遵从的是第一种长期经济逻辑。通过夺取文化领导权，宣告文化资本并积累符号资本，获奖小说以及奖项本身便获得了绵延持久的经济效益回报。

3. 隐性效应

玛莎·努斯鲍姆（Martha Nussbaum）在《诗性正义：文学想象与公众生活》（*Poetic Justice: The Literary Imagination and Public Life*）中提出，通过阅读小说，公众可以了解到与自己的文化、背景以及日常生活不同的“他者”的世界。读者在边缘者和异质文化的感受中，可以提高道德意识。理查德·罗蒂（Richard Rorty）也论证道，阅读小说可以促进团结，令读者更加关注他人的需求和困难。这一对文学的解读和普利策小说奖的宗旨不谋而合。普利策小说奖从 1917 年创办以来对文学作品的道德要求是其颇受诟病的一点。抛开评审委员对小说的道德评判，对普利策小说奖的随意性、任意性及不权威性的批评也不绝于耳。罗伯特·博耶斯（Robert Boyers）写道，“普利策奖通常和得奖或落选的作品质量没什么关系。当然，出版界对每年各大赛事的结果都做了高额投资，作者本人自然有充分的理由希望他们的作品能被列入候选名单，或干脆就得奖”[①]。对普利策小说奖的批评和非议从来没有停止过，但该奖项依然保持着它的地位以及对作品销量的直接影响力。

---

① Robert Boyers. “Deconstructing the Pulitzer Fiction Snub.” *New York Times*, 2012. http://www.nytimes.com/2012/04/19/opinion/deconstructing-the-pulitzer-fiction-snub.html[2012- 01-04].

从 1980 年开始，普利策小说奖开始公布最终入围名单。根据普利策奖官方网站提供的信息，进入最终入围名单的作品为普利策奖“候选作品”。小说奖这一类别每年有三部作品进入候选名单，最终会有一部获奖（该年不授予奖项的情况时有发生）。网站上写道，“如果某部作品只是发送给我们评审，我们不鼓励他们声称自己被普利策奖‘提名’”①。也许因为普利策奖久负盛名，无论是对新闻界，还是对音乐、文学等领域，其都有重要影响，因此出现了作品或个人打着“普利策奖提名”的幌子开拓市场的情况。真相不得而知，但可以肯定的是，普利策奖的周边效应是很强的。作家一旦获奖，就光环加身。这一光环是符号资本和象征资本的产物，可转化为经济资本。获奖作品的畅销便是经济资本的一种体现。2012 年普利策小说奖评审委员会宣布当年奖项空缺。三部候选作品的出版社便表示，没有一个赢家站在聚光灯下的年份是少见的，因此他们希望自己的书籍在销量上能够提升。克诺夫出版社发言人保罗·博格兹（Paul Bogaards）说：“过去几年，普利策奖得主吸引了所有注意力和销量。既然今年没有赢家，那么入围作品便会得到更多的讨论，这是一个产生销量的催化剂，也是一个机会。”②在美国，普利策奖是拥有巨大影响力的文学奖项。普利策小说奖的获奖作者比其他奖项获奖人的学界认同度要高，市场销量更好。普利策小说奖的获奖作品通常会被翻译为多种语言，在世界多个国家出售，不管对作者在世界范围的影响力，还是对出版社的销量而言，这都是至关重要的。

普利策奖评审委员会宣布候选名单的做法，一方面杜绝了参赛作品假借普利策奖之名进行虚假宣传的情况；另一方面对入围候选名单却没有得奖的两部作品来说，也是一种荣誉的象征。

从公布候选名单开始，媒体便会对入围作品做出报道和分析。《纽约时报》（*New York Times*）、《时代》周刊（*Time*）等主要媒体每年都

---

① http://www.pulitzer.org/faq#q20[2011-12-12].

② Julie Bosman. “Publishing Is Cranky Over Snub by Pulitzers.” *New York Times*, 2012-04-17.

会对普利策奖进行报道和评论，关注这一事件的中小型媒体更是不胜枚举。普利策奖每年都涉及庞大的邮件运送，投递信件量相当惊人，为参赛和评选都带来了困难。因此，普利策奖评审委员会与时俱进，将 2012 年新闻奖的筛选和评审工作改为线上进行。文学奖、戏剧奖和音乐奖也在 2012 年改为在线投递。作品投递和评审的电子化为主办单位节省了人力、物力的开销。

普利策小说奖的核心内容是提升美国文学的价值，但其周边效益也不容忽视。主办单位赢得口碑，获奖人获得荣誉和奖金，提升自身及其作品的文学地位。出版社或是追加获奖作品的印数，抢占读者市场；或是得到创作新秀，签书出版。而书店则根据获奖情况和出版界动向调整书籍摆位，让获奖图书吸引顾客眼光，利用奖项的周边效应获得更好的效益。文学奖是一个自我再生产的系统。作家、出版社、奖项评选、市场和读者环环相扣，交互作用。

小　　结

综上所述，普利策小说奖通过种种机制令自身成为“经典”的代名词。首先，毫无疑问，获奖作品总体艺术水平是高超的，同时又体现出独特的美国性和深厚的人文关怀，以文学书写体现了美国文学的最高水准。其次，作家从不同角度呈现出对美国历史的反思，对少数族裔历史文化的传承，构成了一幅充满历史感同时又体现出美国多民族“色拉盘”百花绽放的图景。这正是普利策小说奖在主流文化意识形态下试图生产并加强的观念。除却文本本身，从知识社会学的角度审视作为精英文化机构的普利策小说奖，可以发现在出版社日益集团化的环境下，统领出版界的几家大型出版社几乎包揽了普利策小说奖，创作、出版、获奖、推广、销售等一系列流程具有显著的产业化制式。作为文化产业链一环的普利策小说奖以其雄厚的符号资本催生一系列隐性市场效应，确保了普利策奖获奖名单上的作家的经典化，使其在文化场域占有领先地位。

第二章　普利策小说奖对美国民族特性的书写

普利策小说奖与作为民族身份标志的“美国性”紧密相关，对它进行考察可描绘出过去一百年美国文学在建构民族特性和国家想象方面的发展脉络，勾勒出该奖项通过作家与作品阐释和修正何谓美国性、何谓美国生活、何谓优秀美国文学的动态谱系，最终帮助我们对普利策小说奖作为观念生产系统的运作机制加以透视。

历史学家在谈到“美国性”的起源时，一般是指美国民族意识的萌发阶段，即美国人切断了对欧洲的归属感及对所属州的忠诚，将所有美国人想象为一个民族。塞缪尔·亨廷顿（Samuel Huntington）认为美国性的基础是美国信念（American creed），即《独立宣言》中所主张的生而平等、自由及追求幸福的权利[①]。迈克尔·卡津（Michael Kazin）等把美国性描述为复杂的意识形态，是“一种政治语言，一种浸润着政治含义的文化风格”[②]。以塞缪尔·亨廷顿和迈克尔·卡津为代表的学者构建了美国性的主要研究范式，即把美国性的核心价值置于社会文化的历史进程中，不断对其质问和冲击，以历史还原的方式证明它的历久弥新。盎格鲁-撒克逊新教文化是美国的核心文化或主流文化。这一文化准则及政治价值观，是最早来北美的定居者所带来的，

---

① 〔美〕塞缪尔·亨廷顿：《我们是谁：美国国家特性面临的挑战》，程克雄译，北京：新华出版社，2005 年，第 57 页。

② Michael Kazin and Joseph McCartin, eds. *Americanism: New Perspectives on the History of an Ideal*. Chapel Hill: The University of North Carolina Press, 2006. p. 13.

它是国民身份和国家特性的核心组成部分[①]。美国以多种族和多文化为特色，但来自不同文化背景的移民必须接受现有的文化准则，才得以成为美国人。尽管美国性是一个建构的概念，受到社会、文化、经济、政治的影响，但其价值观却在两次世界大战、经济大萧条和民权运动等历史事件所带来的信仰冲击下屹立不倒，“美利坚民族的成功为美国性所代表之观念注入了巨大力量”[②]。

简言之，美国性具有文化的核心性和场域的开放性。核心性使盎格鲁-撒克逊新教文化等中心价值保持绝对强势，开放性则容纳源源不断的修正力量。以此考察普利策小说奖，会发现以上两点以一种博弈的关系影响着该奖项对美国性的阐释。普利策小说奖就是在对美国性的不断阐释与修正中获得其文化领导权的合法地位的，而它本身就是一个作家、作品、社会、文化和市场多方作用下的动态文化文本，该文本通过文字符号编码达到观念生产与输出，促进文化建构、民族认同及国家想象等功能。

第一节　道德功用与工作伦理：美国文学的新教精神

马克斯·韦伯（Max Weber）在《新教伦理与资本主义精神》（*The Protestant Ethic and the Spirit of Capitalism*）中指出，新教徒的稳健节制、诚实可信、全力以赴投身事业及清俭生活等价值观是促进资本主义发展的一个重要原因。他们追求积累财富却无意于财富带来的尘世愉悦，以此求得“至善”（summum bonum），这种来自新教的伦理不仅推动了美国等国家和地区的早期资本主义发展，还为资本主义赋予了一种精神[③]。新教精神，作为美国性的核心，在普利策小说奖中也得到了

---

① 〔美〕塞缪尔·亨廷顿：《我们是谁：美国国家特性面临的挑战》，程克雄译，北京：新华出版社，2005年，第51页。

② Michael Kazin and Joseph McCartin, eds. *Americanism: New Perspectives on the History of an Ideal.* Chapel Hill: The University of North Carolina Press, 2006. p. 15.

③ 〔德〕马克斯·韦伯：《新教伦理与资本主义精神》，阎克文译，上海：上海人民出版社，2010年。

充分体现。

首先，奖项对于健康生活风貌的坚持与新教文化提倡的禁欲克己的生活方式不谋而合。如上文所述，普利策小说奖在早期评审委员会的影响下，具有重视健康风貌和小说道德意识功用的特点。普利策小说奖把“最能反映美国生活的健康风貌”这条标准执行了 11 年，这为该奖项的文学观奠定了保守的基础。

除了让文学作品应反映健康生活风貌成为普利策小说奖衡量“优秀文学”的一个标准之外，该奖项还尤其重视作品体现出的道德意识与工作伦理，这也与新教精神中把正当、持续获取经济利益视为终极目标、视为一种伦理，而非满足一己私欲的手段之观念形成对接。该传统部分来源于推荐委员在奖项创立之初做出的工作。如前文所述，斯图尔特·普拉特·舍曼的文学观与劳动紧密结合。他认为人在困境中更应参与劳动，因为体力劳动和脑力劳动可帮助人走出困境，并为人的心灵赋予宗教体验一般的平静。[①]这让我们想到了本杰明·富兰克林（Benjamin Franklin）对劳动的道德化及神化描述。斯图尔特·普拉特·舍曼的理念脱胎于新教教义对劳动的强调，这种克己复礼的生活态度和勤奋踏实的工作伦理成为普利策小说奖文学传统中无法忽视的一点。

综上所述，普利策小说奖虽然经历了漫长的发展沿革，但作品体现出的健康生活风貌、道德教育、工作伦理及个人主义等元素成为该奖项文学传统的有机组成部分。这一将宗教、道德和教育意义置于美学标准之上的特点使之与精英作家产生了分歧。然而这种看似“幼稚”的对“优秀美国文学”的阐释，却有着深厚的宗教背景和历史渊源。如果说盎格鲁-撒克逊新教文化所主张的生活方式和工作伦理在世俗经济层面给美国带来了工业资本主义，那么这种精神折射在文学层面便塑造了普利策小说奖定义下的“优秀美国文学”的气质。

---

① Stuart Sherman. *The Genius of America: Studies in Behalf of the Younger Generation*. New York: Charles Scribner's Sons, 1923. pp. 171-195.

第二节　历史与现实：美国性的内核

对评审标准的回顾可看出普利策小说奖的传统与新教文化的契合，那么对作品内容进行考察则能体现出该奖项对美国性的动态阐释。从根基上而言，对“美国生活”的书写是普利策小说奖的基本定位。在这种评审标准的指导下，现实主义作品和历史题材作品便成为普利策小说奖的主要组成部分。

历史小说之于任何民族文学都是一种可充分体现其文化身份的文学形式，对美国文学亦如是。在与旧大陆相比单薄的历史上，美国独特的西进运动、与“人人生而平等”之精神相左的奴隶制、黑奴解放、带来统一的美国内战以及美国复杂的种族社会环境，均是将美国定义为美国而非其他的重要历史与现实，反映或取材于此的小说在美国民族文学上占据重要的地位。南方文学、南方作家就是一个典型的例子。南方社会的历史和现实为作家提供了丰富的创作素材，南方文艺复兴便发轫于历史小说，而种族关系、奴隶制和内战是南方作家积极诉说的主题。这在普利策小说奖中也有具体的体现。20 世纪 60 年代的普利策小说奖几乎被南方作家包揽。1961 年获奖的哈珀·李（Harper Lee）的《杀死一只知更鸟》（*To Kill a Mocking Bird*）、1963 年获奖的威廉·福克纳的《掠夺者》（*The Reivers*）、1965 年获奖的雪莉·安·格劳（Shirley Ann Grau）的《管家》（*The Keepers of the House*）以及 1966 年获奖的凯瑟琳·安·波特的短篇小说集均是以种族关系和南方历史为轴心的作品。纵观普利策小说奖史，历史小说在榜单上占据了很大比例。1917—2021 年的获奖作品中，历史小说占 30%之多，获奖作家中不乏历史小说大师，如威廉·斯泰伦（William Styron）和华莱士·斯泰格纳（Wallace Stegner）。[①]“传统历史小说通常以反映历史人物和事

① 本书采用了广义上的历史小说概念，把将历史视为客观存在的传统历史小说和对历史进行回忆和思考的历史题材创作均归类为历史小说。

件为核心，它注重内容的逼真性和现实性，力图模仿历史，这类小说在本质上都是现实主义的”[①]。威廉·斯泰伦的《奈特·杜纳的告白》（*The Confessions of Nat Turner*，1968）、麦克尔·沙拉的（Michael Shaara）的《杀手天使》（*The Killer Angels*，1975）、玛格丽特·米切尔（Margaret Mitchell）的《飘》（*Gone with the Wind*，1937）等历史小说真实再现了美国南北战争，拉里·麦克默特里（Larry McMurtry）的《寂寞的鸽子》（*Lonesome Dove*，1986）和 A. B.小格思里（A. B. Guthrie, Jr.）的《西行记》（*The Way West*，1950）描述了美国的西进历史和拓疆精神。这些历史题材创作从史实中汲取资源，以文学为手段，对历史进行审美化与重构，且主要通过个人化的历史展示，将艺术与现实紧密结合，体现了作家强烈的社会道德责任感，在效果上深化了美国历史在美国人心中的集体无意识。然而并非所有历史题材小说都以逼真为己任。如托妮·莫里森的《宠儿》和科尔森·怀特黑德的《地下铁道》虽取材于真实的历史事件，但作品中的魔幻现实主义手法使小说不仅成功完成了对历史的指涉，也为作品赋予了高超的文学性和美学价值。

再来看现实主义小说。普利策小说奖将“反映美国生活的优秀小说”作为评审标准，因此历年获奖小说除了极个别与美国生活无关之外，大多都是反映美国生活的现实主义作品。[②]约翰·斯坦贝克（John Steinbeck）的《愤怒的葡萄》（*The Grapes of Wrath*，1940）和诺曼·梅勒（Norman Mailer）的《刽子手之歌》（*The Executioner's Song*，1980）等作品为宏大的美国社会纪实文学，而保罗·哈丁的《修补匠》、伊丽莎白·斯特劳特（Elizabeth Strout）的《奥丽芙·基特里奇》（*Olive Kitteridge*, 2009）和安妮·泰勒的《呼吸课》（*Breathing Lessons*，1989）

① 高继海：《历史小说的三种表现形态——论传统、现代、后现代历史小说》，《浙江师范大学学报》2006 年第 1 期，第 1-8 页。

② 1932 年赛珍珠的获奖作品《大地》（*The Good Earth*）、1943 年厄普顿·辛克莱的《龙牙》（*Dragon's Teeth*）、1955 年威廉·福克纳的《寓言》、1967 年伯纳德·马拉默德（Bernard Malamud）的《修配工》和 2013 年亚当·约翰逊的《孤儿领袖的儿子》分别以中国、德国、法国、俄国和朝鲜为背景。

等作品则在阐释日常生活经验方面匠心独具，是普利策小说奖呈现出的纷繁美国生活的一个重要面。这与 19 世纪末 20 世纪初以威廉 · 迪安 · 豪威尔斯（William Dean Howells）为代表的文学批评家的观念不谋而合，即现实主义是且应该是美国占主导地位的文学模式。[①]

在塑造美国性、弘扬民族身份方面，历史小说和现实主义小说是有力的文学载体。它们讲述美国短暂却曲折的建国史，表现其独特、复杂的种族关系，展示多元碰撞的新世界风貌，也诉说普通人日常生活中隐藏的意义与危机。皮埃尔 · 布尔迪厄论证道，“我认为采取某一立场（包括偏好和品味）和客观位置之间有很密切的对应关系”[②]。也就是说，立场塑造了客观位置，而客观位置将立场内化为自觉追求。“反映美国生活”是普利策小说奖的客观位置，这一位置决定了它的偏好和品味，向历史题材小说和现实主义小说倾斜。就获奖小说的思想性来说，对美国历史和生活的侧重使作品具有民族性，宣扬了美国民族精神，可谓美国性的最佳阐释。

第三节　族裔景观：从种族想象到“他者”的自我书写

民族文学与民族身份休戚相关。在建立美国文学经典的诉求中，脱离欧洲旧世界，定义自我身份，是早期文学批评家最大的焦虑和难题。在寻找美国民族文学经典的论述中，彼得 · 凯洛夫（Peter Carafiol）认为，少数族裔文学是美国文学的立足之本，原因“并不在于它的作者均来自被压迫的少数族群，而是由于它的叙述范式与修辞策略都来源于并指向其边缘地位”[③]。相对于欧洲，尤其是英国文化，美国文学

---

① Susan Harris. “American Regionalism.” In *A Companion to American Literature and Culture*. Ed. Paul Lauter. Hoboken: Wiley-Blackwell, 2010. p. 330.

② 〔美〕华康德、〔法〕皮埃尔 · 布尔迪厄：《实践与反思》，李猛、李康译，北京：中央编译出版社，2004 年，第 121 页。

③ Peter Carafiol. “ ‘Who I Was’: Ethnic Identity and American Literary Ethnocentrism.” In *Criticism and the Color Line: Desegregating American Literary Studies*. Ed. Henry Wonham. New Brunswick: Rutgers University Press, 1996. p. 45.

处在边缘地位，然而本质即属边缘的美国文学在构建“美国性”时却也运用各种修辞性排他来掩盖种族差异。

普利策小说奖的修辞性排他具有复杂性。首先，从主题上看，普利策小说奖从创立之初便比较注重涉及种族关系、少数族裔文化与生活的作品。1930 年获奖作品——由奥利弗·拉法奇（Oliver La Farge）创作的《微笑男孩》（*Laughing Boy*）就是一个印第安人世界和白人世界文化冲突的故事。1937 年获奖的玛格丽特·米切尔的《飘》及 1961 年获奖的哈珀·李的《杀死一只知更鸟》等均取材于美国南方的历史与现实，对南北战争、奴隶制及种族歧视进行了探讨。但 20 世纪 60 年代以前族裔主题获奖作品均出自白人作家之手，其间掺杂的“他者”视角在所难免。少数族裔作家的一手经验没有得到传达，人们通过普利策小说奖看到的种族关系是经由白人作家打造的种族间的想象史。对种族问题的不断指涉让普利策小说奖呈现出种族多元的面貌，但这一面貌的本质却是经由文学生产将种族想象和种族偏见编码进观念系统的过程。

普利策小说奖修辞性排他的隐秘性可从作家身份轨迹窥见一斑。正如上文所说，表现少数族裔文化、生活的作品早在 1930 年就出现了，但少数族裔作家却直到 1967 年才跻身获奖名单。也就是说，在普利策小说奖设立后的 50 年里，普利策小说奖是完全把少数族裔作家排除在外的，该奖项表现出的美国性几乎等同于白人感知并塑造出的文学社会景观。少数族裔作家在 20 世纪 60 年代末进入普利策小说奖后，就稳步在获奖名单上占据自己的一席之地①，且族裔身份也在 90 年代后呈现出更加多样的态势，非裔、印度裔、多米尼加裔和古巴裔作家通过获奖进入现成的消费通道，步入大众的日常生活视野，由此逐步修正了普利策小说奖所代表的美国性即等同于白人性（whiteness）这一现象。

然而，从作品内容看，14 位少数族裔作家的作品几乎无一例外取

① 少数族裔获奖作家人数分别为 20 世纪 60—70 年代 3 位、80 年代 4 位、1990—2021 年 7 位。

材于本族群的文化和生活，多以文化冲突与融合、多元文化背景下的身份杂糅、散居等社会现实为诉说主体。分别于 1967 年、1976 年和 1998 年获奖的犹太裔作家伯纳德·马拉默德的《修配工》(*The Fixer*)、索尔·贝娄的《洪堡的礼物》(*Humboldt's Gift*) 和菲利普·罗斯 (Philip Roth) 的《美国牧歌》(*American Pastoral*) 犹太意识浓厚，突出犹太人在美国现代社会的生存困境与精神危机；1969 年获奖的印第安裔作家纳瓦雷·斯科特·莫马迪 (N. Scott Momaday) 的《日诞之地》(*House Made of Dawn*) 则是一部血统纯正的印第安小说；1990 年获奖的古巴裔作家奥斯卡·希胡埃洛斯 (Oscar Hijuelos) 的《曼波王弹奏情歌》(*The Mambo Kings Play Songs of Love*) 重现了 20 世纪四五十年代美国的曼波音乐热，揭示了美国古巴裔散居者的生存困境；2000 年获奖的印度裔作家裘帕·拉希莉的《疾病解说者》探索移民对故土的疏离和怀念及在新世界的冲突与适应；分别在 1983 年、1988 年和 2004 年获奖的《紫色》、《宠儿》及《已知的世界》(*The Known World*) 以高超的文学手法引发人们对奴隶制和美国非裔群体的反思；而 2008 年获奖的多米尼加裔作家朱诺·迪亚斯 (Junot Díaz) 的《奥斯卡·瓦奥短暂而奇妙的一生》(*The Brief Wondrous Life of Oscar Wao*) 就探讨了离散群体在美国社会遭遇身份危机的问题。"身份" (identity) 一词本就有"认同"一义，这些作品的共同特征即族裔边缘身份清晰可辨，这种对核心—边缘二元对立的刻画也许是其登上普利策奖舞台的因素之一。

文学场域受到多方面外力影响，从中可折射出社会、文化、经济、政治的变革，可窥见权力关系的交锋。如塞缪尔·亨廷顿所言，从 20 世纪 60 年代和 70 年代起，双重国籍和跨国身份的特性开始抬头[①]，普利策小说奖敏锐地体现出了这一转变。少数族裔作家在 20 世纪六七十年代才踏上普利策小说奖颁奖台，这不是一个偶然的现象。作为时代

---

① 〔美〕塞缪尔·亨廷顿：《我们是谁：美国国家特性面临的挑战》，程克雄译，北京：新华出版社，2005 年，第 91 页。

背景的60年代的民权运动促使美国社会从种族隔离向多元文化过渡，从而促进了文化机构对少数族裔作家的重视和推广。普利策小说奖作为一个重要的文化现象，会引发全美甚至全世界对获奖作家的身份及创作经历进行追溯和考察，使人们关注作家及作品所表征的族群、区域的社会、文化、历史等，甚至推动政策、体制、观念等方面对这些群体的注意。普利策小说奖正是借助文学与社会之间的共振效应达到扩大“美国性”所指的效果，此为其一。其二，如上文所述，普利策小说奖对少数族裔作家的收录与民权运动发展基本同步，因此很难量化种族因素在这些作品的获奖中占多少分量。多种族和多文化是美国民族性中一个重要的面向，普利策小说奖对这一面向的阐释从白人作家笔下“涂抹了红颜料的纳蒂·班波”①到少数族裔作家直接书写的以反抗、异质、有色为特征的身份文学，这种看似进步但内核实为以种族方式理解族性的文化实践是更值得我们深入思考的一个论域。

第四节　来自女作家的声音：修正美国性

对普利策小说奖所呈现出的传统美国性形成冲击的另一个来自边缘的声音是由女作家发出的。在1917—2021年90位获得普利策小说奖的作家中，女作家共有31位。这31位女作家的获奖年代呈现出三个繁荣期。第一、二个繁荣期分别发生在20世纪20—30年代和80—90年代。从2000年至今，女作家获奖人数也与男作家保持旗鼓相当的水平，暂可将其视作第三个繁荣期。

从作家身份、作品主题及写作手法入手，可从这三个繁荣期中描绘出普利策小说奖视阈下的美国女性文学发展图谱，从中一窥普利策小说奖将女作家内化为美国性诠释因子的过程。普利策小说奖出现的第一个女作家繁荣期是20世纪20—30年代，这期间有11位女作家获

① James Lowell. *Fable for Critics*. Boston: Houghton, Mifflin, 1890. p.66.

奖[①]，获奖人数与男作家相当，但是这 11 位女作家全是白人。第二个繁荣期是 20 世纪 80—90 年代，共有 7 位女作家获奖[②]。与第一个繁荣期相比，这个阶段女作家不仅集中获奖，还打破了该奖历史上只有白人女作家的格局，出现了族裔身份多元化的现象。普利策小说奖对少数族裔女作家的接受姗姗来迟，直至 1983 年艾丽丝·沃克才成为第一位获得该奖项的少数族裔女作家。80 年代出现的第二位少数族裔女作家是托妮·莫里森。第三次繁荣期伊始延续了第二次繁荣期少数族裔女作家受到重视的特点，首位印度裔女作家裘帕·拉希莉于 2000 年获得此殊荣。普利策小说奖历史上共有 4 位少数族裔女作家，其中三位在 1980—2000 年获奖。从年份上看，少数族裔女作家的现身比少数族裔男作家整整晚了 16 年，且普利策小说奖观照下的美国女性文学经典也是建立在二元对立的主流种族理解之上的。

少数族裔女作家从 20 世纪 80 年代伊始逐步通过普利策小说奖进入公众视野，这是女性主义运动投射在文学、文化领域的结果。女性主义运动第二次浪潮出现在 20 世纪 60 年代初期，也被称为“妇女解放运动”。在 80 年代以后获奖的女作家作品中对“清算男性暴政”这一传统的承袭印记清晰可见。从主题看，第二个繁荣期与第一个繁荣期之间的最大差别也在于作品体现出的社会运动和文艺思潮的烙印。20 世纪 20—30 年代获奖的 11 位女作家作品主题大都以白人中产阶级或贵族生活为焦点，而 20 世纪 80—90 年代的 7 位女作家作品则出现了明显的女性主义诉求和修正经典的态势。

20 世纪 80 年代末，女性主义运动迎来了第三次浪潮。新女性主

① 她们分别是 1921 年得主伊迪丝·华顿、1923 年得主薇拉·凯瑟（Willa Cather）、1924 年得主玛格丽特·威尔逊（Margaret Wilson）、1925 年得主埃德娜·费伯（Edna Ferber）、1929 年得主朱莉娅·彼得金（Julia Peterkin）、1931 年得主玛格丽特·艾尔·巴恩斯（Margaret Ayer Barnes）、1932 年得主赛珍珠、1934 年得主凯洛琳·米勒（Caroline Miller）、1935 年得主约瑟芬·温斯洛·约翰逊（Josephine Winslow Johnson）、1937 年得主玛格丽特·米切尔和 1939 年得主玛乔丽·金南·罗林斯（Marjorie Kinnan Rawlings）。

② 她们分别是 1983 年得主艾丽丝·沃克、1985 年得主艾莉森·卢里、1988 年得主托妮·莫里森、1989 年得主安妮·泰勒、1992 年得主简·斯迈利、1994 年得主安妮·普鲁和 1995 年得主卡罗尔·希尔兹。

义者提出要摒弃受害者心态，解构男女二元对立的思维模式，提倡兼容并包、种族多元化，这比第二次浪潮的女性主义者更加开放包容。进入 90 年代后，获奖女作家的作品便少了浓重的政治意识，作家开始更多探索当代社会中人类面临的问题和困惑，体现出更加博大的社会关怀。2000 年获奖的短篇小说集《疾病解说者》把流散公民作为中心人物，可谓颇具世界主义精神。2011 年得主珍妮弗·伊根（Jennifer Egan）的获奖作品《恶棍来访》（*A Visit from the Goon Squad*）刻画了数字时代中的人类体验，《船讯》和《一千英亩》探讨了人类在工业社会异化的问题。90 年代以后的获奖女作家在人物与主题方面不再局限于述说女性经验，她们的视野更加开阔，涉及的问题更加多元化，写作手法更为创新，这一点与前期获奖的大部分女作家形成了分水岭。

综上所述，普利策小说奖囊括的女性文学从作家身份、主题到写作手法等方面与女性主义运动和女性文学批评的发展形成一个共振。也就是说普利策小说奖视阈下的优秀美国文学与社会运动及文学思潮紧密相关。在这里，笔者不禁要再次对普利策小说奖的收录机制提出疑问：以政治动机为一大考量来建立美国文学经典时，其机制是通过文学构建民族身份，还是通过身份构建民族文学？

通过考察普利策小说奖对评审标准的修改以及百年来获奖小说的时代特征，不难发现普利策小说奖认知中的“美国生活”及“美国性”并非是一成不变的标准，而是与社会、经济、政治、文化紧密关联的动态观念系统。普利策小说奖的自我定位是有着深刻含义的，简言之，即通过文学作品构建美国民族身份、提升美国文化地位。传统的美国性内涵有着极其强势的文化核心，即盎格鲁-撒克逊新教文化，评奖过程和获奖作品中所体现出的保守主义及道德教育意义便与其存在紧密联系。这决定了该文化机构在构建美国性时不可避免地具有偏重白人视角与男性视角的倾向，同时也意味着对边缘群体和亚民族的排斥。然而从发展的视角来看，普利策小说奖逐步接纳并肯定了少数族裔作家和女作家，从中可窥见该文化机构与外围多重因素的互动。移民作家、女作家、少数族裔作家携带着多元的社会背景和文化传统，丰富了“美国性”的文学想象。然而，与欧裔作家、男作家相比，14 位少数族裔作家和 31 位女作家在总体数量上仍处于明显劣势。20 世纪 60 年代的民权运动使传统美国性受到一些冲击，普利策小说奖反映出了这些运动的成就，但盎格鲁-撒克逊新教文化作为美国的主流价值观，影响力并未减弱，来自边缘的声音对核心文化也并没有构成挑战，它们只是社会运动和文学思潮作用于文学场域的结果之一。妇女和少数族裔在政治、经济、文化等领域虽不断进步，但从以普利策小说奖为代表的主流文化机构所呈现的文化面貌来看，其文学依然是围绕着欧洲中心主义共生的“他者”。普利策小说奖视野下的“美国性”佐证了塞缪尔·亨廷顿、迈克尔·卡津等学者的论述，即美国信念及盎格鲁-撒克逊新教文化等传统美国性核心具有不可撼动的强势地位，然而其对来自各方面的修正与冲击又有容许度。普利策小说奖描绘出的美国文学是以男作家为主力军，辅以女作家并间或点缀少数族裔作家的“色拉盘”。“色拉盘”中的每个组成部分通过对民族特性的不断书写来完善美国性的定义，促进人们对民族身份的认同，而该奖项阐释美国性的曲折历程，说明了文化机构作为一个观念生产系统对社会政治的关注，并体现了文学在构建美国性方面的重要作用。

第三章　普利策小说奖视阈下的女性文学

在普利策小说奖的文学观和选择标准之下，获奖女作家也是其一脉相承的传统中的组成部分。普利策小说奖评委对女作家的选择也秉承着类似的偏好和文艺准则。但相对于男作家而言，女作家的普利策奖获奖之路要曲折得多。在普利策小说奖百年历史上，共有 31 位女作家获奖。1948 年普利策小说奖更名后，共有 19 位女作家获奖。[①]1980—2000 年的获奖女作家较为集中，有 8 位之多，且族裔身份多元，打破了普利策小说奖历史上仅有白人女作家获奖的格局。本章截取普利策小说奖历史上这 20 年女作家繁荣期，论述酝酿了这一现象的社会运动和文艺思潮大背景。

第一节　女性主义运动第二、三次浪潮与普利策女性文学的发展语境

1. 女性主义运动第二次浪潮——意识觉醒

20 世纪六七十年代，对美国社会影响最深远的运动毫无疑问是女性主义运动。女性主义运动第二次浪潮出现在 20 世纪 60 年代初期，也被称为“妇女解放运动”。女性主义运动第二次浪潮与 19 世纪 80

---

① 1948 年普利策小说奖更名为 The Pulitzer Prize for Fiction，短篇小说集自此之后才可以进入小说奖的角逐。这 19 位女作家分别是路易斯·厄德里克、唐娜·塔特（Donna Tartt）、珍妮弗·伊根、伊丽莎白·斯特劳特、杰拉尔丁·布鲁克斯、玛里琳·鲁宾逊（Marilynne Robinson）、艾丽丝·沃克、艾莉森·卢里、托妮·莫里森、安妮·泰勒、简·斯迈利、安妮·普鲁、卡罗尔·希尔兹、裘帕·拉希莉、尤多拉·韦尔蒂（Eudora Welty）、琼·斯塔福德、凯瑟琳·安·波特、雪莉·安·格劳和哈珀·李。

年代—20 世纪 20 年代的第一次女性主义运动的主旨有所不同。第二次浪潮认识到性别的不平等不仅仅存在于政治、经济等社会领域，文化、生活、习俗上已成定式的男尊女卑才是女性地位低下的深刻原因。因此，这次运动更加全面、系统地为妇女争取就业、受教育等平等权利，对文化传统的重新梳理成为其另一项主要任务。

全国妇女组织（National Organization for Women）和全国妇女政治核心小组（National Women's Political Caucus）分别于 1966 年、1971 年成立。这些组织的改革策略为美国妇女带来许多政治、社会权利方面的改革与进步。1972 年，美国国会通过了《平等权利修正案》(Equal Rights Amendment)，为性别平等建立了法律基础。1973 年，女性在教育和就业方面获得平等权利。之后《高等教育法第九法案》禁止在教育中出现任何性别歧视的政策和行为。除此之外，包括军校在内的大学也开始陆续招收女学生。在就业方面，法院支持女性雇员对雇佣和升迁政策中出现的性别歧视进行法律起诉。妇女们进入更多工作领域，如金融、商务、医疗、工程和政府部门等。

在文学艺术领域，全国妇女组织主席贝蒂·弗里丹（Betty Friedan）的作品《女性的奥秘》（*The Feminine Mystique*，1963）揭露了“幸福的家庭主妇”这一迷思背后的阴谋。①这种观念的普及实则是对妇女地位的压制，家庭主妇们在向婚姻和家庭靠拢的过程中逐渐放弃了自己的理想、个性，直到最终身份模糊。弗里丹呼吁唤醒那些在“女性的奥秘”指引下迷失了自己，失去了应有地位的女人，争取女性自由。这一思想在中产阶级和受过高等教育的女性群体中得到极大反响。弗里丹所论述的“女性的奥秘”与“社会性别”不谋而合。所谓“社会性别”，是指社会文化中形成的对男性和女性的行为模式和群体特征的刻板要求。“社会性别”是女性主义运动第二次浪潮的核心概念。这场在政治、社会方面声势浩大的运动也影响到了文学艺术界。学术刊物的介入意味着女性主义思想开始进入学术“主流”。女性主义刊物《征

① Betty Friedan. *The Feminine Mystique*. New York: W. W. Norton & Company, 2001. p. 8.

兆》(*Signs*)、《女性主义研究》(*Feminist Studies*)以及《妇女研究国际论坛》(*Women's Studies International Forum*)等在西方是高水平的权威性学术阵地，它们的参与意味着学界权威人士加入讨论，女性主义思想逐步成为独立的学术理论体系。

1970 年，凯特·米利特(Kate Millett)出版了《性政治》(*Sexual Politics*)。这部作品成为 20 世纪 70 年代女性主义批评的代表作。凯特·米利特为女性主义文学理论建立起一个重要传统，即揭示以白人男作家为主的经典文学中对女性形象的歪曲塑造。凯特·米利特集中讨论了 D. H. 劳伦斯(D. H. Lawrence)、亨利·米勒(Henry Miller)、诺曼·梅勒和让·热内(Jean Genet)四位作家对女性的贬损。不同于新批评那样只关注诸如 D. H. 劳伦斯是否“用笔粗拙”这样的问题，也不像以往传记式批评那样尊重作者的意图，凯特·米利特进行的是一种全新的批评。这种批评引进了女性视角，清算的是文学中男性的“暴政”。这一传统对女性主义创作产生重要影响。20 世纪八九十年代获奖女作家中，女性主义意识浓厚的作品如《紫色》《一千英亩》等均对经典文学中的女性形象进行了批判和修正。这一策略成为女性主义文学作品的显著特点之一。

女性主义文学批评很快承担起另一项任务，即对女性文学传统的追溯和恢复。埃伦·莫尔斯(Ellen Moers)于 1976 年出版的著作《文学女性》(*Literary Women*)便是对女性文学传统的恢复。女性写作的历史首次得到了追溯和描述。埃伦·莫尔斯逐个研究了已建立起经典地位的“伟大”英美女作家，如夏洛特·勃朗特(Charlotte Brontë)、简·奥斯汀(Jane Austen)、哈利雅特·伊丽莎白·比彻·斯托(Harriet Elizabeth Beecher Stowe)、乔治·艾略特(George Eliot)、薇拉·凯瑟和格特鲁德·斯泰因(Gertrude Stein)等。埃伦·莫尔斯得出结论，女性文学和男作家写作平行发展，拥有一样的精确传统。在批评方法上，埃伦·莫尔斯也做出了卓越贡献。她十分重视女作家的生平、传记以及女作家之间的交流和友情。该书首次探讨了女性文学传统，为后续女性主义文学史研究和女性主义批评理论的发展起到了铺垫作用。

1979 年，桑德拉·吉尔伯特（Sandra M. Gilbert）和苏珊·古芭（Susan Gubar）出版了《阁楼上的疯女人》（*The Mad Women in the Attic*），女性主义文学批评到达了一个新的高峰。桑德拉·吉尔伯特和苏珊·古芭采用西方马克思主义视角，把女性写作这一问题放置在权力与文化这一语境中进行解析。她们研究了西方男性文学中固有的女性形象——天使与魔鬼、圣女和妖妇，并指出这些形象是父权制社会对女性的曲解和压制。该书还分析了简·奥斯汀、艾米莉·狄金森等女作家的创作，探讨了她们在遵守父权制文学标准的同时又向其发起挑战的写作策略。《阁楼上的疯女人》为女性主义批评注入了心理分析这一策略，该书反映出后现代主义倾向。概而言之，这部作品以一种新的女权视角重新阅读并阐释了 19 世纪一些著名女性作家的作品，对女性主义理论的发展、完善起了重要作用。

伊莱恩·肖沃尔特是女性主义文学批评从第二阶段过渡到第三阶段的重要代表之一。她于 1977 年出版了《她们自己的文学——从勃朗特到莱辛的英国女性小说家》。这部作品不再像苏珊·古芭和埃伦·莫尔斯那样仅仅讨论少数几个“伟大”的女作家，而是把女性文学传统看成是由青史留名的大作家和被遗忘的一般作家组成的一个连贯体系。由于这部著作发掘了许多长期不被关注的英国女作家，有力地展示了女性文学的持续不断的传统，因此被称为女性主义划时代著作。

美国女性主义文学批评的第二阶段主要讨论女性和创造性、女性和写作等问题，其主要任务是发掘女性作家及其作品，重建女性文学史。在这一时期，女性写作常常被定义为主题关于女性的、由女性创作或是为女性写的作品，这与法国埃莱娜·西克苏（Hélène Cixous）等批评家提出的“女性写作”概念相得益彰。自此以后，英美女性主义思潮从最初的女性主义文学批评拓展到跨学科、多学科的文化研究领域，从而进入了女性主义运动第三次浪潮。

2. 第三次浪潮——多元共生

20 世纪 80 年代末，女性主义运动迎来了第三次浪潮。丽贝卡·沃克（Rebecca Walker，艾丽丝·沃克的女儿）在 1992 年的文章中宣称“我就是第三次浪潮”[①]。大部分学者认为丽贝卡·沃克的声明吹响了女性主义运动第三次浪潮的号角。这次女性主义运动并没有完全否定第二次女性主义运动的任务和遗产，她们是要冲破先前女性主义运动实践中的古板和束缚。丽贝卡·沃克写道：

> 对我们来说，用我们知道的、理解的女性主义的方式做一位女性主义者，这意味着要符合一种身份与生活方式，但这种身份和生活方式没有给个性和复杂性留下空间，更别提完美的个人历史了。我们害怕这种身份规定并控制我们的生活，让我们突兀地与人们针锋相对，逼着我们选择坚定不移、一成不变的立场，女性对抗男性，黑人对抗白人，被压迫者对抗统治者，善对抗恶……对于这样一代人来说，上述这种给世界排序的方式太困难了。[②]

这场运动中的主要作品还有丽贝卡·沃克的《做到真实：说真话与改变女性主义的面貌》（*To Be Real: Telling the Truth and Changing the Face of Feminism*，1995）、莱斯莉·黑伍德（Leslie Heywood）与珍妮弗·德莱克（Jennifer Drake）的《第三次浪潮的议程：女性主义知与行》（*Third Wave Agenda: Being Feminist*，*Doing Feminism*，1997）、珍妮弗·鲍姆加德纳（Jennifer Baumgardner）和埃米·理查兹（Amy Richards）的《宣言：年轻女性、女性主义与未来》（*Manifesta: Young Women, Feminism*，*and the Future*，2000）、芭芭拉·费德林（Barbara Findlen）的《听：新一代女性主义之声》（*Listen Up: Voices from the Next Feminist Generation*，1995）、罗伊·迪克（Rory Dicker）和埃里森·皮普米尔（Alison Piepmeier）的《逐浪：开拓 21 世纪女性主义》（*Catching a Wave: Reclaiming Feminism for the 21st Century*，2003）以及薇薇安·兰博顿（Vivien Labaton）和道恩·兰迪·马丁（Dawn Lundy Martin）的

---

① Rebecca Walker. “Becoming the Third Wave.” *Ms.*, 1992, 2(4): 39-41.

② Rebecca Walker. “Being Real: An Introduction.” In *To Be Real: Telling the Truth and Changing the Face of Feminism*. Ed. Rebecca Walker. New York: Anchor Books, 1995. pp. 19-23.

《时代的火焰：新激进分子和新女性主义》（*The Fire This Time: Young Activists and the New Feminism*，2004）。伊莱恩·肖沃尔特于 1991 年出版的《姐妹们的选择：美国妇女写作的传统和变化》（*Sister's Choice: Traditions and Change in American Women's Writing*）探讨了美国女性文学传统和创作中的文体、主题、形象、历史选择与文化实践。这部作品也是女性主义运动第三次浪潮中的代表作品之一。

这些著述为女性主义运动第三次浪潮提出了若干主张。首先，她们强调自己是全新的女性主义。“我们是第一代在生活的千丝万缕中都融汇有女性主义的人，因此很自然我们中有许多人是女性主义者。”[①]许多第二次女性主义运动中的人物认为女性主义精神在年轻一代女性中弱化甚至消失了，但珍妮弗·鲍姆加德纳和埃米·理查兹表示，“女性主义就在那儿，蕴含在我们正义和自尊的日常生活行为中。对我们这一代来说，女性主义就像氟化物。我们几乎意识不到自己拥有它—但它就在水中”[②]。如果说上一辈女性主义者要努力争取平等权益，积极自证，那么新一代的女性主义者则生来就已拥有了平等权和自我实现的机会。

第三代女性主义者成长在不同的时代背景，因此她们需要借助一种全新的女性主义来表达自己面临的挑战和困难。举例来说，她们处在由大众媒体和信息技术主导的时代，因此她们对科技和媒体的感受势必比上一代人更加深刻。政治诉求是第二次女性主义运动浪潮的一大任务。但第三次女性主义运动浪潮中的文学则开始强调对文化产品的批判，把着眼点放在流行女性偶像、嘻哈音乐和装饰文化上。知名先锋女性主义期刊以女性主义视角解读流行文化，它主张“要批判地思考大众媒体传达的每一条信息；要以我们的所见大声说出对与错”[③]。

---

① Barbara Findlen. “Introduction.” In *Listen Up: Voices from the Next Feminist Generation*. Ed. Barbara Findlen. Seattle: Seal Press, 2001. pp. 6-7.

② Jennifer Baumgardner and Amy Richards. *Manifesta: Young Women, Feminism, and the Future*. New York: Farrar, Straus & Giroux, 2000. p. 22.

③ Lisa Jervis. “Mission Statement for *Bitch* Magazine.” In *The Women's Movement Today: An Encyclopedia of Third-Wave Feminism*. Vol. 2, *Primary Documents*. Ed. Leslie Heywood. Westport: Greenwood Press, 2006. pp. 263-264.

其次，上一辈女性主义者通常是反对男性、反对性行为、反对女性气质的。但新女性主义者没有这么刻板、激进。娜奥米·沃尔夫（Naomi Wolf）称，女性主义运动第二次浪潮是“受害者女性主义”。她说，前辈希望女性“放弃异性恋特权，但方法是不婚，而非深化民权；放弃美丽，而不是拓展美丽的定义”①。新女性主义者愿意与男性平等对话，追求愉快平等的两性关系，并对女性气质毫不抗拒。她们认为化妆打扮并不是向社会界定的女性特征屈服，也不是为了迎合男性“凝视”。她们的主张更加真实，也颇值得体味。20 世纪 80 年代，第二次女性主义运动浪潮在性产业等问题上产生了分歧。实际上，与其说第三次女性主义运动浪潮中的新女性主义者是对第二次女性主义运动浪潮的推翻和反叛，倒不如说她们恰恰是对其分裂后的一个流派的沿袭。

再次，新女性主义者提倡兼容并包、种族多元化，比第二次女性主义运动浪潮中的女性主义者更加开放包容。莱斯莉·黑伍德把新女性主义者形容为“一种包容的形式”②。她们“不仅尊重种族、民族、宗教和经济地位各异的女性，也接受一个个体所具有的多重身份”③。把多重身份纳入研究范围为分析增加了难度，但新女性主义者认为今天的女性主义必须让如今的年轻人产生共鸣，观照到不同族群的需求和经验。尽管她们把多元化视为其本质特征，但这并不意味着第二次女性主义运动浪潮全然关乎白人中产阶级妇女的需求。但是，第三次女性主义运动浪潮中的女性主义者声称，20 世纪 80 年代“有色人种”女性创作才是第三次女性主义运动浪潮的开端④，新女性主义者把格

---

① Naomi Wolf. "Two Traditions' from *Fire with Fire*." *The Women's Movement Today: An Encyclopedia of Third-Wave Feminism*. Vol. 2, *Primary Documents*. Westport: Greenwood Press, 2006. pp. 14-15.

② Leslie Heywood. *The Women's Movement Today: An Encyclopedia of Third-Wave Feminism*. Vol. 1, A–Z. Westport: Greenwood, 2006. p. 67.

③ Leslie Heywood. *The Women's Movement Today: An Encyclopedia of Third-Wave Feminism*. Vol. 1, A–Z. Westport: Greenwood, 2006. p. 67.

④ Leslie Heywood and Jennifer Drake. *Third Wave Agenda: Being Feminist, Doing Feminism*. Minneapolis: University of Minnesota Press, 1997. p. 29.

洛里亚·安塞杜亚（Gloria Anzaldua）和奥德·洛德（Audre Lorde）等少数族裔作家划入第三次女性主义运动浪潮，使得第二次女性主义运动浪潮的队伍显得更加白人化，缺少种族多样性。

纵使第三次女性主义运动浪潮中的女性主义者一再强调她们发起的新运动是跨越种族、阶级和身份的，但仍旧难以避免重蹈先辈覆辙，阶级偏见难以完全消除。比如，她们认为芭比娃娃和《时尚》（*Vogue*）杂志是“女孩文化”中共有的女性经验[①]。显然，白人女孩和中产阶级女孩才会对芭比娃娃和《时尚》杂志产生共鸣。第三次女性主义运动浪潮的奠基人丽贝卡·沃克是艾丽丝·沃克的女儿，毕业于耶鲁大学，是《时代》周刊评选出的50位美国未来领导人之一。因此，纵使她们有着良好愿望，但也难以深入探讨不同背景的女性经验，难以回应其他阶级的女性需求。

第二次和第三次女性主义运动浪潮为女作家的登场打下了良好的基础。尤其是第三次女性主义运动浪潮以“族裔身份多元”和“打破阶级界限”为口号，更是为少数族裔女作家进入公共视野做出了文化思潮方面的铺垫。温迪·斯坦纳（Wendy Steiner）在论述文学价值的变化时写道：

> 那时大家都认为女性还在创作19世纪式的小说。起码许多男人，尤其是实验主义者们倾向于如此认为。约翰·巴斯（John Barth）认为“当代大多数创作小说的美国女作家，不论是好是坏，她们主要的文学侧重点依然停留在对世俗新闻事件的生动报道上”。因此他为女作家贴上了“前现代”的标签。我读过大量女作家的小说——托妮·莫里森、厄休拉·K. 勒吉恩（Ursula K. LeGuin）、路易丝·厄德里克、艾丽丝·沃克、玛丽莲·罗宾逊、格罗丽亚·内勒（Gloria Naylor）——她们完全不是巴斯所说的那样。她们的作品意象丰富、感情充沛，充满了恢复一段丢失的、被掩埋的过去的愿望。她们没有否认生存的绝望，也没有以脆弱的知性主义或

① Marcelle Karp and Debbie Stoller. *The BUST Guide to the New Girl Order*. New York: Penguin Books, 1999. p. xv.

讽刺来予以回应。她们没有提出像冯内古特（Vonnegut）的“顺其自然”一般的空洞理论，相反，她们凸显故事人物的苦难。①

在社会发展过程中，文学价值和文学观念发生着变迁。曾经处在边缘地带的女作家，尤其是少数族裔女作家逐步进入公共视野并得以经典化。她们的作品打破传统观念对女作家的偏见，凸显出深厚的文学价值。从普利策小说奖获奖女作家的身份轨迹来看，少数族裔女作家于20世纪80年代之后步入普利策小说奖队列，可以说与女性主义思潮密切相关。文学文化思潮和社会运动的成果在一定程度上对权威文化机构产生影响。这种影响的成因是复杂的、多方参与的。文学场域内部各因素的博弈和政治场域与文学场域的互动是曾经边缘的女作家走向经典的部分原因。

3. 文学场域权力的博弈及获奖女作家的女性意识

彼得·比格尔（Peter Bürger）在《先锋派理论》（*Theorie der Avantgarde*）中论证道，艺术作为一个体制，是伴随着资本主义社会的发展，文化制度从经济、社会制度中独立出来的结果。“制度”是一个属于社会学范畴的概念。②皮埃尔·布尔迪厄在《艺术的法则》中指出，文学制度是一个完整的体系，它是影响文学与社会、文学的生产与接受的体制性力量的集合。③斯蒂文·托托西认为，“文学制度”一词的指涉范围包括“一些被承认和已确立的机构，在决定文学生活和文学经典中起了一定作用，包括教育、大学师资、文学批评、学术圈、自由科学、核心刊物编辑、作家协会、重要文学奖”④。文学奖项作为文学制度的一个环节，要在对文学场域产生影响的各种力量之间取得平衡。它既是当下价值判断的反映，也是权力博弈的反映。普利策

① Wendy Steiner. “Look Who’s Modern Now.” *New York Times Book Review*, 1999, 13 (5):19.

② 〔德〕彼得·比格尔：《先锋派理论》，高建平译，北京：商务印书馆，2002年，第102页。

③ Pierre Bourdieu. *The Rules of Art*. Trans. Susan Emanuel. Cambridge: Polity Press, 1996.

④ 〔匈〕斯蒂文·托托西：《文学研究的合法化》，马瑞琦译，北京：北京大学出版社，1997年，第33-34页。

小说奖对女作家的选择便是社会运动和文学思潮作用于文学场域的结果之一。

从 1917 年到 2021 年，有 31 位女作家获得普利策小说奖。其中 8 位是在 1980—2000 年被授予该荣誉的。女作家在这 20 年间得到集中肯定并不是一个偶然现象，作为时代背景的女性主义运动毫无疑问促进了文化和文学领域对女作家的重视和推广。

在文学艺术领域，女性长期被排斥在主流之外。在美国文学史上，白人男性才是美国文学之声。美国文学的历史和论述由男性编写，经典之作也多为男作家的作品，这些现象深化着男权标准和价值观。美国女诗人安妮·布拉德斯特里特（Anne Bradstreet）在她的诗集前言中曾控诉世人对女作家的偏见：

> 我深深受害于每一张饶舌的尖嘴，
> 说我的手更适合缝纫针线，
> 世人嘲笑我亵渎了诗人的笔，
> 这是我对我们女性心智的轻贱。
> 即使我作品优秀，也不会有何进展，
> 他们会说是剽窃，或者是偶然。[①]

在恶劣的创作环境中，女性文学却从未停止发展。19 世纪，美国的畅销作家多为女作家，但正统文学界和男作家将她们贴上“市场”“言情”的标签，女作家被排挤在“经典”的边缘。纳撒尼尔·霍桑于 1855 年在致出版商的信中，就把女作家群体称为“一群该死的乱写乱画的女人”[②]。进入 20 世纪，女性主义批评和后殖民理论的崛起，促使知识分子揭露西方文化传统中的男权偏见，以及他们对女性形象的主观塑造。玛丽·艾尔曼（Mary Ellmann）在《对妇女的思考》（*Thinking About Women*，1968）中提出了“阳物批评”（phallic criticism）这一

① 陶洁：《美国诗歌选读》，北京：北京大学出版社，2008 年，第 7 页。作者译。

② Elaine Showalter. *A Jury of Her Peers: American Women Writers from Anne Bradstreet to Annie Proulx*. New York: Alfred A. Knopf, 2009. p. 72.

理论。她用这一术语来分析男性批评家在评论女性作家及其作品时的歧视态度，诸如把女作家的作品与女性画等号，不自觉地使用“多愁善感的”、“甜蜜的”和“细腻的”等词语。与《阁楼上的疯女人》采取的手法相同，玛丽·艾尔曼从美国作家的作品中找出了妇女形象的类型模式。按她的划分，文学作品中的女性的特征有被动性、不稳定性（歇斯底里）、封闭性（狭隘、务实）、虔诚性、物质性、圣洁性、非理性、顺从和无可救药性（如泼妇与女巫）[①]。在这样的批评下，女性作品的真正面貌被掩盖了。多丽丝·莱辛（Doris Lessing）于1971年写的小说《金色笔记》（*The Golden Notebook*）的序言中提醒读者：

> 10年或者5年前，大部分小说和戏剧是由美国和本国的强烈批评女人的男人所写的。女人被刻画为欺软怕硬者、背叛者，特别被当作暗中破坏者。但男作家的这些态度被看作是理所当然的，被认为是有合理哲学基础的，有作为的，很正常的，当然不是仇恨女性的、挑衅性的，或神经过敏的。[②]

女性主义运动浪潮使女性文学得到大力发掘，使女性创作得到充分讨论，对其作品的市场需求也逐步扩大。女作家的艺术手法丰富，涉猎范围广泛。她们用自己的笔触描述着美国社会生活，其努力和成就从普利策小说奖中可见一斑。从1980—2000年获奖的女作家中看，艾丽丝·沃克的《紫色》、托妮·莫里森的《宠儿》和简·斯迈利的《一千英亩》都具有女性意识觉醒小说（consciousness-raising novel）元素。女性意识觉醒小说遵循妇女解放运动的概念，非常清晰地刻画出女主人公个人意识觉醒的过程。在向广大读者传播女性主义观念方面，女性意识觉醒小说起到了举足轻重的作用。

艾丽丝·沃克的《紫色》采用新现实主义手法，与20世纪80年

---

① Toril Moi. *Sexual/Textual Politics: Feminist Literary Theory*. New York: Routledge, 2002. p. 33.

② Doris Lessing. *The Golden Notebook*. New York: Harper Perennial Modern Classics, 1999. p. xiv.

代兴起的女性主义批评文艺观点相吻合。所谓“新现实主义”，即从女性的日常生活和心理来反映社会重大问题。《紫色》通过以西莉为代表的非裔女性的生活现状，反映了宗教信仰、男女平等、性解放、同性恋和种族矛盾等社会现实。主人公西莉的生活、情感和意识的变化过程可以分为三个阶段：从初期“我只知道怎么活着不死”的奴役阶段，到自我意识觉醒的过渡阶段，最终达到经济独立、人格自主的阶段。首先，西莉通过做裤子成为一个深受顾客喜爱的女裁缝，获得了经济上的自主。从象征意义而言，裤子是模糊传统两性服饰界限的一个符号。当西莉穿上裤子时，虽然某某先生暴跳如雷，认为自己的老婆穿裤子不成体统，但西莉却打破了男性社会为她设定的角色限制。西莉在给别人做裤子时，也融入了自己的个性和穿着者的个性。

> 有一天，我做了一条十全十美的裤子。当然是给我的小甜甜做的。裤子的料子是藏蓝色的软软的平针织物。上面有一小点一小点的红色。不过这裤子穿在身上非常舒服。莎格在巡回演出的路上会吃一大堆乱七八糟的东西，还要喝酒，身子会发胖。所以这条裤子做得既宽松又不走样子。她要把衣服打包装箱，最怕衣服起皱了。这条裤子既轻柔，又不容易起皱，布料上的小图案总显得挺精神，挺活泼的。裤脚管比较大，她可以穿着演唱，把它当裙子穿。还有，莎格穿上这条裤子，漂亮得能把你的魂勾去。[①]

对于西莉来说，获得自尊、发现自我的第一步是对自己创造力的挖掘。西莉把做裤子当成一项事业来做，获得了经济上的独立。其次，西莉的觉醒主要是通过莎格的影响和感召。莎格的生活独立、平等、自由。她不仅不受男人左右，而且拥有对男人的自主选择权。在认识莎格之后，西莉感受到了爱和温暖。莎格愿意听她讲述自己的故事和感受，鼓励她培养自信心，教育她要对暴力和不公奋起抗争。与先前孤苦无依、不被人正眼看待的处境相比，在莎格的帮助下，西莉成长

① Alice Walker. *The Color Purple*. Boston: Mariner Books, 2003. p. 210.

了。某某先生不再像以前那样对她拳脚相加。在得知某某先生私藏了妹妹的来信之后，西莉非常愤怒，差点要了他的命。这是西莉反抗意识觉醒的一个标志。在莎格对西莉施予的影响中，性启蒙尤为重要。对西莉来说，同性恋是她性启蒙的开端，使她获得独立人格，并感受到了爱人关系中的平等与爱护。西莉最终的归属和成长都落脚于引人争议的“同性恋”主题上。艾丽丝·沃克对“性”的处理，与女性主义运动第二次浪潮的主张比较接近。第三次女性主义运动浪潮所提倡的享受与男性之间平等愉悦的关系，反对针锋相对，破除二元对立的主张并没有在《紫色》中得到体现。

托妮·莫里森的《宠儿》和艾丽丝·沃克的《紫色》是 20 世纪 80 年代普利策小说奖获奖名单上较受瞩目、流传较广的作品。在《宠儿》中，一开始塞丝安于在“甜蜜之家”安居乐业。在“学校教师”的暴政下，塞丝和其他黑奴一样，默默忍受施加在他们身上的一切苦难。这时的塞丝是没有自我意识的。在被视同牲畜的待遇下，塞丝终于觉醒，于是她身怀六甲、冒着被抓的危险无论如何也要逃出“甜蜜之家”,做一个自由人。她誓不为奴的愿望在弑女中得到了极端的体现。最终，宠儿的出现证明塞丝获得的自由是不堪一击的，她并没有完全走出历史的阴影，也没有获得真正的精神解放。在家庭摇摇欲坠、面临危亡时，小女儿丹芙终于走出家门，向黑人社区寻求帮助。宠儿的消失意味着塞丝终于获得了身心上的自由，从过去的深重苦难里获得了解脱，也说明黑人团结一致是自我意识回归的必然之路。第三次女性主义运动浪潮中的女性主义者声称，20 世纪 80 年代“有色人种”女性创作才是第三次女性主义运动浪潮的开端。[①]她们称新女性主义阵营中阶级、种族和身份更加多元化，影射第二次浪潮在这些方面的单一，以白人女作家为主。依照这种划分，《紫色》和《宠儿》便是第二次浪潮和第三次浪潮中承前启后的作品。

① Leslie Heywood and Jennifer Drake. *Third Wave Agenda: Being Feminist, Doing Feminism.* Minneapolis: University of Minnesota Press, 1997. p. 29.

普利策小说奖虽然对时事敏感，但它对文学思潮的反映却略显迟钝，或者说普利策奖官方是不愿意承担过于前卫的风险的。新生代呼吁女性主义要跨越阶层、跨越种族，关怀多重身份、边缘人群的号召几乎没有在这个阶段的普利策小说奖中反映出来。1992 年获奖的《一千英亩》也是一种抗议式的女性呐喊。它是一部女性意识觉醒小说，简·斯迈利还把生态批评纳入小说的创作中。生态女性主义认为，生态环境中人与自然的关系存在对立，正如社会文化语境中男人与女人的关系存在对立一样。生态女性主义作品通常会表达一定的自然和谐观，它的关注点是女性和自然，并会对自然环境与女性的共同命运做出类比。美国文化中对西部拓荒一直怀有“美国梦”神话般的情结：在辽阔的土地上，雄心勃勃、吃苦耐劳、自强不息的男性占有土地，辛勤开垦，征服自然并最终获得成功。此时，土地被赋予了浓厚的女性气质，像处女、情人或母亲。《一千英亩》展示了当男性对女性和土地的所有权遭到破坏时，家庭内部成员的关系会发生剧烈变化。这部作品也暗含另一条线索，即在父权制社会中，人类是怎样把土地置于和女人相同的位置加以掠夺的。生态女性主义反对一切形式的压迫，并认为男人对女人的统治和人类对自然的统治有着类似的逻辑和密切的联系。传统西方哲学中的二元对立，把男性和女性、人类和自然等对立起来，认为女性和自然等是没有创造力的，是次于另一方的。这为男性对女性的奴役、人类对自然的征服提供了哲学基础和逻辑法则。父权制农业文化的发展与对土地的破坏和对女性的压迫紧密交织，成为父权制农业传统的一部分。此外，《一千英亩》对科技进步和工具理性的反省也是女性主义创作中的新元素。但总的来说，其文艺观念更倾向于女性主义运动第二次浪潮的主张。

需要澄清的一个概念是，女作家、女性文学和女性主义运动之间并不存在等同的关系，如盖尔·格林尼（Gayle Greene）所说，“女性主义小说并不等同于有关女人的小说，也不是指由女人创作的小说。并非所有女作家都在书写有关女人的小说。由于讲述‘女性问题’并不见得一定要从女性主义角度出发，因此并非所有在书写有关女人的小说的作家都是女性主义作家”[①]。如果一部作品认为“社会性别是社会塑造之产物,可塑造的也可被解构——并理解变化是可能发生的,并将其融入叙述当中”,那么就可以将其定义为女性主义小说[②]。因此,根据这一定义,安妮·普鲁的《船讯》、艾莉森·卢里的《异国情事》(*Foreign Affairs*)和安妮·泰勒的《呼吸课》都不在这一范畴。

文学奖项具有将一个作家或一部作品“神圣化”的功能。“对游戏(幻象)及其规则的神圣价值的集体信仰同时是游戏进行的条件和产物。”[③]游戏可以进行下去的前提即集体对游戏本身及其规则的信仰,而游戏的结果也是集体对游戏神圣价值的信仰。这种因与果的关系就像一个相辅相成、互相增进的系统。对游戏的“信仰”便意味着集体对普利策小说奖评奖的程序、标准和威信的信任,更为重要的是,对普利策小说奖所推广的意识形态的信任。这种意识形态的选择是谁做出的,怎么做出的,这一话题便回到了权力场与文学场的关系上。为了保障普利策小说奖具有这种“神圣化”的能力,必须由文学场域和社会场域掌握雄厚的文化资本和有力话语权的群体来参与完成奖项的评审。同时,在社会运动和文学思潮中崛起的掌握话语权的新阶级,也要参与这一“神圣化”过程来进行自我表征。正是因为这种互动关系,才不断出现新的文学现象和具有“新”身份的作家群体。也正是这种权力的博弈,才使女作家走上了“神圣化”的殿堂。

第二节 获奖女作家的历史梳理

普利策小说奖对女作家的收录历史具有清晰的社会运动和文艺思潮的痕迹。正如本章所论述的,经典化的过程也反映出了社会新阶层

---

① Gayle Greene. *Changing the Story: Feminist Fiction and the Tradition*. Bloomington and Indianapolis: Indiana University Press, 1991. p. 2.

② Gayle Greene. *Changing the Story: Feminist Fiction and the Tradition*. Bloomington and Indianapolis: Indiana University Press, 1991. p. 2.

③〔法〕皮埃尔·布迪厄:《艺术的法则——文学场的生成和结构》,刘晖译,北京:中央编译出版社,2001年,第277页。

的出现和社会新力量的崛起，因此，文学具有意识形态属性。斯蒂文·托托西在《文学研究的合法化：一种新实用主义、整体化和经验主义文学与文化研究方法》(“Legitimizing the Study of Literature: A New Pragmatism and the Systemic Approach to Literature and Culture”)中指出，文学是社会系统里的子系统，而这个系统是开放的。因此，社会力量必然不断介入文学场域，对其产生影响。普利策小说奖对女作家的收录本身就代表普利策奖对美国女性文学图景的不断阐释和勾画。从只有白人女作家，到 20 世纪 80 年代第一位非裔女作家的出现，再到印度裔和印第安裔女作家的获奖；从注重以白人视角叙述的历史题材，到全然有关非裔生活的作品，再到少数族裔的流散文学，以普利策小说奖为框架所呈现出的美国女性文学图景是一个不断扩大、逐步多元的动态过程。对普利策小说奖获奖女作家的历史性梳理是考察普利策小说奖经典观嬗变的一个角度。

1. 南方女作家

1948 年伊始，女作家在普利策小说奖的获奖名单上出现了 12 年的空白。直到 1961 年，哈珀·李打破了男作家垄断该奖项 12 年的局面。20 世纪 60 年代共有 9 位作家获奖，其中 5 位是南方作家。[①]南方作家几乎主导了 60 年代的普利策小说奖。南方社会的历史和现实为作家提供了丰富的创作素材。从 16 世纪非洲黑奴被贩运到美洲开始，奴隶的劳动便成为南方种植园经济的支柱。白人为巩固自身的社会、经济地位，借用宗教及“白人至上论”从意识形态上来巩固这一“特殊制度”(the peculiar institution)。1861—1865 年的南北战争摧毁了奴隶制，但历史悠久的“黑人劣等”观念却早已浸入南方的社会和家庭生活，种族歧视仍是南方旧文化中挥之不去的阴霾。因此，种族关系、奴隶制和内战成为南方作家积极诉说的主题。弗雷德里克·霍夫曼

① 1961 年哈珀·李的《杀死一只知更鸟》、1963 年威廉·福克纳的《掠夺者》、1965 年雪莉·安·格劳的《管家》、1966 年凯瑟琳·安·波特的《凯瑟琳·安·波特小说集》(*The Collected Stories of Katherine Anne Porter*)以及 1968 年威廉·斯泰伦的《奈特·杜纳的告白》。

（Frederick J. Hoffman）在《南方小说的艺术：若干现代小说家研究》（*The Art of Southern Fiction: A Study of Some Modern Noverlists*）中指出，南方小说倾向于处理历史问题，并“对传奇般的历史采取一种思考、凝视、念念不忘的姿态”[①]。因此，南方作家会在特定的主题和人物上进行循环往复的述说。哈珀·李、雪莉·安·格劳和凯瑟琳·安·波特分别于 1961 年、1965 年和 1966 年获得普利策小说奖。三位女作家承袭南方小说传统，作品主题均围绕种族关系和南方的历史文化展开。《杀死一只知更鸟》是哈珀·李唯一的作品，但却奠定了她在美国文学中的地位。《杀死一只知更鸟》以南方的风土人情为背景，借一个小女孩之口，讲述了 20 世纪 30 年代发生在亚拉巴马州梅康姆县的一个故事。故事围绕一桩强奸案的审判展开，以一个无辜的黑人遭到迫害为主线来折射南方的种族歧视与迫害这一社会问题。这部小说因其对南方、种族、性爱三大主题的描述成为 20 世纪的经典作品。它不仅得到普利策奖评审委员会的肯定，而且于 1962 年被翻拍为电影，一举获得三项奥斯卡奖与三项金球奖。1965 年的普利策小说奖颁给了著名南方女作家雪莉·安·格劳创作的《管家》。雪莉·安·格劳塑造了很多令人难忘的白人与黑人角色。她跨越肤色界限，走进黑人的内心世界，用自己的作品为有关种族的公共论题增加了深度。1966 年，普利策奖评审委员会又将奖项颁给了南方女性作家的杰出代表——凯瑟琳·安·波特。凯瑟琳·安·波特的作品主人公多为女性，女性意识的觉醒是贯穿其小说的一条主线。“南方”是凯瑟琳·安·波特作品的另一个主题。她的作品对南方传统进行反思，认为人们应该摆脱传统“南方神话”的负累，直面现实。这种观点具有进步意义，发人深省。20 世纪 70 年代有两位女作家获得普利策小说奖。其中，1973 年得主尤多拉·韦尔蒂是南方女作家阵营中的杰出代表。

上述获奖作品都嵌有深刻的南方小说烙印，但同时各有特色。雪

① Frederick J. Hoffman. *The Art of Southern Fiction: A Study of Some Modern Noverlists*. Carbondale: Southern Illinois University Press, 1967. p. 9.

莉·安·格劳的作品最典型的特征是对节日、婚礼、葬礼等仪式的丰富描写。她的大部分小说以白人贵族的生活为中心。但同时，她关注黑人的文化、传统和习俗，这是她成为重要作家的原因之一。凯瑟琳·安·波特的写作大都以自己的真实生活为素材。在一次采访中她说道："我用小说手法写下的一切都是严格根据生活中的真事改编的。"[①]例如，在南方色彩较为突出的《老人》(*Old Mortality*) 这部作品中，她借米兰达·盖伊 (Miranda Gay) 表达了自己希望逃出失败婚姻禁锢的愿望。凯瑟琳·安·波特的作品文如其人，读者几乎可以通过她的小说体会她一生的所见所闻。尤多拉·韦尔蒂非常注重探讨女性与女性之间的关系。在她的作品中，女人间的对话占了很大比重，这是南方口述传统的一个典型表现。《乐观者的女儿》(*The Optimist's Daughter*) 是尤多拉·韦尔蒂创作特色的良好体现。

这几位南方作家在二战后成长起来，她们的时代背景是正值 20 世纪 60 年代女性主义运动的兴起。在女性主义运动的影响下，南方女作家进入了文学批评的范畴。但此时得到关注的女作家全是白人，她们的作品几乎都是描写南方上流社会的生活。所谓南方文学，不同族裔的男、女作家创作的跨种族、跨阶层的作品合体才能构成一幅完整的南方社会图景，但彼时的普利策小说奖并没有体现出这一完整性。在文学界由白人男作家主导，出版界主要迎合白人读者喜好的六七十年代，南方非裔女作家虽已崭露头角，但还没有进入经典化进程。

2. 非裔美国女作家崛起的 20 世纪 80 年代

如果说南方女作家在 20 世纪 60 年代的普利策小说奖名单上成绩斐然，那么 80 年代则见证了非裔女作家的崛起。自 60 年代末 70 年代初第三次"黑人文艺复兴"以来，黑人文学创作进入高潮。在这次创作繁盛期中，非裔女作家占据了主导地位。80 年代普利策小说奖的女

① Wendy Martin. "Katherine Anne Porter." In *Modern American Women Writers*. Ed. Elaine Showalter, Lea Baechler and A. Walton Litz. New York: Macmillan Publishing Company, 1991. p. 284.

性得主有 4 位，从得奖人数上看几乎与男作家平分秋色。1983 年，艾丽斯·沃克成为普利策小说奖历史上的首位非裔美国女作家。艾丽斯·沃克是南方少数族裔女作家阵营中重要的一员。她创作的书信体小说《紫色》描述了一个饱受男性压迫的黑人弱女子的觉醒过程。作品对当时美国社会中的女性主义运动及同性恋等复杂问题的处理，使其夺得普利策小说奖、国家图书奖和国家书评人协会奖三大奖项。《紫色》获得普利策小说奖那年，即 1983 年，美国的大部分文学奖项，如普利策小说奖和戏剧奖、国家图书奖的小说奖、国家书评人协会奖等得主均为女性。这令美国文坛不得不对女作家刮目相看。五年后，托妮·莫里森的作品《宠儿》摘得普利策小说奖。这部作品取材于真实的历史事件。它无情地鞭笞种族主义，在美国引起轰动。托妮·莫里森于 1993 年获得诺贝尔文学奖，理由是“以其富于洞察力和诗情画意的小说把美国现实中一个重要的方面写活了”。托妮·莫里森就此成为美国非裔女性文学的领军人物。

20 世纪 80 年代获得普利策小说奖的另外两名女作家是艾莉森·卢里和安妮·泰勒。艾莉森·卢里擅长刻画美国知识分子与中产阶级生活。其 1985 年获奖作品《异国情事》生动刻画了美国知识分子的天真质朴与欧洲上层社会的世故诡谲，突出了欧美文化间的冲突。安妮·泰勒的作品主要描述寻常百姓的婚姻生活，以日常小事反映社会问题。她的获奖作品《呼吸课》塑造了市民家庭平凡生活中的喜怒哀乐，以一部家庭喜剧来探讨严肃的婚姻问题和家庭观念。

在理查德·赖特（Richard Wright）和拉尔夫·埃利森等作家的影响下，学术界和出版界在 60 年代末到 70 年代曾给予黑人文学短暂的关注。那时黑人男作家已经步入市场和经典的范畴，但黑人女作家依然游走在边缘地带。盖茨（Henry Louis Gates, Jr.）谈道，在 70 年代中期，当学术界和出版界对黑人文学的关注呈现下降趋势时，“黑人女性文学的销量开始迅速发展，其中许多作品是由莫里森编辑的。1975 年之前出现的黑人文化研究萎靡态势就此得到了扭转。莫里森自己的小说，尤其是登上了《新闻周刊》（*Newsweek*）的《柏油娃娃》（*Tar Baby*,

1981），是重新定义黑人文化研究图书市场的关键之作”[①]。与早期获奖的涉及种族问题的作品大为不同的是，《紫色》和《宠儿》直接描写黑人生活，白人在小说中成为次要的角色。这个现象是美国文学迈出的重要一步。在一次采访中，托妮·莫里森说：“我发表了《最蓝的眼睛》（*The Bluest Eye*）之后，常有人问我这样的问题：‘你是为白人读者写作吗？’这个问题让我很吃惊。我记得我问过克诺夫出版集团的一位白人女士：‘白人会说，我知道这本书不是为我写的，但我很喜欢它。当他们这么说时，他们是什么意思？’这位女士解释道，白人读者还不习惯阅读关于黑人的书和中心焦点不是白人的书。”[②]由此可见，文学界与出版界中隐形的种族政治使黑人文学几乎不曾出现在公众意识当中。在进入公共领域的道路上，黑人女作家经历了漫长的道路。

艾丽丝·沃克和托妮·莫里森作品的入选从几个方面与早期获奖作品形成对话。美国文学对黑人女性的形象构建存在扭曲书写的刻板印象，黑人女性被构建为忠于白人的“保姆”“荡妇”等。在一次访谈中，艾丽丝·沃克称威廉·福克纳在《喧哗与骚动》（*The Sound and the Fury*）中塑造的黑人保姆蒂尔西（Dilsey）这个形象令黑人“难堪”[③]。除了面对白人作家对黑人女性形象的扭曲建构，黑人女作家的崛起也填补了黑人男作家作品中未观照到的盲区。托妮·莫里森在一次访谈中说道：“拉尔夫·埃利森、理查德·赖特他们的作品我都挺佩服，可就是感觉不到究竟给了我些什么。我认为他们只是把有关我们黑人的事讲给你们听，讲给大家，讲给白人，讲给男人们听。”[④]她坚持称自己为“黑人女性作家”，她说：“作为黑人女性，我能进入到那些不是

---

① Henry Louis Gates, Jr. *Loose Canons: Notes on the Cultural Wars*. New York: Oxford University Press, 1992. pp. 92-93.

② Claudia Dreifus. “Chloe Wofford Talks About Toni Morrison.” *New York Times*, 1994-09-09. p.73.

③ Alice Walker. “Alice Walker and *The Color Purple*.” BBC production, 1986.

④ 〔美〕查尔斯·鲁亚思：《美国作家访谈录》，粟旺、李文俊等译，北京：中国对外翻译出版公司，1995 年，第 204 页。

黑人不是女性的人所不能进入的一个感情和感受的宽广领域。”[①]毫无疑问，在非裔女作家的修正和补充下，普利策小说奖描绘出的“美国生活”才更加完整。

普利策小说奖对时下讨论度高的社会议题非常敏感。它反映了20世纪六七十年代南方文学的繁荣，也体现了80年代非裔女作家的经典化，但其选择作品的内核并没有超越“美国梦”这一范畴。普利策小说奖试图为不同时代的社会问题和人生困境提出解决方案，但严肃的文学作品却不是为人生的两难境地提出解决之道的，它们往往在探讨人生与人性，而这些问题只有探索的空间，并无解决之道。保守作风使普利策奖委员会在这一点上显得较为幼稚。他们选择的作品总能给出标准答案，即所有问题——种族歧视也好，男女不平等也罢——最终都可通过个人奋斗得以解决。这一点从入选的女作家作品中可见一斑。主人公常常在摆脱男权的束缚后成为自立自强的女性，其吃苦耐劳的精神最终使她们过上品格独立、物质丰裕的生活。觉醒与自强是大多数作品为人生困境开出的药方，实现中产阶级梦想是她们完满人生的标签。

3. 跨越性别范畴的多元新时代

20世纪90年代以后的获奖女作家表现出多元共生的特点。1992年简·斯迈利的作品《一千英亩》获得普利策小说奖。这部小说以女性第一人称的视角展开叙述，讲述了发生在西部家庭农场里父亲与三姐妹的恩恩怨怨。主人公吉妮将西部地区的农民生活娓娓道来，直至父亲对女儿的性侵丑闻浮出水面，小说达到了高潮。《一千英亩》对莎士比亚戏剧《李尔王》进行重新解读，被誉为美国版的《李尔王》。它鞭笞了男权对土地及女性的驯服、压制和破坏。凭借《船讯》获得1994年普利策小说奖的安妮·普鲁挑战性别界限，以男性视角展开叙述。安妮·普鲁擅长书写传统男性题材，行文流畅不造作。《船讯》的男主

① Danille Taylor-Guthrie. *Conversation with Toni Morrison*. Jackson: University Press of Mississippi, 1994. p. 243.

人公是一个生活在纽约、长相丑陋的三流记者，他的一生充满失败的挫折与感情的打击。最终他在生存环境严峻到极点的不毛之地纽芬兰走出失败的阴影，找到了人生定位。历经挫败的小人物得到重生的故事与普利策小说奖对美国精神的理解非常契合。安妮·普鲁坚韧的行文对这个平庸的主题起到了润色作用。她的文字简洁、刚硬，与传统女作家的风格完全不同，颠覆了一般人对女作家固有的成见。她选择特殊地点及特殊的自然环境来书写“自我救赎”，在这种“特殊化”中，当代都市人能够找到相似感与共鸣。

2005 年的获奖作品《基列家书》（*Gilead*）以一位生命垂危的牧师写给儿子的家书为载体，历数了一个牧师家庭从南北战争到 1956 年一个世纪以来的变迁。同安妮·普鲁一样，玛丽莲·罗宾逊以男性角度铺陈故事，为读者呈现出小人物在历史大背景下鲜活的人生。这部作品堪称一部美国近代史。玛丽莲·罗宾逊的第一部小说《管家》（*Housekeeping*，1980）曾入围普利策小说奖。她是个人主义的拥趸，尤其欣赏赫尔曼·梅尔维尔（Herman Melville）等 19 世纪美国作家，她认为“她崇拜的 19 世纪文学中充满了美国个人主义的美学和精神因素”[①]。2006 年的获奖作品是杰拉尔丁·布鲁克斯的《马奇》（*March*）。该小说以 1968 年出版的《小妇人》（*Little Women*）中缺失的父亲形象为原型，塑造了一位刚正不阿、乐善好施的男主人公形象。杰拉尔丁·布鲁克斯说：“奥尔科特的小说关心的是生活在战争边缘的那一年如何改变了小妇人们的性格，但是关于战争给马奇带来了什么，则无所涉及。”[②]作者借马奇的经历展开了有关战争、自由与爱情的思考，生动再现了美国历史上那场影响至深的内战带给人们精神与肉体上的创伤。在历史题材的获奖作品中，可以看出普利策小说奖有其独到的历史观。小说场景通常是内战或西部拓荒时期，主人公具有典型清教

---

① Catherine Rainwater. “Marilynne Robinson.” In *Contemporary American Women Fiction Writers: An A-to-Z Guide*. Ed. Laurie Champion and Rhonda Austin. Westport: Greeenwood Press. p. 320.

② 〔美〕杰拉尔丁·布鲁克斯：《马奇》，张建平译，北京：人民文学出版社，2007 年，第 2 页。

徒式吃苦精神和道德约束力。这些质朴、优秀的人充满了理想主义色彩，除了完成天赋使命之外别无所求。

印度裔美国女作家裘帕·拉希莉的短篇小说集《疾病解说者》在2000年获得普利策小说奖。裘帕·拉希莉精确捕捉到印度传统文化与美国新世界间的交汇与冲突，作品中的移民与难民所体验的文化冲击是少数族裔在美国主流文化意识形态与文化寻根之间的尴尬处境的鲜活写照。种族多样化是美国社会的基本特征，来自不同国家的移民及其后代从事文学创作，诉说对故土文化的怀恋和批判，记述在异乡经历的文化身份认同等经验。对印度裔女作家的收录是普利策小说奖在作家身份上的又一进步。

20世纪90年代之后的获奖女作家得以更加自由地发挥，她们不再囿于女性身份的限制，展现出处理传统男性题材的能力。伊莱恩·肖沃尔特认为，到了20世纪末，女性创作进入到第四个阶段，即以自由（free）为特征的阶段。"在这一时期，女性可以与男性享有同样的市场力量和社会变化，以及同样的大众品味和批评时尚的变化。"[①]普利策小说奖的发展轨迹恰恰与这一论断契合。综观早期普利策小说奖获奖女作家的作品，大多以种族与女性经验为中心。20世纪90年代以后的获奖女作家的着眼点才越来越广泛。

20世纪90年代后的获奖女作家作品，表现出以下特点。首先，作家开始更多探索当代社会中人类面临的问题和困惑。以2011年得主珍妮弗·伊根为例，她的获奖作品《恶棍来访》刻画了数字时代中的人类体验，而《船讯》和《一千英亩》探讨了人类在工业社会异化的问题。其次，20世纪60年代女性主义运动第二次浪潮之后，政治运动深化到文化领域，女性主义批评理论在70—80年代作为一种新的、独立的批评方式得以建立。在发展过程中，女性主义批评不断吸收借鉴其他文学理论的方法，使之更加科学。在此期间，女作家的创作与

---

① 金莉：《美国女性文学史的开山之作——论肖沃尔特的〈她的同性陪审团：从安妮·布雷兹特利特至安妮·普鲁克斯的美国女性作家〉》，《外国文学》2010年第3期，第136页。

不断进步的女性文学理论相辅相成，发展出与时俱进的人文关怀。举例来说，《一千英亩》中，农场的自然生态和库克家族女性的身心健康均备受摧残。简·斯迈利把美国农场工业化时期的生态问题与女性困境结合起来，创作出一部经典的生态女性主义作品。《船讯》也提出人们应从自然中汲取能量，达到自然生态、社会生态和精神生态相和谐的目的。而《疾病解说者》探讨殖民地与帝国主义的关系，巧妙批评美国主流意识形态对少数族裔文化的压制，是后殖民主义批评的一个标准实践范本。

从普利策奖获奖女作家名单上来看，1980—2000 年是女作家异军突起的时期。这期间有 8 位女作家获奖，从比例上看，1917—2021 年 31 位获奖女作家中有近三分之一是在这 20 年间步入普利策奖获奖行列的。普利策小说奖获奖者的身份轨迹从一定程度上反映了社会运动与文学思潮的变迁。80—90 年代普利策小说奖向女作家倾斜的现象，是 60 年代以来的女性主义运动第二次浪潮的成果之一。

第三节 文学书写

1. 修正经典

1980—2000 年是女性主义运动第二次浪潮和第三次浪潮承前启后的阶段。在此期间获奖的 8 部女作家作品在不同程度上都显示出与这一文艺思潮的互动。艾丽丝·沃克的《紫色》、托妮·莫里森的《宠儿》、简·斯迈利的《一千英亩》和安妮·普鲁的《船讯》都具有修正经典意识。在人物与主题方面，女作家呈现出视野更加开阔、涉及的问题更加多元化的态势。

T. S. 艾略特（T. S. Eliot）说："批评家的任务之一即在优良传统存在之处保持传统。稳定地审视文学，将其视为一个整体；不把文学看作由时代造就的神话，而是以超越时间的视角看待它；在审视我们这个时代最伟大的文学和 250 年前最伟大的文学时秉持同一种眼光，要做到这一点是非常不容易的。”[①]以欧洲为中心的经典文学观所塑造出的传统主导了英语文学的研究。1980—2000 年获得普利策小说奖的 8 位女作家与这一传统有着密切联系。她们在做出反传统的尝试的同时也必须在这一传统内进行书写。传统对她们来说是既具有启发性又充满局限性的。她们必须扩大“人类”这一概念的指涉范围来突破固有文学传统中的模式，以此把“女性”提升为合法的文学命题，反“经典”传统中的女性形象而为之，修正被扭曲、僵化的女性形象，开拓新的创作模式和主题范围。

首先，这 8 部获奖作品呈现出的一个共同特征即它们大都没有采用爱情小说的模式（除却艾莉森·卢里的《异国情事》以恋情为载体来反映欧洲文化与美国文化的冲突）。爱情小说是女性创作最常采用的一个题材，这种题材通常迎合社会文化对女性角色的预设，很少挑战传统固见。传统观念认为婚姻与爱情是女作家擅长处理的主题，是对女人生活的极好诠释。凯·穆赛尔（Kay Mussell）认为：

> 在女人的选择增多、期待提升的时期，罗曼史应该是主要的虚构幻想形式，这似乎非常合理，也很悲哀。因为女性在文化中的位置让她们至少有潜力在这一主题上泰然自若、博得赞赏。许多女性理解这一点。对她们来说，自主选择可能会带来令人不安、无法接受的后果。[②]

在保守、安全的爱情小说和对改变、挑战的渴求中，8 位普利策小说奖获奖女作家选择了后者。艾丽丝·沃克的《紫色》是她的作品中最受争议的一部。对西莉幼年受到继父性虐待的描写以及同性恋主题的涉及，使这部小说一问世就引来诸多争议。

从艺术手法上来说，《紫色》中丰富的非洲语言传统和黑人文化指

① T. S. Eliot. *The Sacred Wood: Essays on Poetry and Criticism*. London: Methuen & Co. Ltd., 1932. pp. xv-xvi.

② Kay Mussell. *Fantasy and Reconciliation: Contemporary Formulas of Women's Romance Fiction*. Westport: Greenwood Press, 1984. pp. 190-191.

涉使主流文学批评手法在处理黑人文学时显得无力。因此，著名理论批评家盖茨以隐喻概念为中心，建构了美国非裔文论系统。喻指是一种传达语言使用者的多层意义的修辞方式。根据盖茨的理论，喻指不仅重视语言的技巧，同时通过故事、意象等方式来表现这种技巧。利用盖茨的“喻指”便可分析出《紫色》蕴含的非洲传统文化。比如书名“紫色”就是一个双重象征隐喻，既象征着英美文化中的“尊贵”和“尊严”，又在整部小说中不时出现，指涉主人公对美好生活的追求是否得以实现。另外，通过描写非裔女性最具特色的文化活动——缝制百衲被，艾丽丝·沃克强调了互助在非裔女性个体摆脱被奴役的过程中所起的重要作用。对于艾丽丝·沃克来说，缝制百衲被既代表了美国非裔女性的美学传统，也是其在小说中发扬黑人文化的表现之一，更代表了作者本人的观念思想。

此外，《紫色》促进了学界对文学类型的讨论。有学者从传统现实主义的角度来理解《紫色》，但基斯·巴耶曼（Keith Byerman）却试图论证《紫色》是一部乌托邦小说。他发现，《紫色》对“男女关系、种族、工作、宗教、艺术和家庭的重新定义通常在讨论中出现，而非戏剧化的行为，且叙事从强烈的历史感过渡到永恒，从粗俗转移到神圣之地”，这些都符合乌托邦小说的特征。[①]也有评论家将其定义为布鲁斯叙事或民间故事，抑或是对奴隶叙事的改编。围绕《紫色》文学类型的讨论不仅推进了非裔文学理论，也扩展了原有的西方文学批评理论。从这一层面来看，《紫色》推进了美国非裔文学理论的发展，对以欧洲为中心的西方文学传统形成了补充。

近一个世纪以来，“神话手法”（mythical method）在小说创作中非常流行。所谓“神话手法”，指对取得了巨大成就的经典作品的改写。成功的作品有简·里斯（Jean Rhys）的《藻海无边》（*Wide Sargasso Sea*），这部作品是对《简·爱》（*Jane Eyre*）的改写。约翰·加德纳（John

① Keith Byerman. "'Dear Everything': Alice Walker's *The Color Purple* as Womanist Utopia." In *Utopian Thought in American Literature*. Ed. Arno Heller, Walter Hölbling and Waldemar Zacharasiewicz. Tubingen: Gunter Narr Verlag, 1988. p. 172.

Gardner）在《比尔沃夫》（*Beowulf*）的基础上创作了《格伦德尔》（*Grendel*）。

简·斯迈利的《一千英亩》虽然被誉为美国版《李尔王》，但显然简·斯迈利对这部莎士比亚名作的改写具有更加激进的意图。女主人公吉妮曾遭受父亲性侵的事实在小说临近结尾时陡然浮上水面，乱伦成了故事的叙事中心，引导读者以发现真相的眼光重新审视小说前半部分已交代的与父亲有关的情节。乱伦的情节使《一千英亩》在一些中学被视为禁书。在谈到自己的作品被禁时，简·斯迈利说：

> 当我刚听说我的小说《一千英亩》在华盛顿州林丁市被禁时，我的想法是："终于发生了！"把莎士比亚与乱伦相结合，把基督教和破坏生态的农业相关联，我的艰苦的文艺劳作终于获得了我一直觉得该有的奖赏——人们的愤怒，这是我一直在试图挑战、侵犯的情绪。但当我发现封禁的理由是跟"性"有关的陈词滥调和成人间你情我愿的异性性行为时，你们可以想象出我的失望。①

《一千英亩》中无法述说的乱伦创伤瓦解了父亲的中心地位。简·斯迈利解释了她对《李尔王》戏仿的动机：

> 对《李尔王》的阐释总是认为父亲的需要高于女儿的需要，我对这种理解长期不满。就在我开始写这部小说之前，我感觉跟那些把子女视为私有财产的思维模式产生了一种联系。我觉得，这种思维模式存在于把自然和女人视为等同的文化当中。实际上，他们在许多作品中相互表征。这是《李尔王》中很重要的一个元素。李尔总是在谈论他的大自然和他的女儿们，把二者合二为一。带着这些想法，我又去读了这部剧，重新考虑了我对这部剧提出的世界秩序的不满。这部剧中的世界秩序是，女儿们跟父亲有一种特定的关系，两个大女儿背叛了这种关系，而科迪莉亚满足了

① https://www.chicagotribune.com/news/ct-xpm-1994-02-15-9402150264-story.html[2012-05-15].

这种关系。①

在这段话中，简·斯迈利提示她认为《李尔王》中暗含乱伦的事实。实际上，莎剧研究学者葛佩利亚·卡恩（Coppdlia Kahn）和琳达·布斯（Lynda Boose）就曾指出《李尔王》中隐藏乱伦主题。她们认为，父亲对乱伦冲动的抑制而非乱伦行为本身，是推进这部剧的心理机制。简·斯迈利将心理分析运用在《一千英亩》当中，不仅在与《李尔王》的互文中表达了对旧秩序对女性、土地的压迫的不满，也为文学批评的发展提供了一个极好的文本。

以艾丽丝·沃克和简·斯迈利为代表的1980—2000年普利策小说奖获奖女作家对西方经典文学中的男权意识、性别主义和歪曲的女性形象进行了修正。艾丽丝·沃克和托妮·莫里森作品中丰富的非洲文化指涉和生动的土语运用，推动了非裔文学批评的发展，重新定义了经典观。

2. 抵抗表征

1980—2000年获奖的8位女作家通过抵抗表征与传统的经典小说对话。女性形象通常是被塑造、被书写的，而在以白人男作家为主导的西方经典文学中，这种表征存在着性别偏见和种族刻板印象。女性文学的兴起为女性，尤其是少数族裔女性诉说自己的经验提供了平台。本节将以《宠儿》、《紫色》和《一千英亩》为对象，探讨白人与非裔女作家笔下对两性角色的塑造。

1977年，巴巴拉·史密斯（Barbara Smith）在《迈向黑人女性主义批评》（"Toward a Black Feminist Criticism"）一文中指出，黑人女性被主流文化、白人男性、白人女性和黑人男性排斥在边缘。她认为黑人女性遭受种族、性别、阶级的三重压迫，而这一事实却一直被忽视。三重压迫还被称为"共时性压迫"（simultaneous oppression），这个术语后来成为黑人女性主义批评的重要理论贡献之一。巴巴拉·史密斯

① Suzanne Berne. "*Belles Lettres* Interview." *Belles Lettres*, 1992, 7(Summer): 36.

写道："如果没有黑人女性主义批评观点，黑人女性的著作不仅会被误解，而且有可能被毁灭。"[①]她认为，黑人女性所共同拥有的政治、社会经历使她们的主题、创作方法、美学观念等方面趋向类似。

《紫色》和《宠儿》共有的一个特点是，它们专注于描绘非裔美国人的生活和心理。在这两部作品中，白人只是配角和点缀，这在20世纪80年代的文坛是独树一帜的。塞丝来到"甜蜜之家"之后，获得许可能在庄园的黑奴中选一个做自己的丈夫。当时"甜蜜之家"的奴隶们都很喜欢她，但在塞丝的眼中，黑尔是最优秀的一个，因为他用自己的辛勤劳动，任劳任怨为母亲贝比赎了身。虽然小说中对黑尔的描写并不多，但他用实际行动展示了自己高尚的道德、家庭观以及对母亲和其他女性的爱。在他身上所体现出的男女平等便是人性的光辉。

与此同时，托妮·莫里森也对黑人男性和黑人女性的性行为做出了充满暴力的描述。最能显示暴力的是"甜蜜之家"的一群黑人男奴幻想强暴塞丝的片段。根据小说的描写，"甜蜜之家"的男奴们一边迫切地等待着塞丝在他们中间做选择，一边幻想着对塞丝的性暴力。他们把对塞丝的侵犯看作"生活唯一的馈赠"[②]，塞丝可以逃脱来自"甜蜜之家"的性侵犯，却逃不出白人奴隶主对她的虐待。从黑人男性对塞丝的性幻想和白人男性对塞丝的性暴力来看，《宠儿》把性行为视为男性对女性实施压迫的领域，这是女性主义小说的一个重要特征。小说中男性与女性的关系非常紧张。即使逃离了"甜蜜之家"，以一个自由人的身份生活了很多年，塞丝和保罗·D. 相遇时，也并非全然信任他。托妮·莫里森在字里行间透露了其对两性关系的看法。

塞丝背上像树一般的伤疤便是性暴力的象征。"树"在《宠儿》里是一个很重要的意象，它象征着男奴和女奴的苦难。黑人男奴被吊在树上打，这里的树是很具象的，但对黑人女奴来说，暴力不仅仅是鞭刑。黑人妇女普遍遭受严重的性侵犯，但这一事实却很少被提及和讨

---

① Winston Napier. *African American Literary Theory: A Reader*. New York: New York University Press, 2000. p. 137.

② 〔美〕托妮·莫里森：《宠儿》，潘岳、雷格译，海口：南海出版公司，2006年，第12页。

论。在分析回避这一问题的原因时，桑德拉·甘宁（Sandra Gunning）写道："因为［黑人妇女总被看作］是黑人强奸犯的女性对等体，因此黑人妇女绝不可能被强奸。"[①]杰奎琳·都德·霍尔（Jacquelyn Dowd Hall）也指出，"对黑人男性性行为的观念从对黑人妇女的偏见中得到了强化"[②]。桑德·吉尔曼（Sander Gilman）论证道，以欧洲为中心的西方文化认为黑人女性性欲很强，这一偏见的产生要早于对黑人男性具有性攻击力这一印象的出现。在艺术、医学和文学中，黑人女性总是被塑造成"性欲异常强烈的形象"[③]。可以肯定的是，在文艺领域，非裔女性绝不是白人妇女扮演的"家庭天使"的形象。

美国文学中存在大量扭曲黑人女性形象的文本，主流话语的强势使黑人女性处在无法言说的境地。"政治、经济上的压迫与活动，对黑人女性思想的压迫和知识分子在面临压迫时的行动之间的张力，构成了黑人女性思想的政治。"[④]除此之外，掌握文化领导权的阶层通过文学、电影、大众传媒等工具塑造了单一的黑人妇女形象。帕特里夏·希尔·科林斯（Patricia Hill Collins）指出，主流意识形态中存在四种支配性黑人妇女形象，即保姆、家长、生育机器和荡妇。这些形象表达了白人至上的社会所设定的黑人女性和白人男性的关系，也使种族、性别、阶级的连锁压迫制度化。在四种形象中，保姆形象尤其重要，因为这一形象与母亲紧密相关，而身为保姆的黑人女性又可以在无形中把这套意识形态传给孩子，让孩子知道她们在白人权力机构中"应有"的地位。[⑤]这样，种族压迫便得到了世代延续。家长形象是指那些敢于反抗的女性；而荡妇形象则把黑人女性塑造得欲望无度，为白

① Sandra Gunning. *Race, Rape, and Lynching: The Red Record of American Literature, 1890–1912*. New York: Oxford University Press, 1996. p. 10.

② Jacquelyn Hall. *Revolt against Chivalry: Jessie Daniel Ames and the Women's Campaign against Lynching*. Rev. edn. New York: Columbia University Press, 1993. p. xvii.

③ Sander Gilman. "Black Bodies, White Bodies: Toward an Iconography of Female Sexuality in Late Nineteenth-Century Art, Medicine, and Literature." *Critical Inquiry*, 1985, 12(1): 208.

④ Patricia Collins. *Black Feminist Thought: Knowledge, Consciousness and the Politics of Empowerment*. London and New York: Routledge, 2008.

⑤ Patricia Collins. *Black Feminist Thought: Knowledge, Consciousness and the Politics of Empowerment*. London and New York: Routledge, 2008.

人男性对黑人女性的性侵犯提供了合理化依据。这些都是主流文化表征系统强加给黑人女性的符号，使她们成为被表述的刻板符号。

这些主流形象作为文化符号的生产和传播权威是为了有效控制黑人女性而采取的意识形态强化。在文学表征中，白人妇女往往是美丽、脆弱、有道德的，而黑人妇女通常是放荡和无知的。处在多种话语符号最底层的黑人女性在20世纪70年代之后逐步在文学市场取得成绩。她们的作品从一开始便背负着清算错误表征的使命。

《紫色》在很多方面都可称得上是典型的女性意识觉醒小说。它的焦点在性领域，并把女性在性领域的斗争作为自主自强的主要标志。从对男性角色的塑造上来讲，《紫色》几乎完全忽略了白人女性主义者对男性塑造的讨论。学界对艾丽丝·沃克笔下的男性人物颇有争议，他们认为艾丽丝·沃克对黑人男性的批评实际上是一种政治手段。这种政治手段的效果本应是让非裔美国人群体团结起来，但却背道而驰，成为分解非裔美国人群体的武器。批评家朱迪尔·哈里斯（Trudier Harris）在文章中复述了一位欧洲裔女性的看法，“如果没人告诉她这部小说是一个黑人女性写的，她会以为作者是一位想要加深对黑人的传统性别暴力偏见的南方白人男性”。因此，朱迪尔·哈里斯认为：

> 这本书只是添加了一些在流行文化中传播的新鲜观念，并吸收了种族主义文学，这种种族主义文学暗示黑人在性活动中没有道德可言，如果黑人家庭结构得以存在，那么一定是脆弱的，黑人男性虐待黑人女性，看起来像是虔诚的黑人女性实则是猥亵淫荡的。①

菲利普·M. 罗斯特（Philip M. Royster）对《紫色》中的男性形象也持相同的反对态度。他说：

---

① Trudier Harris. “On *The Color Purple*, Stereotypes, and Silence.” *Black American Literature Forum*, 1984, 18(4): 157.

> 西莉只提到了和父亲或男性形象间暴力、虐待和操纵式的性关系，以此来解释自己的愤怒，并在寻找父亲的过程中对一个遥远亲人的渴求进行了升华。小说并没有把西莉的同性恋行为描述为天生的，而是作为男性和父亲暴力的受害者，同性恋是由此产生的偏好或病症。[①]

这些批评忽视了小说对黑人男性角色意识觉醒的着墨。某某先生到艾伯特的转变，便是男性意识觉醒的典型案例。值得注意的是，和女性的蜕变不同，艾伯特需要“彻底的去性欲化作为蜕变过程的一部分”，才能完成从“一个男性压迫者到一个得到启蒙的人类”的转变[②]。《紫色》对男性蜕变的这种处理与20世纪70年代末女性主义运动的反色情主张有着密切关系。某某先生的去性欲化是其蜕变过程中重要的一环，这种必须遭受“阉割”才有可能成为尊重女性、不对女性实施压迫和剥削的观点，很容易在女性主义者或持相同观点的读者处得到共鸣。另外，对黑人男性去性欲化的坚持和看重反而是对“黑人男性强奸犯”这种迷思的强化。朱迪尔·哈里斯和菲利普·M. 罗斯特的担忧不无道理。

如果说两位非裔得奖人对男性角色的处理具有政治、种族方面的诉求，那么再来看20世纪90年代的白人女作家对男性的描述是否随着作者身份和时代背景的变化而有所不同。《一千英亩》的关键词之一便是“所有权”。拉里·库克对土地所有权的渴望延展为要统治农场中一切人与物的贪婪。农场家庭的家族代表均为男性，他们争夺土地，攀比房子、车子，在财富和耕种机器等方面竞争。简·斯迈利写道，“这片黑色的土地平坦、富庶、松软，裸露于风雨之中，和地球表面任何一片土地别无二致”，但“土地数量和财政情况几乎与姓名和性别

---

① Philip Royster. “In Search of Our Fathers’ Arms: Alice Walker’s Persona of the Alienated Darling.” *Black American Literature Forum*, 1986, 20(4): 368.

② bell hooks. “Writing the Subject, Reading *The Color Purple*.” In *Reading Black, Reading Feminist: A Critical Anthology*. Ed. Henry Louis Gates, Jr. New York: Meridian Book, 1990. p. 460. 贝尔·胡克斯的英文名 bell hooks 比较特殊，所有字母均为小写，全书同。

一样重要”[①]。男性不仅对土地拥有所有权，对女性也是以统治者的身份自居。在拉里·库克看来，女性在家庭和农场中付出的劳动毫无价值，做好家庭主妇便是她们人生价值的最高体现。父辈的进取、强权使得吉妮成为懦弱、没有独立见解的人。当拉里·库克在机械化竞争中失意时，他是这样咒骂一向对他唯命是从的吉妮的：“也不需要告诉我能干什么，不能干什么。你这个不下崽的婊子！无论你干什么，你都瞒不住我，你这个懒女人。你这辈子钻这儿，钻那儿，讨好这个，讨好那个。不过，你真算不上是个女人，不是吗？我不知道你算个什么东西，就是头母狗，对，一头被榨干的浪狗。”[②]实际上，吉妮的不育正是父亲对其压迫的一个体现。在开拓土地，提高生产力的过程中，土壤和水源被污染，吉妮的生育能力在这种环境下被剥夺。然而父辈对其视而不见，不仅毫不反省他的“统治”对女儿的伤害，反而肆意咒骂。农场主对土地的态度是，“这块土地一旦被泄水管道整齐醒目地一框，就成了人们各种各样的计划——也包括诡计——的发源地。每一英亩土地都让人眼红，都不易到手，而且无论到手多少都没有个够”。对女性的态度则跟对有助于他们达成野心的机器、高科技、农药、肥料的态度差不多，只有掠取，没有尊重。

综上所述，在1980—2000年获奖的女作家中，以艾丽丝·沃克、托妮·莫里森和简·斯迈利为代表的女性主义作家以解构男权为己任，在对男性形象的塑造和男女关系的描写上反西方经典传统，以犀利的笔触揭露父权社会对女性的压迫，展现了女性主义浪潮下作家对女性群体自身的身体、心理、精神、性和人格等全方位的剖析和呈现。

3. 生产的观念

如上文得出的结论，普利策小说奖有其独有的传统和偏好。它注重自立、自强等价值观，推崇个人主义，青睐历史题材的作品。文化机构

---

① 〔美〕简·斯迈利：《一千英亩》，张冲、张瑛、朱薇译，上海：上海译文出版社，1999年，第2页。

② 〔美〕简·斯迈利：《一千英亩》，张冲、张瑛、朱薇译，上海：上海译文出版社，1999年，第196页。

通过对作品和作家的推广，生产并深化着特定的观念系统。1980—2000年美国经济稳定发展，信息和娱乐产业占据市场主要份额，美国社会业已进入让·波德里亚所形容的“后工业时代”。普利策小说奖作为精英文化代表，它的每次颁奖都是对美国社会主流价值观的再次确认。通过对1980—2000年8位女作家的选择，可以考察普利策小说奖在观念生产方面的影响。

根据马克思和恩格斯的论述，“人们是自己的观念、思想等等的生产者”[①]。观念是人为的创造物，并非具有自然属性的存在。尤其是社会观念和文化观念，是人类社会有意识生产出来的，因此，观念的第一属性便是有意识性。正是这种有意识性，使观念生产具有目的性。但观念本身却似乎处在一种无意识状态，人们看不出这些观念对哪些人群有利，也找不出观念的具体生产机构、生产者和生产方式，但是观念的生产和传播却是有目的性，可带来附属利益，通过意识形态操控来使社会和人类达到某种状态的过程。参与观念生产的人群将其利益蕴含其中。借助观念的力量，社会生活得以有序地进行。

以普利策小说奖而言，依靠对文学作品的选择和推广，它的功能主要是提高美国文化价值。对它的考察应分为两个方面。第一是其包含的作品，第二是其忽略的作品。作为观念生产系统的一部分，它并非总是指向价值中立的。就其包含的作品来看，普利策小说奖的历史大都由白人作家占据。该奖项长期对少数族裔作家的忽视与美国社会、文化和历史进程等各方面都有密不可分的关系。特雷·伊格尔顿（Terry Eagleton）说：

> 现代文学理论的历史是我们时代的政治和意识形态史的一部分。从雪莱到诺曼·N. 霍兰德，文学理论一直与种种政治信念和意识形态价值标准密不可分。的确，与其说文学理论本身有权作为知识探究的对象，不如说它是观察我们时代历史的一个特殊角

① 〔德〕马克思、恩格斯：《马克思恩格斯选集》（第一卷），中共中央马克思恩格斯列宁斯大林著作编译局编译，北京：人民出版社，1995年，第72页。

> 度。而这并不应该让人感到丝毫惊奇。因为，与人的意义、价值、语言、感情和经验有关的任何一种理论都必然与更深广的信念密切相联。①

如果把普利策小说奖看作自成一派的理论体系，那么它所衍生出的文艺观和每一种其他理论一样，受到政治信念和意识形态的影响。总体而言，普利策小说奖对作品的选择以人文价值取向为主导，以推崇个人主义、肯定工作伦理、偏好历史题材、凸显美国中产阶级生活为特点，但文学奖项作为具有哲学特性的文化机构，理应站在时代的高度，提炼出体现时代人文讨论中具有哲学意味的命题，这样就可解决文学文化技术生产的价值取向问题。在多元文化语境下，如果普利策小说奖再不顺应时代的发展而一味固守白人至上的文化偏见，它便会在文化系统中面临合法性危机。

1980—2000 年的 8 位女作家中虽然出现了少数族裔女作家，但细究其文本的思想性，大部分作品仍符合普利策奖的评审传统，与主流意识形态保持一致。

安妮·泰勒的《呼吸课》和她的其他作品一样，专注于描写家庭生活和家庭成员自我探索的历程。安妮·泰勒受到现实主义很大的影响，她在作品中所提到过的每一种商品都有具体的牌子甚至价格，并写到许多当时的电视剧、流行歌和明星，让读者一看便知道作品是哪个时代的，充分描摹平凡的实际生活，唤起读者强烈的亲切感，为作品的说服力加分。

《呼吸课》的冲突发生在两代人之间，故事发生的时间为 1986 年。玛吉和艾拉的儿子杰西高中辍学，幻想成为摇滚歌星，但是他有着不切实际的价值观，一事无成。无论是做儿子，还是为人丈夫、父亲，他都难以胜任，对生活充满了抱怨。这一家人，用玛吉的母亲戴利夫人的话来说，就是“一代不如一代”。小说中包含青年烦恼、中年

---

①〔英〕特雷·伊格尔顿：《二十世纪西方文学理论》，伍晓明译，西安：陕西师范大学出版社，1987 年，第 214 页。

苦闷和老年孤独，许多读者读来会有一种与自己的生活惊人相似的感觉。美国评论家认为，“人人都认识莫兰家这样的夫妻”[①]。尽管这个典型的美国家庭中，每个人都有自己的烦恼和苦楚，并最终以每个人的“失败”而告终，但安妮·泰勒的用意却绝非否定美国生活和家庭。小说中的丈夫艾拉胸有大志，想要成为医生，但不得不在不满 20 岁时便承担起家庭的负担。生活重荷令他形成了灰心、冷漠的处世态度，他很孤僻，基本没有社交生活，但这个在现实生活的重负下放弃宏愿的人物在创意艺术方面找到了出口。艾拉的店铺——山姆镜框店的服务项目是“专配画片镜框。亚光金边。确保您的刺绣品得以完美地展出”。[②]虽然裱框制边并非专业的艺术创作，但这正是安妮·泰勒的用意，“捕捉生活的平凡，并揭示它们实际有多不平凡”[③]。正是在这个简单的工作中，艾拉做出了建立秩序、理解平凡的尝试。此外，安妮·泰勒小说中的人物或多或少都试图面对这个世界的纷扰和杂乱无章。在《呼吸课》中，艾拉通过玩单人纸牌游戏，欣赏航海家的游历作品来排遣内心的不平静。《呼吸课》是 20 世纪 80 年代普通美国人面对社会变迁的一部写实作品。

如果说《呼吸课》肯定了中产阶级日常生活的价值，那么《船讯》便是西部拓荒精神在现代社会的延续。移民拓荒是美国社会历史中最重要的环节之一，它融入美国文化，成为美国人最为崇尚的精神之一。自美国文学发轫以来，移民拓荒精神便是许多美国作家讴歌的主题，如美国作家沃尔特·惠特曼（Walt Whitman）所著《阔斧之歌》（*Song of the Broad Axe*）就是歌颂拓荒劳动者的伟大人格和创业精神的作品。在美国女性文学中，薇拉·凯瑟等是较早创作移民拓荒题材的女作家。受到时代背景的影响，19 世纪甚至 20 世纪的女作家在书写移民拓荒题材时，表现出的特点是以家庭为文本中心，而新时代的女作家在处理拓荒题材时，便体现出摆脱女作家身份桎梏，走出家庭围城

① 〔美〕安·泰勒：《呼吸 呼吸》，胡允桓译，上海：上海译文出版社，2002 年，第 2 页。

② 〔美〕安·泰勒：《呼吸 呼吸》，胡允桓译，上海：上海译文出版社，2002 年，第 6 页。

③ Robert Croft. *Anne Tyler Companion*. Westport: Greenwood Press, 1998. p. 9.

的特点。在《船讯》中，安妮·普鲁以男性角度叙述，把人物的重生放置在对纽芬兰的“拓荒”背景之下。男主人公奎尔的失败与大海有关，他的重振也与大海有关。奎尔是纽芬兰移民的后代。父亲虽然离开了家乡，摆脱了危险、辛苦的渔民生活，但骨子里依旧是个渔民。他常把奎尔扔进满是水草的水中，但奎尔不仅没有学会游泳，还患上了恐水症。在爱情、事业通通失败时，儿时的恐水症似乎被无限放大，侵吞了他的生活。然而，奎尔的重生却是在大海边。他和姑母回到纽芬兰后，住进祖辈的老房子，并为自己买了一艘小船，在当地报社里做新闻记者，负责报道船讯。他在自然环境恶劣的纽芬兰不仅收获了爱情、友情，更是重新找到人生定位，实现了自我价值。奎尔在纽芬兰结识的当地人大都对海有着深厚的感情。奎尔的姑母幼时被哥哥强暴，成年后又失去了同性恋人。她回到祖辈生活的地方，既是疗伤，也是汲取纽芬兰强悍的自然的力量，不懈怠地生活下去。杰克生长在渔民世家，家中的每个人都死在了狂暴的海浪中，没有一具完尸。他对海既恨又爱，每天诅咒海，却又离不开海。可以说这部小说的真正主角是大海。有的人厌倦大海的翻滚、暴风雪的肆虐和无法摆脱的腐鱼的臭气，所以逃离；有的人除了渔业无以为生，多位亲人在海浪中丧生，却依旧不得不靠海生活；有的人甚至把自己的棺材做成船形，有船骨、尾座。大海与人之间紧密的依存关系被石油开采破坏。小说讨论了带来巨大经济效益的石油工业对大海的生态和人们关系的破坏。如果说美国历史上的拓荒运动是由经济利益和开拓疆土的雄心所驱使，那么《船讯》则展示了拓荒精神对现代人的裨益：顽强不屈，回归自然，在苛刻的自然环境中坚忍地生活。

总的来说，普利策小说奖获奖作品是符合美国主流文化观的。《呼吸课》揭示日常生活中的真理和乐趣，《船讯》是西部拓荒精神在现代社会的延续，《紫色》、《宠儿》和《疾病解说者》突出本民族文化，把公众视线引向少数族裔的生存状况。这些作品符合美国的主流意识形态，凸显了当时社会、政治与文化中的议题，对美国文化中的个人主义、美国梦、自我奋斗、工作伦理和家庭观念等要素予以强调。普利策小说奖作为一个生产观念的机构，对作品的选择和肯定与社会背景紧密相关，但总的说来，并没有脱离对传统价值系统的生产。普利策小说奖以文学作品为载体间接成为观念的传播环节。有意识的观念传播对观念消费起着至关重要的作用。观念生产系统通过开拓并占领观念市场达到推销观念产品的目的。通过对民族性和进步文化理念的传播，普利策小说奖成为主流观念生产系统中重要的一部分。

第四章　普利策小说奖与中额读者

本章以托妮·莫里森为主要关注对象，考察以她为代表的获奖作家在经典文化之外的读者群开拓。少数族裔作家和女作家大都在获奖前确立了经典地位和商业价值。摘得普利策奖对他们的文学事业又起到推动作用，使作家在文化场域的符号资本更加雄厚。但经典地位通常并非市场的保障，读者群大都局限在大学、文学界等相关领域的专业人士当中。这些作家却不同程度地走出封闭的象牙塔，如托妮·莫里森和简·斯迈利多次参加《奥普拉读书会》节目，用电视话语编码与观众探讨自己的作品，并分享自己对经典文学的解读。他们对大众传播持开放态度，开拓出与以教授、文学学生、学者为主要受众的经典文学完全不同的中额读者群。

第一节　获奖作家的中额策略

在经历了漫长的边缘化游移之后，美国黑人女性文学在20世纪迎来了前所未有的繁荣。20世纪20—70年代，三次“黑人文艺复兴运动”不仅提高了黑人的社会地位和政治权利，也使他们的艺术创作得到了蓬勃发展。其中，黑人女性文学的发展轨迹尽管曲折，却最终在世界文坛取得巨大成就。

作家的经典化过程与文艺思潮、社会运动、出版社、文学奖项、文学批评等各方面息息相关，是多种因素交织的结果。艾丽丝·沃克和托妮·莫里森是20世纪70年代第三次“黑人文艺复兴”时期成长起来的作家，两人分别于 1983 年、1988 年获得普利策小说奖。1993 年，托妮·莫里森获得诺贝尔文学奖，成为获此殊荣的第一位非裔美国作家。两位女作家以其在文学上取得的成就成为世界文坛巨星。获得权威文化机构的认可和推广从某种程度上来说便意味着步入了经典殿堂。诺贝尔文学奖的评审机构瑞典文学院由 18 位成员组成，他们是著名的作家和学者，一般精通四五门外语，大部分是瑞典各大学的全职教授。普利策奖评审委员会的成员由约 20 名美国新闻界和学界享有崇高声望的从业者与学者组成，均为美国一流大学的校长、知名学者和最具权威的高级媒体主编。根据皮埃尔·布尔迪厄的论述可推演出，评审委员会委员所代表的文化资本和象征资本使该文学奖项在文化场域中赢得了合法性，占据了领导地位，成为“精英文化”的代名词。希望进入文化场域的组织和个人，必须得到体制化机构的认可。托妮·莫里森和艾丽丝·沃克获得以正统、严肃和精英著称的文学奖项的认可，也意味着迈入了作家“神圣化”的殿堂。在论述文化资本与商业资本之间的关系时，皮埃尔·布尔迪厄指出，艺术上的成功必然导致市场的缺失。换言之，两位女作家在精英文化领域的成就势必导致其市场性、商品性的缺失。然而，托妮·莫里森和艾丽丝·沃克却成为驳斥这一论断的例子。两位作家在保持经典性的同时，通过多种流行文化形式开拓市场，使作品获得更广泛的受众。

1. 备受争议的中额

高额（highbrow）、中额（middlebrow）、低额（lowbrow）是对文化等级的描述。这一概念最初来源于颅相学，后被用于描述学识素养的高低。middlebrow 也常被译为“中产阶级趣味”或“小资”，意指处于精英文化和流行文化之间的群体，常被贴上附庸风雅、卖弄情调等标签。他们既不是精英知识分子或艺术家，也不是蓝领劳动人民；既不真正懂得严肃艺术，却又拥有一定学识素养，并非粗俗文化、流行文化的拥趸。这一群体在美国文化消费市场中占有很大比例。文学作品的主要消费群体即中额读者，他们是图书市场的主流读者。进入工业社会之后，文化市场蓬勃发展，日益拥有越来越广大的受众。但有些作家更愿意保持自己的纯文学地位，不愿与普通读者群和大众文化有过多交集。个中典型代表有 J. D. 塞林格和托马斯·品钦。这两位男作家过着神秘的隐居生活，对名声和聚光灯的远离反而令媒体对他们保持了强烈且持久的兴趣。他们与普通读者群以及文化消费市场泾渭分明，这一态度暗示着经典作家是不可推销的。在中额和低额读者群中，中额读者群是一个更受争议的群体。

1933 年，玛格丽特·韦德莫（Margaret Widdemer）在《星期六评论》（*The Saturday Review*）上发表文章《信息与中额》（“Message and Middlebrow”）。在这篇文章中，玛格丽特·韦德莫用“额”的高低特指受教育程度不同的读者。在她看来，“中额”位于“只读小报的阶层”与“少数知识分子”之间，“中额”即“大多数读者”。[①]

在中额的定义中，最被广泛引用的一个论述来自弗吉尼亚·伍尔夫。在 1942 年出版的随笔《飞蛾之死》（*The Death of the Moth*）中，她说：“中额是资质平庸的男人、女人，时而在墙这边闲逛，时而在墙那边漫步。他们不追求任何一个目标，既不追求艺术本身，也不追求生活本身，而是用金钱、名誉、权力将二者不加区别、肮脏地混淆在一起，追求这种模棱两可的混合物。”[②]她把“中额”比喻成用商业利益来侵蚀品味的人群。这一观点在对“中额”的批评中引起了不少反响。1948 年，克莱门特·格林伯格（Clement Greenberg）著文支持弗吉尼亚·伍尔夫的观点。他强调“中额”文化中“潜在的危险”——它具有“让珍贵的事物贬值，让健康的人染病，侵蚀诚实的人，让睿智之人显得无用”的能力[③]。文化精英的任务是抵制小资文化的侵袭。

德怀特·麦克唐纳（Dwight Macdonald）的论述对中产阶级文化的定位产生了很大影响。他在 1960 年发表于《党派评论》（*The Partisan*

---

① Joan Rubin. *The Making of Middlebrow Culture*. Chapel Hill and London: The University of North Carolina Press, 1992. p. xii.

② Virginia Woolf. *The Death of the Moth*. London: The Hogarth Press, 1981. p. 145.

③ Clement Greenberg. “State of American Writing.” *The Partisan Review*, 1948, (15): 877.

Review）的文章《大众文化和中额文化》（“Masscult and Midcult”）中抨击道：“它装作尊重精英文化标准的样子，实际上却令精英文化变质，让它们变得粗俗。”由于中额文化“把先锋派的发现”简化为平庸之词和商业主义，贬低了他们的成果，因此中额文化比大众文化的危害大。他说：“让更广大的受众接触到原汁原味的高端文化是一回事，但像克里夫顿·法迪曼（Clifton Fadiman）或莫帝墨·J. 阿德勒（Mortimer J. Adler）那样通过促销之辞来‘普及’精英文化却是另外一回事。”此外，德怀特·麦克唐纳不赞同提高全民文化素质这一观点。他认为，“让大众拥有他们的大众文化，让重视优秀文学、绘画、音乐、建筑、哲学的少数人拥有他们的高端文化，不要跟中产阶级文化模糊了界限”。[①]德怀特·麦克唐纳对精英文化的捍卫之情跃然纸上。

捍卫精英文化的先锋派在传统的文化等级中已占据了领导地位。根据皮埃尔·布尔迪厄对文化场域的论述，掌握了文化资本的个人和单位在文化场域中占领了有利地位，因此获得了合法性。新成员必须通过合法性审核才能够进入这一场域。大众文化、中额文化与精英文化之争正是文化场域博弈的写照。另外，将精英文化设定为一个封闭的领域，可巩固其权威地位，限制了边缘文化与族群通过非权威机构实现经典化的途径。非裔女性文学在美国文学史中获得一席之地的历史并不长，与无须通过大众传媒的助推便自然拥有“作者身份”的白人男作家相比，托妮·莫里森和艾丽丝·沃克对非精英文化领域持比较开放的态度。托妮·莫里森和艾丽丝·沃克与以奥普拉[②]为标志的大众传媒的结合，使二人在大众文化市场具有了蓬勃的生命力。从这个角度可以一窥非裔女作家如何通过模糊高、中、低额文化界限来达到巩固自身地位的目的。“中额”到底意味着什么？它跟“中产阶级”又有什么关系？不同领域的学者从经济学、媒体形象塑造等多个专业角度对“中产阶级”给予定义。不管奥普拉的观众是否符合这些定义，

① Dwight Macdonald. “Masscult and Midcult: Ⅱ.” *The Partisan Review*, 1960, (27): 592, 595-605, 615, 618, 626, 628.

② 为了行文简洁，此处及以下写作“奥普拉”。

这个节目对自我提高的强调实际上与中产阶级的规范和宗旨有所吻合。

2. 双重文化文本和主流读者群

托妮·莫里森的代表作《宠儿》和艾丽丝·沃克的代表作《紫色》都专注于描绘非裔美国人的生活和心理。在这两部作品中，白人只是配角和点缀，这种全然关乎非裔美国人的作品在20世纪80年代的美国文学中算是独树一帜的。文学批评对这两部小说的探讨也大都集中在其与非裔文学、文化传统的关系上。两位作者都表示过自己的小说根植于黑人文化系统。托妮·莫里森曾做出如下评论：

> 在我看来，由于我的作品的批评家不是从我书写的文化、世界和既定的质量中发展而来的，因此他们经常遗漏一些值得期待的东西。他们在我的作品上强加了一些其他种类的结构，那些结构要么得到褒奖要么被忽略，而这些东西都是我不感兴趣的，也就是说根据另一种不同文化的结构来写一部小说。我非常努力运用我最熟知的艺术形式特点来写作，在这些标准下或成功或失败，而非在其他标准之下。我倾向于不做更多解释，但希望当我说“教堂”“群体”“祖先”“合唱”时，起码有一位批评家知道我在说什么。因为我的书是从这些事物中而来的，我的书表现了这些事物在黑人群体中的功用。①

托妮·莫里森反对用以欧洲为中心的西方文化标准来审视自己的作品。但细读文本，读者会发现小说承袭的文学传统并非只有非裔文学。文本中双重文化的交织，是作品在主要由白人读者构成的图书市场取得成功的原因之一。

学界对《紫色》的研究大多集中在它对非裔美国文学传统的继承和发扬上，却忽略了它和20世纪70年代白人女性主义小说传统休戚相关的关系。70年代的女性主义文学大体以女性意识觉醒小说这一类型出现。《紫色》是一部典型的女性意识觉醒小说。西莉的发展严格遵

① Justine Tally. *The Cambridge Companion to Toni Morrison*. New York: Cambridge University Press, 2007. p. 109.

从女性意识觉醒小说的脉络：她逐步在性方面有了自我主张，越发具有自我意识，在书信中也更善言辞。《紫色》使用了女性意识觉醒小说的两个主要策略。其一是用多重人物来代表女性的不同处境，其二是以女儿作为未来的象征。艾丽丝·沃克对多重人物手法的运用体现在耐蒂、索菲亚和舒格所代表的女性意识成长的不同阶段。在《紫色》中，艾丽丝·沃克把索菲亚和舒格设置为西莉的榜样。“女性榜样敢于宣布自主权，挑战父权制。”[①]在小说结尾，西莉与女儿和所有家人朋友团聚一堂，体现了《紫色》对女性意识觉醒小说中“女儿”传统的采纳。

另外，对性主题的处理，《紫色》也沿袭了女性意识觉醒小说传统。女性意识觉醒小说通常把性视为女性遭受压迫的领域，也把女性在性方面的反抗和觉醒看作自主自强的重要标志。西莉在性方面遭受的压迫体现在乱伦和异性恋婚姻中，她在同性恋中获得了性的解放和自由。在对男性角色的塑造上，《紫色》引起了很多争议。白人媒体对这些争议很感兴趣，因为这是他们窥见非裔美国人群体内部分裂的窗口。杰奎琳·博博（Jacqueline Bobo）指出，“矛盾被设计成了黑人妇女和黑人男性的内部争斗”[②]。一部分学者认为艾丽丝·沃克对非裔男性的批评实际上是一种政治手段。这种政治手段的作用本应让非裔美国人团结起来，但实际效果却南辕北辙，成了分裂非裔群体的武器。

在 20 世纪 80 年代初的美国文学界，《紫色》是为数不多的运用了女性意识觉醒小说传统的非裔女性小说。它尤其受到白人女读者的喜爱。朱迪尔·哈里斯指出，白人女读者和非裔女读者对《紫色》的态度大相径庭。大多数白人女性“热爱这部小说”，但大多数非裔女性“觉得这部小说令她们不太自在”[③]。朱迪尔·哈里斯还论证道，小说把

---

① King-Kok Cheung. "'Don't Tell': Imposed Silences in *The Color Purple* and *The Woman Warrior*." *Publications of the Modern Language Association of America*, 1988, 103(2): 168.

② Jacqueline Bobo. "Sifting Through the Controversy: Reading *The Color Purple*." *Callaloo*, 1989, (39): 335.

③ Trudier Harris. "On *The Color Purple*, Stereotypes, and Silence." *Black American Literature Forum*, 1984, 18 (4): 155.

白人读者描述为“无法与人物产生认同感，不能体会到她们深切痛苦的旁观读者……她们作壁上观，把小说中的事件视为黑人互动的一场马戏”，这场“马戏”强化了“种族偏见”。①

对托妮·莫里森《宠儿》的批评趋势也与《紫色》类似，大多将其放置在非裔文学、奴隶叙事传统中论述。这与托妮·莫里森的立场颇有关联。托妮·莫里森明确表示非裔美国文学是作品的语境，《宠儿》正是从奴隶叙事演化而来。但哈罗德·布鲁姆（Harold Bloom）指出，《宠儿》的“风格和叙事策略与威廉·福克纳和弗吉尼亚·伍尔夫之间的文学关系远甚于和任何一位非裔美国作家的关系”。在哈罗德·布鲁姆看来，《宠儿》是“福克纳的代表作《我弥留之际》的后裔，女主人公塞丝和《八月之光》中莉娜·格洛夫之间的共同之处远比和非裔美国小说中的女性人物多”。②此外，小说中“树”是一个重要的意象。塞丝背上的“树”是奴隶制对她犯下的罪恶的象征。

艾丽丝·沃克和托妮·莫里森的作品当然是非裔民间传说、音乐、神话、土语的传承和发扬，倘若完全说其仅吸收了非裔文学传统，这一论断便失之偏颇了。《紫色》和《宠儿》兼具欧裔和非裔文学传统，融汇多元艺术手法，因此才能够成为世界文学经典，在种族、文化多元化的主流读者市场取得成功。除了文本中的多元艺术手法造就了两部小说在主流读者群中的畅销，两位作家对新型传播手段的开放态度也为其拓展了更广阔的大众市场。

3. 商品化的经典文本

托妮·莫里森在做图书编辑时就已开始逐步进入作者身份的公共领域中。她说，编辑生涯“减少了我对出版界的敬畏”③。她在兰登书屋工作的 19 年间发表了三部小说，但她却从来不称自己是作家。她

① Trudier Harris. “On *The Color Purple*, Stereotypes, and Silence.” *Black American Literature Forum*, 1984, 18 (4): 155.

② Harold Bloom. *Modern Critical Interpretations: Beloved*. Philadelphia: Chelsea House Publishers, 1999. p. 1.

③ Elissa Schappel. “Toni Morrison: The Act of Fiction CXXXIV.” *Paris Review*, 1993 (128): 91.

说："说出'我是个作家'，在那个年代是一件男性化的事情，我觉得，从心底感觉，我只是还没有准备好去做这件成人的事情。我说，'我是个写作的母亲'或'我是个写作的编辑'。对我来说，'作家'一词太难说出口了。"①从现代到后现代时期，公众观念里一直有把男作家等同于职业作家的看法。即使越来越多的女性进入了出版体系，但写作和出版仍被视作男性文化场域，作者身份在这个场域中获得的经济和文化地位是"一件男性化的事情"。虽然非裔男作家在 20 世纪五六十年代已经在市场占有一席之地并已确立经典地位，但非裔女作家依旧游走在边缘。在托妮·莫里森的事业早期，她认为作者身份是"介入一个你不熟悉的领域——一个你没有任何出处的领域。那时我个人的确不认识一个成功的女作家，这看起来很像是一片男性保留地"②。托妮·莫里森后来成为兰登书屋的高级编辑（senior editor），她是这家出版社成立以来担任该职的第一位非裔女性。除了托妮·莫里森，直到 1986 年在主要出版社没有第二位非裔女性担任该职务。③当时在诸多非裔女作家中，托妮·莫里森也几乎是唯一一位在图书市场有一定销量的作家。她在 1981 年的一次访谈中谈到过这一点："当我出版托妮·凯德·班巴拉（Toni Cade Bambara）的作品时，出版盖尔·琼斯（Gayl Jones）的作品时，如果她们能跟我的书一样［销量好］，我就会非常开心。但市场只能接受一两个［黑人女作家］。要面对五个托妮·莫里森就有问题了"④。

虽然图书出版界保持着一贯的对白人作家的青睐，但《奥普拉读书会》为托妮·莫里森等作家创造了巨大的市场。《奥普拉读书会》几乎集合了全国的女性观众和读者，凸显了流行文学与文化中的常被忽

① Claudia Dreifus. "Chloe Wofford Talks About Toni Morrison." *New York Times*, 1994-09-09. p. 73.

② Elissa Schappel. "Toni Morrison: The Act of Fiction CXXXIV." *Paris Review*, 1993, (128): 96-97.

③ Danille Taylor-Guthrie. *Conversation with Toni Morrison*. Jackson: University Press of Mississippi, 1994. p. 223.

④ Danille Taylor-Guthrie. *Conversation with Toni Morrison*. Jackson: University Press of Mississippi, 1994. p. 133.

视的性别机制。正如前文所言，在“高额”与大众文化的对战中，托马斯·品钦等业已确立了经典地位的男作家是绝不可能站错队的，脱口秀对他们而言几乎就是摧毁自己“文化精英”地位的武器。实际上，在《奥普拉读书会》成立之际，《时代》周刊便评论道，“短时间内不要期望《尤利西斯》（*Ulysses*）或《万有引力之虹》（*Gravity's Rainbow*）的出现”[①]。这个评论反映了主流媒体的观点。在他们看来，精英文化依然是白人男性的领地。与积极利用公共话语述说自身或自己作品的作家相比，托马斯·品钦远离公共领域的隐士作风反而使自身成为一个更加伟大的作家。根据南希·乔·赛尔斯（Nancy Jo Sales）的论述，托马斯·品钦对自己和作品的淡然态度促成了“一桩更大的生意”。[②]“隐士”几乎成了托马斯·品钦的卖点，如果他在媒体亮相，反而破坏了他的商业形象。法勒-斯特劳斯-吉鲁出版社（Farrar, Straus and Giroux）的一位宣传主管评论道，“我对品钦的高中照片或他是不是在札巴超市（Zabar's）购物不感兴趣……他是否性感，吃相好不好，能不能跟奥普拉分享他的痛苦，这些都不重要。他和他的作品是有气节的”[③]。

这种“气节”似乎与托妮·莫里森等少数族裔女作家无缘。托妮·莫里森等少数族裔女作家想要在市场和经典中占有一席之地，则必须积极投入与大众媒体的合作。托妮·莫里森曾四次出现在《奥普拉读书会》，并出版有声读物。唯有如此才能建立其作者身份，拓展市场。人们通常认为精英作家应当是高高在上的天才，这种印象反映了男性作者长期主导文坛的历史。19世纪的女作家多采用男性笔名，这表示她们对进入公共领域存在焦虑。对于托马斯·品钦等作家，读者似乎不需要他的本人面目即可在心中接受其作者身份。但是对于女作家来说却截然相反，尤其是非裔女作家，在文化场域保持匿名相当于失声。因此，她们不会选择归隐，而是必须赢得公共身份才会被认作

---

① Paul Gray. “Winfrey's Winners.” *Time,* 1996-12-02. p. 84.

② Nancy Sales. “Meet Your Neighbor, Thomas Pynchon.” *New York Magazine,* 1996: 63.

③ Nancy Sales. “Meet Your Neighbor, Thomas Pynchon.” *New York Magazine,* 1996: 64.

作家。通常，对托妮·莫里森的采访以外貌描写为开篇。她在电视上的现身、在有声读物中的朗读都进一步使她的作者形象具象化，这些细微之处都是少数族裔作家体现作者在场的努力。

在《奥普拉读书会》的现身强化了消费者和读者对托妮·莫里森的可见度。尤其是《奥普拉读书会》的《天堂》(*Paradise*)这期节目，成为“作者已死”的反例。南希·K. 米勒(Nancy K. Miller)论证道，“作者已死”这个论断忽视了女性作者身份与男性作者的差异。“毕竟是被载入文选、得到体制化的作者通过他的经典性在场排除了女作家和少数族裔作家不知名的作品，通过他的权威使这一排他行为合理化。”①

第二节 整合双重读者

黑人作家要面对詹姆斯·威尔登·约翰逊(James Weldon Johnson)所说的“一般作家一无所知的特殊问题——双重读者”②。虽然是兰登书屋第一位黑人女编辑、诺贝尔奖和普利策小说奖获得者，在读者市场中托妮·莫里森依然需要面对“双重读者”这一问题。她以《奥普拉读书会》为平台，在主流读者群中确立了作者身份，达到了整合双重读者的目的。

1.《奥普拉读书会》

托妮·莫里森和奥普拉的结合是其步入公共领域，整合双重读者，确立作者身份的关键步骤。《奥普拉读书会》创办于1996年，于2010年停止制作。这14年间，《奥普拉读书会》为美国图书市场带来前所未有的颠覆。她推荐的每一本书都成为畅销作品，出版社对之趋之若鹜，“奥普拉效应”和“奥普拉读书革命现象”成为最值得关注的美国

① Nancy Miller. *Subject to Change: Reading Feminist Writing*. New York: Columbia University Press, 1988. p. 104.

② James Johnson. “The Dilemma of the Negro Author.” In *the Politics and Aesthetics of the “New Negro” Literature*. Ed. Cary D. Wintz. New York: Garland Publishing, 1996. p. 247.

文化事件。

美国著名脱口秀主持人奥普拉·温弗瑞于 1996 年 9 月 17 日创办《奥普拉读书会》(*Oprah's Book Club*)。《奥普拉读书会》每月一期，其做法是先在节目尾声宣布自己选中的书，给观众一个月的时间阅读，之后将在下期节目中与读者交流。数百万观众涌向书店购买纸质小说，或在线购买电子版本，等着一个月之后《奥普拉读书会》的开播。《奥普拉读书会》共做过 65 部小说，每本书都成了畅销小说。入选小说在《纽约时报》畅销书排行榜上停留的时间平均为 17 周。

《奥普拉读书会》有两个阶段。第一阶段从 1996 年 9 月 17 日开始到 2002 年 5 月，共推荐了 48 部小说。这期间《纽约时报》畅销书排行榜上每周至少有一本奥普拉推荐的书名列榜单，有时在本周畅销榜的前 15 位中甚至会有五到六本是被奥普拉“金手指”点过的书籍。《奥普拉读书会》创办头三年，在读书会上出现过的小说平均销量为 140 万册。①

《奥普拉脱口秀》是一档电视节目，其目标观众主要是女性。根据电视评价权威尼尔森的市场调研，奥普拉的观众群教育背景和收入水平差异很大。也就是说，她的观众来自美国各阶层人士。②《奥普拉读书会》的成功在于其本已拥有庞大的观众群。奥普拉认为她的观众会喜欢文学作品，于是在脱口秀节目中加入了读书会环节。不出所料，观众群跟随了奥普拉的指引。

在 1996 年创办《奥普拉读书会》之际，没有人确定它会受欢迎。奥普拉旗下企业哈勃传媒公司的总裁蒂姆·班内特 (Tim Bennett) 担心收视率会在这一环节下滑，但统计数据显示“读书会”从一开始就取得了成功。在一期节目接近尾声时，奥普拉大致向观众介绍了节目新增添的环节——读书会。她说：“如今，我生活中最大的乐趣就是读一本好书，并且知道在读完这本书之后还有另外一本特别特别棒的书

① Cecilia Farr. *Reading Oprah: How Oprah's Book Club Changed the Way America Reads.* Albany: State University of New York Press, 2005. p. 2.

② Gayle Feldman. “Making Book on Oprah.” *New York Times Book Review*, 1997: 31.

等着我去读。”她宣布一个月之后将与大家一起讨论杰奎琳·米特查德（Jacquelyn Mitchard）的《海洋深处》（*Deep End of the Ocean*）。她反复强调，这个故事“对所有母亲来说都是最恐怖的噩梦”。[①]《海洋深处》是一部故事性强、易于阅读的小说。根据《时代》周刊的统计，此书入选《奥普拉读书会》三个月后，出版商发行了 850 万册。10 月 6 日，该书荣登《纽约时报》畅销书排行榜冠军，并在榜单上停留了 29 周。这是一个骄人的成绩。《奥普拉读书会》的第二个选择是《所罗门之歌》（*Song of Solomon*）。这部小说于 1977 年出版，次年获得美国国家图书奖，但却从来没有在市场上取得过骄人的成绩。与《奥普拉读书会》第一部作品形成鲜明对比的是，《所罗门之歌》引经据典、艺术手法丰富，是一部严肃文学。然而令人惊奇的是，在奥普拉的推荐下，这本书在问世 19 年后，也登上了畅销榜。《奥普拉读书会》大获成功。自此之后，凡是《奥普拉读书会》推荐的书均进入畅销榜。《奥普拉读书会》为文艺界、出版界带来前所未有的经济效应，令默默无闻的作家一夜间赫赫有名，带动数百万观众阅读小说。《奥普拉读书会》的影响力已超越媒体事件，成为美国研究中的一个重要的文化现象。学术界最初对此无甚反应，后来逐渐将其纳入研究视野，学术论文与著作日渐丰富。《奥普拉读书会》成为后现代社会背景中文化产业与媒体以及商业市场紧密结合的典型案例。

奥普拉从《海洋深处》到《所罗门之歌》的跨越，对以电视节目为载体的“读书会”来说是一个很大的挑战。然而，纵观《奥普拉读书会》书单，便会发现她选择的第一本和第二本小说的风格为整个“读书会”设置好了基调。奥普拉在大众文学和严肃文学中游走，既不会让普通读者觉得作品难度太高，难以驾驭而失去了阅读的兴趣，也不会让读者认为作品太流于市场，而对“读书会”的格调有负面评价。奥普拉的这一策略，与 20 世纪 20 年代邮购图书俱乐部风潮培养出的大众文学品味大有关联。邮购图书俱乐部创立的文学类型便是在本章

① Transcript entitled “Pregnant Women Who Use Drugs and Alcohol”, September 17, 1996.

第一节探讨过的“中额”文学。中额读者时而阅读“高额”精英文学，时而喜好“低额”大众市场娱乐文学。“总的说来，中额读者在写得不错的流行小说中找到了一个安全的中心地带。中额读者读的作品既不是通常在文学课堂或经典书目中的作品，也不是那些当有文化的朋友到访时，你会把它藏在床下或从床头柜上拿走，换成迈克尔·翁达杰（Michael Ondaatje）作品的那些书。中额读者正是你跟着读书俱乐部或跟着奥普拉读的那些书。”①

在《牛津英语词典》（*Oxford English Dictionary*）中，“中额”可追溯到英国杂志《笨拙》（*Punch*）1925 年 12 月的一篇文章。在那篇文章中，“中额”是指“希望有一天能习惯他们应当喜欢的那些事物”的人②。这是一个颇具阶级意义的概念，意指 20 世纪 20 年代力图通过吸收“文化”与“贵族”的价值而突破阶级界限的美国人。

实际上，小说很早就被用作混淆阶级界限的工具。凯西·N. 戴维森（Cathy N. Davidson）在对后殖民美国小说的研究中，描述了早期小说在无权受教育的读者中起到的重要作用。19 世纪早期的小说“虽然采用了情感小说或哥特小说的情节，但通常也会提供一种教育。这种教育，哪怕是极少的，也必须承认和男子大学提供的教育几乎并行不悖”。她还写道，小说“经常有希腊或拉丁语的引用（不管是翻译的还是在脚注里，通常为没有学识的人用古典的语言翻译）”。因此，“对自己的受教育机会大大受限的女性来说，小说当之无愧是一种可理解的、又具启迪意义的教育方式”。③

那时的女性和学识浅薄的人不仅阅读小说，还创作小说。因此，小说与“高额”一向偏爱的诗歌体裁不同，颇受文化精英的诟病。但是，人们不能否认小说极好地体现了“流行与艺术的结合”。凯西·N. 戴维森还评论道，“和传记、历史、宗教或社会、政治宣言这些传统的

---

① Cecilia Konchar Farr. *Reading Oprah: How Oprah's Book Club Changed The Way America Reads*. Albany: State University of New York Press, 2005. p. 34.

② *Oxford English Dictionary*. http://www.oed.com/[2021/06/26].

③ Cathy N. Davidson. *Reading in America: Literary and Social History*. Baltimore: Johns Hopkins University Press, 1989. p. 73.

文学形式不同，早期的小说的受众是那些被已定型的合众国权力结构排除在外的人”。[①]早期的小说读者和作者开辟出一片新的处于中间地带的文学体裁。因此，在19世纪，新文化大众通过小说成为新兴的政治、文化力量，试图进入权力场域的角逐。美国人也变成“小说读者的国度”[②]。

小说具有娱乐性，同时兼具文学性和教育性，因此建立起广大的具有一定知识水平的中产阶级读者群。在1996年《奥普拉读书会》成立之时，美国庞大的中产阶级读者群业已拥有悠久的历史。《奥普拉读书会》的宣言是“让美国人重新开始读书”。“重新”二字意味着她了解美国国情和读者市场，知道本就存在庞大的中产阶级中额读者。她意在激发这些人的阅读动力，唤起他们对阅读的兴趣。

2. 经典与商业的结合

在1996年12月首次亮相《奥普拉读书会》之前，托妮·莫里森已经获得了诺贝尔文学奖和普利策小说奖。那时她任教于普林斯顿大学，在文学界拥有崇高地位。文学作品中的美学价值从来就不是销量的保障。尽管托妮·莫里森的作品一直是有市场的，但却是在与奥普拉携手之后她的作品才得以畅销。《所罗门之歌》在1996年被奥普拉选中时，距离初版已有19年的时间。奥普拉在节目中宣布下一期“读书会”的作品是《所罗门之歌》后，出版商加印了98.5万多册。随后，这本书进入了畅销榜。托妮·莫里森的另外三部作品《天堂》《最蓝的眼睛》《秀拉》(*Sula*)分别于1998年、2000年和2002年成为《奥普拉读书会》的讨论作品，且都因此进入了畅销榜。

美国的主流出版界由白人主导，且以白人读者为目标受众，而《奥普拉读书会》的启动彻底颠覆了这种境况。奥普拉推荐的每一本书都成为畅销作品。她对观众非凡的领导力使出版社对她“俯首称臣”，积

---

① Cathy N. Davidson. *Reading in America: Literary and Social History*. Baltimore: Johns Hopkins University Press, 1989. p. 79.

② Nina Baym. *Novels, Readers, and Reviewers: Responses to Fiction in Antebellum America*. Ithaca: Cornell University Press, 1984. p. 44.

极向她推荐书目，希望入选《奥普拉读书会》，并在她做出决定后即刻加印上百万册。托妮·莫里森是入选《奥普拉读书会》次数最多的作家。她与奥普拉携手，运用后者的商业力量和大众文化领导力获得作品销量上的成功。

奥普拉非常了解，自己的观众群主要是女性。因此，她的号召和措辞旨在引起女性观众的共鸣。《奥普拉脱口秀》节目一期为时一个小时。开播初期，“读书会”仅占一期节目的最后 15—20 分钟。他们的做法是，制作团队会从读者来信中挑选出内容感人、评论中肯或是生活经历与小说情节相关的四五位读者。这几位读者将获得与奥普拉和作者共进晚餐的机会。制作单位会将这个过程录制下来，在节目中播出。晚餐地点一开始设在奥普拉家中，之后转移到一间特意为“读书会”打造的书房。“读书会”的场景一直是这个环节的重要组成部分。室内装修豪华，有精美的食物，几位女士精心装扮，在餐桌上一边品红酒一边对话。这些细节是对一种生活方式和价值观的推广。奥普拉是一位出身平庸、成长道路坎坷的“有色人种”女性。她依靠自己的智慧与勤奋逐步建立起属于自己的媒体帝国。她的经历几乎是“美国梦”的翻版，美国人认同她所传递的价值观，因此她博得广大观众的认可和喜爱。在《奥普拉读书会》中，奥普拉与以托妮·莫里森为代表的作家们指代的是两个不同却完美结合的意象。托妮·莫里森是经典的化身，她的形象满足了观众对精英文化的追随与诉求。奥普拉是商业成功的典范，向观众展示了物质丰裕的优质生活。在“读书会”中，观众通过追随与模拟在心理上达到与奥普拉的亲近，表达对其价值观的认可和生活方式的向往。让·波德里亚认为，读物扮演着联络符号的角色。在托妮·莫里森与奥普拉这一案例中，文学作品就是联络符号。观众通过参与节目，和阅读托妮·莫里森等作家作品的潜在集体进行着联络。“读者梦想着一个集团，他通过阅读来抽象地完成对它的参与：这是一种不真实的、多重的关系，这本身就是‘大众传播’

的效应。”[①]因此，在《奥普拉读书会》节目中，托妮·莫里森的读者群不再是靠肤色划分的，而是通过媒体的编排，幻化为一种晋升符号，感召着怀有晋升希望的阶级——后现代的小资文化与大众文化受众。

3. 身份焦虑

托妮·莫里森与奥普拉携手不仅依靠商业和大众文化领导力获得作品销量上的成功，更重要的是，通过电视媒介，她整合了双重读者，克服了非裔女作家的作者身份焦虑。根据詹姆斯·威尔登·约翰逊的定义，“双重读者”指“常常持相反、对立观点的美洲白人和美洲黑人”[②]。托妮·莫里森于 20 世纪 70 年代开始写作，那时的情况亦如是。尽管 70 年代第三次“黑人文艺复兴”为非裔文学创作，尤其是非裔女性文学创作赢得了学术界和出版商短暂的关注，但出版社的理念仍然是把白人读者作为目标受众。因此，托妮·莫里森的作品在 70 年代得以出版只是她进入公共领域的标志，而要迈入主流市场，彼时的托妮·莫里森尚有一段路要走。

“双重读者”是非裔作家存在作者身份焦虑的主要原因。托妮·莫里森在兰登书屋工作的 19 年间，完成了三本小说创作和出版，却无法称自己为“作家”。从中可以看出，在 70—80 年代，写作仍旧被视为男性的工作，文学界依然是男性主导的领域。尽管当时非裔男作家已经步入市场和经典的范畴，但非裔女作家的“作者身份”依然没有得到巩固。

将高端文化形式与流行观众结合是美国非裔女作家在公共领域确立作者身份的关键步骤。这些作家处于市场和经典的复杂关系之中。《奥普拉读书会》把托妮·莫里森的文本商品化，在读者把小说当成商品消费的同时，托妮·莫里森也获得了一种新的社会权威。当然，在《奥普拉读书会》上，复杂、有深意的小说被残酷地简化到适合电

① 〔法〕让·波德里亚：《消费社会》，刘成富、全志钢译，南京：南京大学出版社，2000 年，第 125 页。

② James Weldon Johnson. “The Dilemma of the Negro Author.” In *The Politics and Aesthetics of the “New Negro” Literature*. Ed. Cary D. Wintz. New York: Garland, 1996. p. 247.

视节目的闲谈式讨论。例如，奥普拉在讨论《所罗门之歌》时，就完全忽略了其政治和种族历史潜文本。

正是由于大众传媒对高端文化的简化和侵蚀，诸多业已建立经典地位的作家对其不屑一顾。2001年乔纳森·弗兰岑（Jonathan Franzen）拒绝出席《奥普拉读书会》这一事件就是一个例子。乔纳森·弗兰岑表示不希望《奥普拉读书会》的标志出现在自己的作品封面上。这一事件在美国引发广泛的讨论。无论是J. D. 塞林格、托马斯·品钦的隐士姿态，抑或是乔纳森·弗兰岑对奥普拉的抵制，都反映出部分白人男作家对进入大众市场、成为流行明星的抗拒。传统观念中纯文学与流行读物反映的是两种对立的价值观。他们与大众文化的泾渭分明似乎在传达一个信息：经典作家的地位是神圣、不可推销的。然而，作为刚刚确立了市场价值和经典地位的非裔女作家来说，则必须借大众媒体之翼来进入公共领域，巩固自己的作者形象。考察托妮·莫里森在《奥普拉读书会》中的几次出席，或与主持人和观众围坐一席侃侃而谈，或立在办公桌前与多位读者进行座谈，这一行为本身就是对女作家长久以来怀有的身份焦虑的反击。托妮·莫里森通过与大众传媒的联合，巩固了作者身份。在采访中她说道："我希望我的作品可以做到两点：像我希望的那样复杂、需要认真研读，并同时能像爵士乐那样以情感赢得大多数人的喜爱。"[①]奥普拉的商业力量和其在大众文化中的影响力帮助托妮·莫里森做到了这一点。她们的结合打破了高雅文化与大众文化间的界限，将"双重读者"整合为具有共同心理基础的消费受众。

第三节　文化策略

文化商品以娱乐性、消费性为特征。托妮·莫里森对大众文化市场的参与必定要将复杂的文学作品简化为符合大众文化市场特征的版

① Claudia Dreifus. "Chloe Wofford Talks About Toni Morrison." *New York*, 1994-09-09. p. 75.

本。纵然《奥普拉读书会》以“让美国人重新开始读书”为口号，但电视节目这一传播文本的形式本身就决定了要使用一套电视话语来解读托妮·莫里森的小说。电视作为传播形式，其核心价值在于收视率。奥普拉以其在大众文化市场中强大的号召力以及分享经验、文学指导实际生活、跨种族政治等多种手段塑造了独特的电视阅读策略。在这个过程中，以消费为目的的读者消除了对精英文化的疏离感，在以奥普拉为桥梁的“读书会”中，大量观众变成读者。从这个角度而言，精英文化执行了其文化领导力，让大众围绕在经典文学周围。

1.“让美国人重新开始读书”

奥普拉创立“读书会”的初衷是“让美国人重新开始读书”。在托妮·莫里森出席的节目中，“读书会”一开始，奥普拉便与观众分享她对托妮·莫里森的崇敬之情。她说：“托妮·莫里森用词语创造了一首所罗门之歌。我最喜欢的就是能编织语言，把你带入一个故事的作者。”[①] 她把作者和作者的写作技巧作为最重要的营销点。虽然在“读书会”后期，她会把社会话题纳入讨论，但她总会强调小说是由作家完成的艺术品，而这个作家，不像普通读者和观众想象的那般高高在上，而是一个有血有肉，和大众无异的普通人。奥普拉在节目中提醒观众，莫里森是“一个在抚养两个儿子的同时见缝插针进行写作的单身母亲”。[②]如同娱乐业推广明星一般，奥普拉把托妮·莫里森塑造为代表精英文化的艺术家，并同时拉近她和读者、观众的距离，让他们相信她只是日常生活中的普通人。这种亲近大众的造星策略与美国文化中的“美国梦”情节如出一辙。让大众看到一个出身平凡的美国人，一个非裔美国人，一个非裔美国女人，如何通过自己的努力和勤奋成为世界文坛瞩目的名人。

《奥普拉读书会》的宗旨是寓教于乐。在丰盛的晚餐席间，奥普

① 引用《奥普拉读书会》的内容均来自节目字幕（BurrellesLuce Transcripts, Livingston, NJ）和弗吉尼亚大学《奥普拉脱口秀》馆藏 DVD。

② 引用《奥普拉读书会》的内容均来自节目字幕（BurrellesLuce Transcripts, Livingston, NJ）和弗吉尼亚大学《奥普拉脱口秀》馆藏 DVD。

拉试图向观众传达一些阅读理念。在与托妮·莫里森的晚餐中，奥普拉说："你第一次读托妮·莫里森的作品时，你会说'哦，我知道我挺聪明的。我有学位。也有人说我是个聪明人'，但接着你发现你得一遍又一遍重复阅读莫里森的文字。"一位名叫艾琳（Aileen）的女士同意这个观点。她说："我必须一字不落地读。"她对托妮·莫里森说："我得不断回头重读，得读到每一个字。我无法错过任何一个细节。"然而托妮·莫里森却回应道："大多数人都会跳读。"但在座的诸位女士坚持说她们无法跳读托妮·莫里森的作品。托妮·莫里森回答道："我写了一遍又一遍——改了一遍又一遍，所以文中没有一个多余的'the'。"这时，奥普拉接过话来，开始了小说阅读教学："没有一个多余的字，没有一个多余的逗号。我的天呐，这才是写作。"[①]在托妮·莫里森与奥普拉就《所罗门之歌》的讨论中，奥普拉教导读者和观众：一部严肃的作品需要细读。

奥普拉给观众上的第二课便是伟大的作品是复杂、多面、深奥，且难以用语言概括的。节目中，与平日能言善道的风格不同，奥普拉此时词穷了。奥普拉对托妮·莫里森说："如果让你形容这本书——当我宣布将要和大家一起读这本书时，我觉得太难了，我甚至想不出该怎样形容这本书是讲什么的——你觉得这本书是讲什么的？" 托妮·莫里森回答道："嗯，我会给你一句话。但你知道，如果我有一句合适的话，我就不会写这本书了。"[②]

因此，如果一本书是复杂、深奥的，那么阅读时就不应只是了解大意即可，而必须认真体味词句才能更好地理解文本。接着，托妮·莫里森和奥普拉一同给观众和读者传达了关于阅读的第三条指导——好的读者在阅读时应该敏锐精细，体会作品的微妙。托妮·莫里森解释道：

① 引用《奥普拉读书会》的内容均来自节目字幕（BurrellesLuce Transcripts, Livingston, NJ）和弗吉尼亚大学《奥普拉脱口秀》馆藏 DVD。

② 引用《奥普拉读书会》的内容均来自节目字幕（BurrellesLuce Transcripts, Livingston, NJ）和弗吉尼亚大学《奥普拉脱口秀》馆藏 DVD。

> 我想传达的一些信息不是浓墨重彩、惊天动地的，而是像彩色粉笔的轻描般细腻。那是用自己的生命去冒险的意愿，是一种愿意去过魔法般生活的意愿，在这种生活中，万物皆有意义，一种看到事物另一面的意愿，就像调大你生活的音量。①

除了以文学导师一般的姿态指导大众阅读，奥普拉还乐于强调文学在人们实际生活中的价值。《奥普拉读书会》常常安排（抑或是观众自发）一些讨论，传递出书籍可改变人们的生活这一讯息。《所罗门之歌》读书会现场，奥普拉告诉观众，被邀请与托妮·莫里森共进晚餐的三位女士中，希勒斯特（Celeste）表示在读过这本小说之后自己发生了转变。希勒斯特在信中写道："我是一个女人，我是个白人，我收入还不错——赚很多钱——我从没过过穷日子，从未被虐待过，我知道您一定认为我和这本书不会产生任何关联。"但奥普拉在节目尾声揭晓，在晚餐结束时，席间每个人都哭了，其中希勒斯特是哭得最痛的。

奥普拉和托妮·莫里森传授给观众和读者的阅读技巧与学生在学校接受的训练相似，但又有本质的不同。"在全美各个教育阶段的语文课上，学生会学习到这些细致阅读的总体技巧。但语文课通常只着重于思考性、知识性策略，而《奥普拉读书会》和《奥普拉脱口秀》联系在一起，发展出一种独具风格的混合阅读策略。"②这种策略和奥普拉吸引女性观众群体的技巧有着紧密关联，但同时，托妮·莫里森也赋予了奥普拉许多力量。在奥普拉善于与观众交流的大众文化领导力背后，托妮·莫里森作为一位职业作家、一位英语文学教授，以文学导师的形象给予《奥普拉读书会》诸多信服力。

在《所罗门之歌》读书会尾声，奥普拉再次肯定了仔细研读、思考式阅读等策略，同时也使用了她惯常的感性路线和设身处地、将心比心这一引导方法。她呼吁读者设身处地体会小说中的人物，也与其

---

① Cecilia Farr. *Reading Oprah: How Oprah's Book Club Changed the Way America Reads*. Albany: State University of New York Press, 2005. p. 43.

② Cecilia Farr. *Reading Oprah: How Oprah's Book Club Changed the Way America Reads*. Albany: State University of New York Press, 2005. p. 45.

他读者交流人生经验和读后感。托妮·莫里森在结束语中也肯定了奥普拉的说法：

> 对一个真的希望交流的作家来说，这是一个梦想，你们看到了细微之处的事物……这不是一堂告诉你"要这么做，不要这么做，这就是解决办法"的课程，而是切实融进感情、行为和相伴的课堂——如果你幸运的话，人物会活过来。①

2. 电视读书会的阅读策略

1998年，托妮·莫里森再次成为《奥普拉读书会》的座上宾。这一次奥普拉选择的作品是《天堂》。在这一期节目中，奥普拉把读书会的氛围转变成了一个课堂。一开场，奥普拉便解释道："这个月有许多人给我写信了。有些人承认他们没法到达天堂，他们就是到不了天堂。即使读完的读者也觉得有点困惑。因此这么久以来，我们的读书会要首次变成一堂课，我们需要帮助。"②奥普拉的开场白明确表示，读者在阅读这部小说时是有问题的，因此改变节目形式是为了给读者和观众提供帮助。此前《奥普拉读书会》的形式是装扮精美的女士围坐在宴席桌边，品酒对谈。而此时"读书会"却摇身一变成为学术中心。奥普拉声称读者在阅读《天堂》的过程中有很多问题，但却没有给任何一位读者说明问题到底是什么。

读者和观众是在《奥普拉读书会》的指导下理解《天堂》的。奥普拉的中额读者们——用塞西莉亚·康查尔·法尔（Cecilia Konchar Farr）的话说——是"从中产阶级到受教育程度不高的人，从天之骄子的大学生到希望增强学养的全职主妇"③。从这个论述可以看出，"中

① 引用《奥普拉读书会》的内容均来自节目字幕（BurrellesLuce Transcripts, Livingston, NJ）和弗吉尼亚大学《奥普拉脱口秀》馆藏DVD。

② "Book Club—Toni Morrison." Host. Oprah Winfrey. *The Oprah Winfrey Show*, 1998, Harpo Productions, Inc. 6 March, 1998.

③ Cecilia Farr. *Reading Oprah: How Oprah's Book Club Changed the Way America Reads*. Albany: State University of New York Press, 2005. p. 2.

额”是一个流动性很强的群体，他们在“高额”与“低额”之间徘徊。他们自有一套评价文本的标准，即“把小说阅读作为思考他们的世界和个人生活中关键问题的方法”①。但是《天堂》并非如《海洋深处》一般是一部叙述型的线性结构小说，这让“读书会”读者在阅读和讨论中受挫。在面对与个人期望不符的作品时，他们只是想要一个答案而已。

奥普拉对《天堂》的选择显示出她对中额读者的错误判断。根据之前的入选作品可归纳出《奥普拉读书会》的选择模式，即“先向低额倾斜（如《海洋深处》），再快速转向高额（如《所罗门之歌》）”②。这种“倾斜”和“转向”便是中额读者在精英文化和大众文化间的模糊游走。不管“读书会”讨论的作品向哪一端倾斜，中额读者的讨论总是围绕着一个中心：获得乐趣，同时积累文化资本。早在托妮·莫里森第一次做客《奥普拉读书会》时，奥普拉便提醒观众这部小说会“让你感同身受，促使你思考”③。紧接着，她颇具技巧地立刻把介绍引向一个容易产生共鸣的方向，“这是关于母爱、得不到的爱、友情和家族秘密的故事”④。奥普拉试图在严肃文学与大众品味之间找到平衡点和连接点。

塞西莉亚·康查尔·法尔等学者在文章中指出，这一期节目很明显是经过安排和剪辑的。按照奥普拉的说法，由于《天堂》对读者来讲是一个挑战，因此这次“读书会”不仅要变为一堂课，连“课堂”地点都设在了托妮·莫里森就职的普林斯顿大学。其中一个环节，奥普拉的朋友盖尔·金（Gayle King）问托妮·莫里森如何阅读像《天堂》这样难懂的小说。盖尔·金说：“我上过大学，我挺聪明的，但有时候

① Joan Radway. *A Feeling for Books: The Book-of-the-Month Club, Literary Taste, and Middle Class Desire*. Chapel Hill: University of North Carolina Publisher, 1997. p. 73.

② Cecilia Farr. *Reading Oprah: How Oprah's Book Club Changed the Way America Reads*. Albany: State University of New York Press, 2005. p. 39.

③ "Book Club—Toni Morrison." Host. Oprah Winfrey. *The Oprah Winfrey Show*, 1998, Harpo Productions, Inc. 6 March, 1998.

④ Cecilia Farr. *Reading Oprah: How Oprah's Book Club Changed the Way America Reads*. Albany: State University of New York Press, 2005. p. 12.

一页我得读上三四遍。”托妮·莫里森回答道：“如果你第一次读，并且像我的一个朋友说的那样‘读到敲骨吸髓’，那么第一遍也是有可能像他说的那样‘全都理解’的。”托妮·莫里森的这番回答意指阅读不能像盖尔·金那样只靠聪明智慧，还需全身心投入。接着，她又指出，读者之所以不能完全理解小说，是由于他们不具备“另一种阅读词汇”。奥普拉请她解释一下何谓“另一种阅读词汇”，托妮·莫里森说道：

> 我是说，你进入到一部小说的景界中。你完全进入。你暂且抛开质疑，在这番景界中像一个信任别人的纯真儿童般行走，你信任叙事者，你信任这本书。这是有风险的。因为你可能失望，但这是你进入的方式。你捉摸不透的事情在特定情况下会立刻变得透彻、可知。①

托妮·莫里森所形容的这种理想阅读充满文学意境，语言优美，是非常适合电视节目的。在接下来的“课堂”中，托妮·莫里森不断强化理想阅读的概念。她强调对小说的深奥、细腻之处要多加洞察，但同时要敞开个人的经验系统并投入感情，抛开批判，接受小说中不合生活常规之处。

秉持着这种精神，托妮·莫里森并没有对作品做出任何阐释。她不希望为 22 位读书会成员以及百万电视观众提供一个解读《天堂》的最终方案。她坚持她“不会写一本有一个公式或完美答案的书，或一本只有一个意思的书。应该有多重阐释。如果这本书值得写，那就值得反复读”。②作为英文系教授的托妮·莫里森也很少以自己的作品为教学文本，理由与上述精神类似，她不愿在那些希望从阅读中找到标准答案的学生身上强行添加自己的阐释。

托妮·莫里森的阅读策略与奥普拉的非常相似。在这期“读书会”

① Cecilia Farr. *Reading Oprah: How Oprah's Book Club Changed the Way America Reads*. Albany: State University of New York Press, 2005. p. 69.

② “Book Club—Toni Morrison.” Host. Oprah Winfrey. *The Oprah Winfrey Show*, 1998, Harpo Productions, Inc. 6 March, 1998.

中，基本形式是：少许探索人物，略微探讨主题，稍加透露写作过程，不止一次拒绝解释作品中的典故，但却一直要求读者敞开心胸，以参与、融入的精神进入阅读。节目尾声，奥普拉表示“当我们这些读者打开自己的秘密时，会得到双倍的收获”[①]。节目以奥普拉的嘉许结束。最后，“这堂课”教给读者和观众的是，不要依赖权威，甚至不要相信文学课程，而要信任自己的阅读，同时信任他人，在交流中扩展阅读。

“读书会”的读者们在奥普拉为其规划的中额领域内游移。既要以学术的范式阅读，也要以大众的方法阅读。这一颇受争议的中额领域包含一点文学课程，一点意识觉醒小组讨论，还带有一点励志座谈的元素——你可以称它为中额，也可以不把它看作是阅读。

3. *跨种族政治*

《奥普拉脱口秀》的主要观众群是白人女性，但奥普拉选择的 65 部小说中有 10 部是非裔美国作家的作品。奥普拉制作并主演的电影《宠儿》也为托妮·莫里森吸引了数以百万的观众和读者。奥普拉对“读书会”怀有种族政治诉求。托妮·莫里森以电视节目为渠道，借助奥普拉对大众文化的影响力，在种族与文化杂糅的普通读者群体中开辟出属于自己的天地。

《奥普拉读书会》《最蓝的眼睛》节目一开始，奥普拉就告诉观众，“这是我们进行过的图书讨论中最棒的一次”。接着，她开始呼吁观众：“不管你正在做什么，放下手头的事情，听好了，我尽量不这么要求你们，但如果接下来的 20 分钟你可以把账单或晚餐放在一边儿，你将收看到充满力量、十分美妙的内容——尤其如果你是随便哪种孩子的母亲的话，更是如此。”[②]

面对这样充满感召力的号召，奥普拉的粉丝怎能抗拒？在事先录

---

① 引用《奥普拉读书会》的内容均来自节目字幕(BurrellesLuce Transcripts, Livingston, NJ)和弗吉尼亚大学《奥普拉脱口秀》馆藏 DVD。

② 引用《奥普拉读书会》的内容均来自节目字幕(BurrellesLuce Transcripts, Livingston, NJ)和弗吉尼亚大学《奥普拉脱口秀》馆藏 DVD。

制好的片段中，托妮·莫里森表示，在她创作《所罗门之歌》的 20 世纪 60 年代，种族主义是“对孩子的虐待，伤得很深，令人绝望”[①]。以此为背景，读书讨论的前半部分便使观众充分理解了白人至上的美国文化如何通过种族主义给非裔美国人造成创伤，尤其是成长在这种文化中的儿童会产生自我厌恶感，这是最具毁灭性的后果。接着，奥普拉说道：“不管你是什么肤色，许多女人都是以别人对她们的看法来审视自己的。”奥普拉呼吁所有种族和文化的女性都应与小说主人公佩科拉产生共鸣。“对我来说，这本书的美妙在于，佩科拉，以及世界上所有像佩科拉一样的人，最终从我们的生活中消失了。”[②] 她使用了“我们的生活”，这意味着“我是你们中的一员，你也是我们中的一分子”。我们都像书中那个被虐待、感受不到爱的黑人孩子一样曾被错误的评判体系伤害。奥普拉的言辞抹去了黑人读者和白人读者间的界限，同时也抹去了黑人群体的创伤，消解了作品对种族主义的批判。

节目开始，奥普拉、托妮·莫里森和几位客人都分享了自己与佩科拉类似的个人经历。奥普拉回忆起祖母慈爱地抱着一个白人小孩的照片。从这张照片中奥普拉得出与佩科拉类似的结论，即“如果你是白种人，别人会更爱你”。肤色略深的斯蒂芬妮·古德曼（Stephanie Goodman）是哈佛大学毕业的律师。她与大家分享了“纸袋测试”的故事。在新奥尔良，如果黑人想要加入一些精英沙龙，肤色必须比一种棕色纸袋浅才有资格成为其中一员。朱莉·瓦伦丁（Julie Valentine）回忆起曾经参加的教会合唱团都是清一色的黑人，但是她读的私立学校却几乎都是白人。她往返于二者之间，心理上有着微妙的起伏。戴安娜·布里斯（Diana Bliss）告诉大家，她曾参加“天使”一角的试镜，但最终被淘汰。工作人员告诉她，虽然她是白人，但却不是金发，因此不能胜任这个角色。露丝·霍夫曼（Ruth Hoffman）是一位白人女

① 引用《奥普拉读书会》的内容均来自节目字幕（BurrellesLuce Transcripts, Livingston, NJ）和弗吉尼亚大学《奥普拉脱口秀》馆藏 DVD。

② 引用《奥普拉读书会》的内容均来自节目字幕（BurrellesLuce Transcripts, Livingston, NJ）和弗吉尼亚大学《奥普拉脱口秀》馆藏 DVD。

士，她有一位黑人养女。她向大家讲述道，她费了九牛二虎之力才帮助女儿建立起自信，让她相信自己是个美丽的孩子。托妮·莫里森认同她的教育理念。她告诉大家，以前她看到自己的两个儿子时，总是面露批判的神情。她总是在审视他们衣着是否得当，头发是否干净整洁。后来她做出改变，变得尽量让儿子们能够感觉到她有多爱他们，并肯定、欣赏他们。[①]

在《最蓝的眼睛》这期节目中，作为知名教授和诺贝尔文学奖、普利策小说奖获得者，托妮·莫里森的讨论虽然与文学关联不大，却具有启发意义。她强调，“你知道一个人的种族时，等于你什么信息都没有掌握。你对这个人一无所知。真正的信息在其他地方”。与托妮·莫里森之前参加过的《奥普拉读书会》不同，这一洞见并非是教导观众如何阅读小说的，而是教大家如何生活的。同时，托妮·莫里森还与大家分享了她对美德和美丽的看法。她说，“在一切美德中，美丽并非其中一员。美德并非由出生的偶然性决定的。美德是你为之奋斗的事物，坦诚、有教养、能自我约束、知书达理、健康、优雅，让你的身体成为你个性的一部分。这些是你可以奋斗得来的品质”。[②]

托妮·莫里森、奥普拉和几位女来宾以自己的个人经验为出发点，以小说主人公佩科拉为中心，审视了美国文化中的种族主义因素。托妮·莫里森参加过《奥普拉读书会》四次之多，是受邀作家中最受青睐的一位。节目中，托妮·莫里森为观众朗读了《最蓝的眼睛》中的选段，奥普拉提醒观众要特别注意托妮·莫里森在文中运用的语言。她告诉托妮·莫里森，书中每一句话都非常棒，她说，“每次我读到你的文字时，我都有种得到升华的感觉”。她让托妮·莫里森跟观众分享写作经验，比如她是受到怎样的启发想要创作这样的作品的，如今再回头审视 30 年前塑造的人物，她有什么感觉。同时，她问道，为什么

① 引用《奥普拉读书会》的内容均来自节目字幕（BurrellesLuce Transcripts, Livingston, NJ）和弗吉尼亚大学《奥普拉脱口秀》馆藏 DVD。

② 引用《奥普拉读书会》的内容均来自节目字幕（BurrellesLuce Transcripts, Livingston, NJ）和弗吉尼亚大学《奥普拉脱口秀》馆藏 DVD。

要为主人公设定一个发疯的结局。托妮·莫里森没有像前几次参加《奥普拉读书会》时那般拒绝为自己的作品提供明确的解读。她直截了当地回答道:“因为没有其他出路。她没有一条出路，所以她就给自己创造了一条出路。那就是疯癫。”[①]

在《最蓝的眼睛》讨论过程中，奥普拉及其强大的制作团队几乎完整呈现了“读书会”最成功的元素。这期节目中，不仅包含针对社会问题、个人经验、文学洞见的讨论，还展现了托妮·莫里森的智慧与正直，以及奥普拉的热情和开放。最后奥普拉宣称如果每个人都读过《最蓝的眼睛》，那么“这个世界将会不同”[②]。

奥普拉本身就是白手起家获得成功的“美国梦”的现实版本。她的名人地位是吸引观众跟随她的选择的很重要的一个原因。在收视率的压力之下,她的节目需要这些吐露心声式的对谈和轻易得出的论断。她非常提倡自我提升，因此在讨论小说的过程中也过度强调了作品的这一层面。除此之外，她的读书会是比较成功的。正如托妮·莫里森所说,奥普拉是一位认真的读者。在收视率的竞争和出版商的游说下,她依旧呼吁观众和她一起认真读书，有深度、富有感情地读书。精英学者推广文学的方式是从上至下的美学教导与灌输，而《奥普拉读书会》却是从下至上。她以普通人的角度和大众一起阅读，代表一般读者与作家、学者沟通、交流。这改变了“中额”领域从上至下的运作方式。几百万美国人纷纷加入奥普拉的“读书会”，她做到了“让美国人重新开始读书”。

诚然，一个电视节目主持人决定美国当代文学的兴衰，这可谓最大的讽刺。但奥普拉运用大众文化，以寓教于乐的方式推广文学，同时参与社会议题讨论,以自己的影响力支持少数族裔女作家。托妮·莫里森等作家在中额读者市场的成功，奥普拉功不可没。

---

① 引用《奥普拉读书会》的内容均来自节目字幕(BurrellesLuce Transcripts, Livingston, NJ)和弗吉尼亚大学《奥普拉脱口秀》馆藏 DVD。

② 引用《奥普拉读书会》的内容均来自节目字幕(BurrellesLuce Transcripts, Livingston, NJ)和弗吉尼亚大学《奥普拉脱口秀》馆藏 DVD。

小　结

普利策小说奖虽然可以保证获奖作家在文化场域的合法地位，但在现实的文化产品市场却无法解决销量、读者群拓展以及黑人作家要面对的双重读者的问题。因此，少数族裔作家和女作家不同程度地做出了冲出象牙塔、发展多元读者群的努力。传统观念中精英作家这一形象长久以来都是白人男性。诸如托马斯·品钦、J. D. 塞林格等男作家深居简出，与媒体保持着距离，他们在公众意识中的形象是模糊、不可触及的，但这不仅不会伤害他们的经典作家地位，反而是其文化精英形象的一种深化。这种策略对于女作家而言是行不通的。从 19 世纪以男性笔名发表小说伊始，女作家群体便存在身份焦虑，而非裔女作家不仅存在身份焦虑，还要面对双重读者问题。因此她们必须对大众媒体采取开放态度，这样才可以深化自己在公众意识中的作者形象。以托妮·莫里森为例，她通过与奥普拉的结合，从诺贝尔文学奖、普利策小说奖得主和普林斯顿大学教授的光环中走到电视节目里，以电视话语与观众探讨自己的作品。托妮·莫里森的经典文化形象加上奥普拉强大的大众文化领导力，使其作品获得更广泛的受众——中额读者群。中额读者饱受文化精英诟病，认为他们阅读文学作品只是为了获得乐趣并积累文化资本。在《奥普拉读书会》上讨论作品的策略必定要牺牲小说的审美价值，但奥普拉和托妮·莫里森发展出的寓教于乐、强调细读等电视阅读策略无疑吸引了广大非文学专业人士。通过拓展中额市场，以莫里森为代表的少数族裔作家和女作家也解决了身份焦虑和双重读者问题，将读者群整合为一个不分肤色的大众读者群。

第五章 普利策小说奖与大众文化市场

在传统的文化等级中，经典小说和商业小说是二元对立的关系。按照皮埃尔·布尔迪厄对文化资本和商业资本的论述，艺术上的成功与市场成功并非成正比。实际上，拥有经典光环的作家，尤其是白人男作家，大都和大众文化市场泾渭分明以保持纯文学地位。这一现象在普利策小说奖获奖作家中却没有出现。94 部获奖作品中超过一半被改编成电影、电视剧、音乐剧、有声读物等形式，从中可窥见在后资本主义社会已然成为经济支柱的大众文化市场对经典文学的攫取与依赖。2014 年获奖作品《金翅雀》的同名电影已于 2019 年 9 月上映；2002 年的《帝国瀑布》被改编为 HBO 迷你剧集；2001 年获奖作品迈克尔·夏邦的《卡瓦利与克雷的神奇冒险》被改编为电视剧、电影；菲利普·罗斯的《美国牧歌》、迈克尔·坎宁安（Michael Cunningham）的《时时刻刻》（*The Hours*）、威廉·肯尼迪（William J. Kennedy）的《紫苑草》（*Ironweed*）等作品均被翻拍为电影；艾丽丝·沃克的《紫色》于 1985 年被改编为同名电影；艾莉森·卢里的《异国情事》于 1993 年被改编为电视电影（TV movie）；托妮·莫里森的《宠儿》在 1998 年被改编为同名电影；安妮·泰勒的《呼吸课》于 1994 被改编为电视电影，2003 年有了舞台剧版本；简·斯迈利的《一千英亩》于 1997 年被改编为同名电影；安妮·普鲁的《船讯》于 2001 年有了电影版本。虽然在传播的广度和市场收益上有所不同，但可以看出作家对新文本范式的勇敢尝试。本章主要以艾丽丝·沃克和托妮·莫里森两位在大众文化市场取得最大成功的作家为考察对象，分析她们在大众文化市场的传播与接受。

第一节 机械复制时代的艺术作品

瓦尔特 · 本雅明（Walter Benjamin）在《机械复制时代的艺术作品》（*The Work of Art in the Age of Mechanical Reproducibility*）中论述道：

> 艺术作品在原则上总是可复制的，人所制作的东西总是可被仿造的。学生们在艺术实践中进行仿制，大师们为传播他们的作品而从事复制，最终甚至还由追求赢利的第三种人造出复制品来。然而，对艺术品的机械复制较之于原来的作品还表现出一些创新。这种创新在历史进程中断断续续地被接受，且要相隔一段时间才有一些创新，但却一次比一次强烈。①

在瓦尔特 · 本雅明看来，由于古希腊人受限于复制技术，因此艺术品被要求具有永恒性。而如今的时代走到了古希腊人的对立面，技术的发展使艺术品被大规模复制并广泛传播。曾经的艺术以“一次性”为特征，且不具有“可修正性”。如今以电影为代表的复制技术，具有“可修正性”，同时也彻底失去了“永恒价值”。②按照传统观点，具有光晕（aura），需要观众冥想、思索的经典文化和可被广泛接受的大众文化是一组二元对立的事物。如果以等级来划分，电影绝不是保守的精英学者会青睐的学术领域。这种清晰的文化等级也不是身居高阁、坐拥经典地位的白人男作家们会轻易逾越的。

1. 文化等级中的电影与文学

艾丽丝 · 沃克和托妮 · 莫里森两位作家对文本的新型传播方式持开放态度。二人的作品改编形式有电影、音乐剧和有声读物。艾丽丝 · 沃

① 〔德〕瓦尔特 · 本雅明 《机械复制时代的艺术作品》，王才勇译，北京：中国城市出版社，2002 年，第 5 页。

② 〔德〕瓦尔特 · 本雅明 《机械复制时代的艺术作品》，王才勇译，北京：中国城市出版社，2002 年，第 25-26 页。

克的代表作《紫色》和托妮·莫里森的作品《宠儿》被翻拍成电影，获得巨大反响。《紫色》的电影改编版由史蒂芬·斯皮尔伯格（Steven Spielberg）执导，于1985年上映。影片获得巨大的商业成功，全球票房收入达到14.17亿美元，并在1986年第58届奥斯卡金像奖的角逐中获得11项提名。《紫色》是美国电影史上第一部以非裔美国人为主题的作品。1998年，托妮·莫里森的《宠儿》被搬上大银幕。实际上，早在1987年，也就是这部作品获得普利策小说奖之前，奥普拉就从托妮·莫里森手中购买了改编权。值得注意的是，奥普拉在这两部电影的生产和传播过程中均扮演了重要的角色。在电影《宠儿》里，她不仅是女主人公塞丝的扮演者，更重要的是，这部电影正是其公司哈勃传媒公司的产品。在电影《紫色》中，奥普拉饰演索菲亚一角。2005年，《紫色》被改编为百老汇音乐剧，奥普拉投资并参与制作了这部音乐剧。她对非裔女性文学在大众文化市场的推广做出了很大的贡献。

根据小说改编电影是电影界的常用做法。作家和评论家对此事有不同的看法。杰克·伦敦（Jack London）认为电影可以跨越“贫穷和环境的障碍”，提供“大众教育”。他写道：“最伟大的思想通过书籍和戏剧传达了它们的信息。电影通过银幕传播它。在银幕前，所有人都能看得懂、理解并欣赏。”[①] 他称颂这种传播方式，同时也难掩对电影的低看态度。在大众文化对精英文化的借鉴问题上，学院派一向怀有抵触情绪。在《电影与现实》（“The Movies and Reality”）一文中，弗吉尼亚·伍尔夫认为小说和改编电影之间存在差距，这种做法对两种艺术形式都存在危害，其中文学受害尤为深重。[②]汉娜·阿伦特（Hannah Arendt）也表达了捍卫精英文化的观点，她说，“娱乐产业面对的是一个庞大的需求，由于消费过后产品就消失了，因此它必须不断提供新的消费品。在这一困境中，为大众传媒工作的人会对古典文化和现代文化进行全面搜刮，希望找到合适的材料。这些材料不能

① Jack London. “The Message of Motion Pictures.” *Paramount Magazine*, 1915, (Febrary): 1.

② Virginia Woolf. “The Movies and Reality.” *New Republic*, 1926-08-04. p. 309.

原封不动加以呈现，必须经过加工和修改才能具有娱乐性”。[①]

在精英文化与大众文化的论战中，作家对其作品改编表现出复杂的感情。以 J. D. 塞林格为例，其短篇小说《康涅狄格州的威吉利叔叔》（*Uncle Wiggily in Connecticut*）被改编为电影《一厢情愿》（*My Foolish Heart*）之后，他表示将不再涉足电影领域。出于经济利益，大多数作家对作品改编的态度是比较实际的。约翰·厄普代克（John Updike）和索尔·贝娄出售了作品的电影改编权。约翰·厄普代克靠《夫妇们》（*Couples*）收入 40 万美元，而索尔·贝娄则表示，“我收到了两部小说的电影改编权费用，但电影却一直没拍出来，这令我很高兴。这是最完美的情况”。[②]

文学作品作为消费品呈现时，娱乐性成为必不可少的因素。《纽约时报》的评论认为，在《紫色》电影版中，史蒂芬·斯皮尔伯格只选取了小说中“阳光的一面”，打造出一幅“宏大的娱乐场景”。在小说中，故事的场景设在贫穷、艰苦的佐治亚州，而电影则在一片舒适、花团锦簇的仙境展开。他的电影是“积极乐观、正面向上的寓言，其中乐观、耐心和对家庭的忠贞是最根本的道德”，史蒂芬·斯皮尔伯格执导的《紫色》最大的缺失是艾丽丝·沃克小说中的现实主义元素。但同时这位评论家也承认，“小说中许多情节太惨烈，很难被成功搬上银幕”。[③] 小说中强烈的种族冲突和家庭暴力在电影里被淡化。史蒂芬·斯皮尔伯格对原文本的再叙述模糊了中心议题，使电影《紫色》成为适应流行文化市场的产品。

在后现代语境下，艺术品的传播方式不断受到技术发展的影响和改造。传统的文化等级论越发显得不合时宜。电影和媒体研究已具有学科合法性，这使文化场域的博弈发生了显著的变化。文化研究理论家让·波德里亚认为，“将学者文化和大众传媒文化进行对照并将它们

① Joy Boyum. *Double Exposure: Fiction into Film*. New York: New American Library,1985. p. 7.

② Lacey Fosburgh. “Why More Top Novelists Don’t Go Hollywood.” *New York Times*, 1976-11-21, Sect. 2. p. 13-14.

③ Janet Maslin. “Film: ‘The Color Purple’, from Steven Spielberg.” *New York Times*. 1985-12-18.

从价值上对立起来，这种做法是毫无用处且荒诞不经的”。[①]尽管史蒂芬·斯皮尔伯格的电影带来不少争议，但不可否认的是，电影取得了商业成功，且使《紫色》在大众文化中获得了持久的生命力。2003年，这部电影推出了DVD。2004年，亚特兰大联盟剧场（Alliance Theatre）制作并首映了《紫色》音乐剧。2005年，百老汇推出了同名音乐剧。音乐剧《紫色》的剧本由与艾丽丝·沃克同年获得普利策奖的剧作家玛莎·诺曼（Marsha Norman）执笔。音乐剧融合了布鲁斯、爵士乐、摇摆乐和非洲音乐等元素，在业界获得诸多佳评，连艾丽丝·沃克本人也对其赞赏有加。从2007年开始，音乐剧《紫色》开始在全美巡演，直至2022年，新一轮的巡演仍在进行中。[②]

安德烈·贝赞（Andre Bazin）在《辩护多功能影院》（“In Defense of Mixed Cinema”）中写道，“因为大银幕对文学作品的不敬而大发雷霆，这是很愚蠢的。不管二者多么大相径庭，毕竟在懂的人眼里，它们没有伤害到原作。对那些不了解原作的人而言，会有两种情况发生：要么电影保持了基本的优良水准，他们对该电影很满意，要么他们会想要了解原作，这为文学带来后续收获。出版社的数据显示，一部文学作品被搬上大银幕后，书籍销量会上升。他们的数据支撑了这个论点。不，事实是，在这个产业中，整个文化，尤其是文学都不会有什么损失”。[③]杰弗里·维格纳（Geoffrey Wagner）在《小说与电影》（*The Novel and the Cinema*）中表示，“有声电影是有文学素养的。因此从某种程度上来讲它是文学”[④]。持相同观点的还有批评家史蒂芬·布什（Stephen Bush）。他指出，把文学经典介绍给大众也许正是电影这一新媒体的任务。[⑤]

---

① 〔法〕让·波德里亚：《消费社会》，刘成富、全志钢译，南京：南京大学出版社，2000年，第107页。

② http://colorpurple.com/index.php[2012-01-04].

③ Andre Bazin. *What is Cinema?* Translated by Hugh Gray. Berkeley: University of California Press, 1967. p. 65.

④ Geoffrey Wagner. *The Novel and the Cinema*. Rutherford: Fairleigh Dickinson University Press, 1975. p. 9.

⑤ Barbara Lupack. *Take Two: Adapting the Contemporary American Novel to Film*. Bowling Green: Popular Press, 1994. p. 4.

2. 进入主流大众文化市场的电影《紫色》

弗吉尼亚·伍尔夫在《电影与现实》一文中表示过，电影和文学的结合是“不自然的”，对两种艺术方式来讲都是具有“毁灭性的”。电影以“无止境的贪婪”在书籍身上培养出“寄生虫”，书籍因此变成了“不幸的受害方”。[①]汉娜·阿伦特为精英文化做出辩护，她认为流行艺术贬低了精英文化。她认为对经典小说的电影改编“危险正是它可能真的会变得非常娱乐化；历史上有许多伟大的作家历经数世纪而不会被忽视、遗忘，但能否依靠他们想要传达的信息的娱乐版本存活下来，这还是个未知的问题”。[②]

虽然好的小说不一定总能拍出好的电影，但优秀的导演以优秀的电影改编证明电影这一艺术形式是具有独特性的。作家对电影改编的态度很大程度上取决于他们与好莱坞的关系。对改编采取抵制态度的作家中，薇拉·凯瑟最是闻名。好莱坞在 1924 年、1934 年对其小说《一个迷途的女人》(*A Lost Lady*)进行过两次改编，但薇拉·凯瑟对这两次尝试非常不满。她明确指出，有生之年将绝不再和电影业有任何接触，并在遗嘱中写道，在她去世后，“无论是舞台表演或电影、广播、电视(及其他)技术类再生产，无论以现有的技术手段，还是今后研发、改良出的任何方式，均不得对我的文艺财产做出任何戏剧化编排”[③]。

非裔文学批评从 20 世纪 90 年代开始转向更为广阔的社会文本批评，这几乎是《紫色》在大众文化市场取得成功的时期。在文化研究转向中，批评家把关注点放在了流行音乐、大众传媒、影视作品和文学表征所塑造的非裔女性形象的意识形态含义。电影和戏剧在非裔女性文化批评中有着重要地位。杰奎琳·博博编撰的《作为文化读者的黑人女性》(*Black Women as Cultural Readers*, 1995)和《黑人女性主

① Virginia Woolf. “The Movies and Reality.” *New Republic*, 1926-08-04. p. 309.

② Joy Boyum. *Double Exposure: Fiction into Film*. New York: New American Library, 1985. p. 7.

③ Lacey Fosburgh. “Why More Top Novelists Don't Go Hollywood.” *New York Times*, 1976-11-21, Sect. 2. p. 1.

义文化批评》(*Black Feminist Cultural Criticism*，2001）两部选集就分析了大众影视这一领域，并对非裔女性在美国文化中的角色做出了全面分析。批评家乔伊·詹姆斯（Joy James）的《空击：黑人女性主义政治表征》(*Shadowboxing: Representation of Black Feminist Politics*，1999）则提出要消解性别、种族的政治化表征。在主流美国电影中：

> 美国电影人根据森林电影和种植园电影中的意识形态阴谋来设置黑人女性形象。就像白人女主角是油画，这幅油画展现了她的种族应有的道德和其社会性别的冲突的构造，而黑人女性则被塑造为隐匿、堕落的黑人本性的展示品，她们主要被塑造成黑人女性野蛮的性欲冲动的展示品。[①]

这一抵抗表征的任务是清算非裔美国人在西方经典文学中的扭曲形象。批评家通过跨学科的研究范式，把文学文本扩大到社会文本，为非裔女性主义批评注入实践活力。把大众文化研究的实践性和批判性融入日常生活，是改变人们固有偏见的有效手段。

贝尔·胡克斯写道，“在日常生活中把批判思想和在书本中学习到的知识融合起来，这一策略指导了我的文化工作方式”。[②]在对大众影视的批评中，寓批判思想于娱乐产业便是非裔女性主义批评在文化辩论中使用的方法。贝尔·胡克斯说，“文化批评在黑人生活中是一种批判抵抗的力量，一种培养黑人在日常生活中批判和分析的实践，这一批判实践能够瓦解，甚至解构那些意在深化统治、巩固统治的文化生产”。[③]在对大众文化的研究中，非裔女性主义批评揭示了日常生活中文化消费品的种族因素和性别因素，做出了文化建构和抵抗表征的努力，并梳理了非裔女性对文化创造的贡献。

---

① Joy James. *Shadowboxing: Representation of Black Feminist Politics*. New York: St. Martin's Press, 1999. p. 123.

② bell hooks. *Outlaw Culture: Resisting Representation*. New York: Routledge, 1994. p. 2.

③ bell hooks. *Yearning: Race, Gender and Cultural Politics*. New York: South End. Press, 1999. p. 3.

在这种批评范式转向的背景下，作为在主流文化市场能够得到广泛传播的极少数非裔女性文化产品，《紫色》自然成为文化批评的范本和研究对象。《紫色》的经典化以及艾丽丝·沃克与流行文化的紧密结合成为批评家们争论的焦点。朱迪尔·哈里斯指出，“小说之所以流行起来，是依靠媒体主宰广大读者，培养黑人作家创作出可被接受的作品的能力”。[①]《紫色》的广泛流行使艾丽丝·沃克几乎成了非裔女性的代言人。音乐剧在宣传这部作品时，也将其塑造为可代表非裔族群的创作。这部小说的流行产生了两大弊端。第一，它催生了一群旁观读者。这些读者既无法与小说里的人物产生共鸣和对其产生认同，也体会不到人物的痛苦。他们只是围观，把小说中的事件当作非裔与非裔之间的杂耍般看待。对于旁观读者来说，这部小说只是深化了种族偏见。

第二，批评界的一边倒倾向。对《紫色》提出具体批评的学者在学界和媒体的夸赞声中显得弱势。《紫色》不断以新的方式出现在公众视野，不去报道或评论它都很难。也就是说，《紫色》在流行文化中的主导地位压制了对它的批评声音，而这种主导地位是由媒体制造的。《紫色》的大部分读者和观众是白人。他们把《紫色》定位为非裔美国妇女的宣言，将其视为美国非裔生活方式的写照。他们主张，非裔女作家的作品在大众文化市场获得如此的成功是罕见的，因此对其求全责备似乎是对非裔女作家来之不易的艺术地位的背叛。

尽管争议声不绝于耳，但艾丽丝·沃克通过和媒体结盟的方式令《紫色》不断出现在公众视野，在非裔女作家大众文化市场之路上成为典范。能做到保持经典地位同时又占领大众文化市场的作家少之又少。艾丽丝·沃克打破了经典文化与大众文化各自为政的传统。她突破了高额、中额、低额间的界限，以开放的心态接受了技术时代新的文本传播模式。

---

① Trudier Harris. "On *The Color Purple*: Stereotypes and Silence." *Black American Literature Forum*, 1984, 18(4): 155.

大众文化是一个诸多力量博弈的场域。把大众文化看作为资本主义服务，消解民众反抗精神的意识形态工具是一种简单划一的解读。在大众文化场域，各种边缘文化与主流意识形态进行着谈判和交流。导演和演员、出版社和作者、资本家和劳动者、女性和男性、同性恋和异性恋——不同的人在文化产品中要展现什么、如何展现，都是赢得领导权的协商方式。在后工业社会形态下的美国，大众文化对信息传播、观念生产的影响越来越大。流行文化中包含有普通大众最易于接受的常识。通过介入大众文化市场，女作家可以借助媒体的力量将作品的信息转化为常识的一部分。大众文化受众范围广大，大多数人通过流行音乐、电视剧、电影等媒介消遣、娱乐，同时获取讯息。曾被排斥在边缘的女作家以大众文化为载体确立作者身份、传播文艺观点，这是一个很好的选择。

娱乐业是一个由男性主导的产业，其产品大都是深化性别偏见的作品。这并非是一个鲁莽的论断。时尚杂志对女性身体的消费、电视剧对女性社会角色的定位都从传统观念出发。因此，在将女性主义作品作为文化产品进行传播时，大多数电影人会选择折中的方式削弱原著中激进的女性主义观点。艾丽丝·沃克的小说《紫色》同名电影取得成功，可否将其视为女性主义经典作品已然在市场中开辟出属于自己的天地的标志，抑或只是流行文化的再造魔力给予了这部作品成功且持久的生命力?

由《紫色》同名电影制成的录影带也大受欢迎。根据《录影带市场通讯》(*Video Marketing Newsletter*)的统计，截至 2012 年,《紫色》录影带共售出 36.5 万份，在最畅销的 100 部影片中排名第 95 位，且是这 100 部电影中唯一一部与黑人女性主题有关的作品。在白人故事占主流的大众文化市场,《紫色》能够拥有这般发行量已是巨大的成功。

《紫色》作为文化产品的流行，颠覆了主流文化中几乎没有黑人女作家作品的历史。主人公西莉惨烈、艰难地存活和成长正如《紫色》作品本身的境况，“我很穷，我是黑人，我很丑，也不会做饭，但我在这儿”。[①]《紫色》的社会背景设定在一个相对富裕的农业区，小说中的黑人拥有自己的车子、房子、土地和店铺。在这种经济基础之上，人物便可顺理成章生活在同质化的黑人群体中，远离白人和黑人混居所带来的种族歧视。另外，自给自足、互相雇佣的生活方式让白人的介入显得滑稽可笑，恶意昭著。艾丽丝·沃克将重点放在黑人群体，便可探索黑人内部的力量博弈。理查德·赖特和拉尔夫·埃利森擅长把毫无权利的黑人群体放置在白人社会中，描述黑人遭受的残忍欺凌。艾丽丝·沃克将黑人从白人群体中剥离出来，并把重心转移到黑人女性身上。《紫色》的主旨并不是让黑人向白人说明自己，而是关注黑人自身，讲述本族裔的故事。

3. 牺牲艺术价值的电影《紫色》

史蒂芬·斯皮尔伯格改编的电影版《紫色》基本上是忠于原著的。他把场景设置在美丽、广阔的南方农业区域，这一点与媒体惯常表征的南方不太一样。照片、电影和文学作品总是用贫穷和恶劣的环境来象征南方地区黑人的生活状况。在电影《紫色》中，自然环境优美，色彩明快，很难让观众把这幅郊区美景与贫困和压迫联系在一起。

生活在这片区域的黑人群体有一定的经济实力，拥有相对集中的生活区域，不必与白人混杂生活在一起，因此避免了日常生活中的种族歧视。电影忠实呈现了小说中的描述。在原著中，白人群体虽然不直接与黑人接触，但依然作为一个大的社会环境影响着黑人群体。白人认为只要对黑人友善便等于消除了种族歧视，但黑人的关注点却不在白人对待他们的态度上。在小说中，黑人的生活重心是彼此间的关系。

在电影和小说中，具体描写的白人只有市长太太。这是一个与大众固有印象完全吻合的角色——柔弱、骄傲的中产阶级白人妇女。市长太太作为白人社会的代表闯入黑人群体，对索菲亚实施了种族压迫。除此之外，小说和电影中几乎没有其他白人，尤其是白人男性的参与。

电影对黑人女性形象的处理是非常成功的。史蒂芬·斯皮尔伯格

---

① Alice Walker. *The Color Purple*. New York: Harcourt, 1982. p. 168.

传达了原著的精神，全然从黑人女性视角来审视这个世界。这样，性别歧视便成为中心议题。男权主义最基本的一条是：对女人来说，男人是最为重要的。艾丽丝·沃克的作品恰恰否定了这一点。在《紫色》中，某某先生虽然是西莉的丈夫，但西莉毫不把他放在心上，西莉在乎的是舒格。舒格虽然享受与男性的相处，但她的感情重心却在女性身上，她说，“我知道你对男人是什么感觉……我和你的感觉不一样……我当然不会傻到把他们中的任何一个人当真……但有些男人还是很有趣的”。[①]艾丽丝·沃克的女性主义观点通过电影传播给了大众。正如上文所探讨过的，按照常理推断，在黑人眼里，白人是很重要的；在女人眼里，男人是很重要的。然而《紫色》却与这些陈腐元叙事背道而驰。在黑人的婚姻生活中，没有浪漫的爱情和美满的婚姻生活，女人的感情焦点也并不在男性身上。女人不再靠自己与男性的关系来定义自身，不再通过男性凝视来审视自己。这一点在电影中得到了视觉性的强化。史蒂芬·斯皮尔伯格通过西莉的视角，将传统意义上的男性凝视转化为女性凝视。酒吧里舒格对西莉演唱《姐妹》的情节就是女性凝视的典型范本。与传统意义上男性凝视女性表演者的切入点不同，在这一幕中，虽然舒格被爱慕她的男人包围，但导演却是以西莉的视角来观看舒格的演出。另外，在影片结尾，三位女士从西莉的房子中走出来迎接耐蒂，而她们的丈夫则被放置在背景中，在银幕的边角处依稀可见，这种处理也是突出女性形象的手法之一。

电影中三位主要女性角色是西莉、舒格和索菲亚。饰演西莉的是乌比·戈德堡（Whoopi Goldberg），这是史蒂芬·斯皮尔伯格的一招好棋。尽管西莉在电影中少言寡语，但戈德堡传神的表情和笨拙的肢体语言极好地诠释了这个形象。乌比·戈德堡的自身条件再加上化妆、造型等辅助，让时而丑陋，时而平凡无奇，时而又闪现美丽光芒的西莉活灵活现起来。奥普拉饰演的索菲亚一角也神形兼备，抓住了原著中该角色的精髓。在现实生活中，奥普拉是一位光芒万丈的脱口秀主

① Alice Walker. *The Color Purple*. New York: Harcourt, 1982. p. 211.

持人。在电影里，这位经历了男权压迫和种族主义迫害的大嗓门女人，顽强地生活了下来。玛格丽特·艾弗瑞（Margaret Avery）饰演舒格。在这个角色的演员选择上，史蒂芬·斯皮尔伯格显得保守了。小说里，舒格与西莉的区别不在外貌的美丑，而在对自身的认知上。当某某先生的父亲质问他究竟看中了舒格什么优点时，小说是这样表述的：“老某某先生对某某先生说：‘舒格到底哪一点好？她黑得像焦油，头发那么卷。’某某先生慢慢转过头，看着他父亲喝水，然后非常悲伤地说：‘你不会理解的。’他说：‘我爱舒格·艾弗瑞。一直爱。我会永远爱她。’”[①]然而玛格丽特·艾弗瑞却是一位美貌、苗条、优雅、有着深棕肤色的演员。在电影中她与西莉的对比很大程度上是靠外貌优势占据上风的。这样的处理便与艾丽丝·沃克的原著不符。在小说中，舒格之所以比西莉“美丽”，并不在于她的外貌，而是她的自信以及对自我身份的认知。艾丽丝·沃克通过人物塑造想要传达的信息是，西莉只要内心强大起来，也可以变得美丽。艾丽丝·沃克反传统而为之，反对传统观念中女人最强大的武器是外貌这一偏见。作品的寓意深刻。艾丽丝·沃克希望读者明白，女人只有了解自己的价值，才可以不受男性对她们的制约和欺凌。小说呼吁女性抛开男性凝视中的外貌因素，发展自我潜力，彼此关爱，以此获得尊严。但艾丽丝·沃克的这一深刻用意在电影中被大大淡化了。

此外，史蒂芬·斯皮尔伯格还回避了原作中的性描写。出于对种族问题的敏感回避，如何展现黑人性生活对白人电影人来说一直是一个棘手的领域。毫无疑问，小说中的乱伦、包办婚姻、同性恋等情节是可供炒作的票房噱头，但同时也势必带来种族、性别等方面的指责和批评。最终，史蒂芬·斯皮尔伯格还是采取了审慎的策略。在电影中，乱伦情节仅仅是由西莉以旁白的形式一语带过。唯一与性有关的片段是西莉忍受与某某先生毫无感情的夫妻生活。而西莉和舒格之间的同性恋情也以含蓄、内敛、模糊的手法表现出来。在电影中，二人

---

① Alice Walker. *The Color Purple*. New York: Harcourt, 1982. p. 49.

的同性恋情完全没有以视觉或言语的形式明确指出，而是以二人的轻吻以及西莉对舒格的依恋与重视暗示两人情谊深厚。电影观众绝大多数是异性恋者。因此，作为一位白人男性导演，在电影中尽力回避非裔女同性恋这一敏感话题自然是出于市场考虑。但是略去对二人深厚感情的描述，并回避这份感情的实质，可谓是对原著中重要女性主义观点的严重删减。

对于《紫色》的拍摄和制作而言，最大的挑战也许在于并没有太多经验可以借鉴。在拍摄《紫色》的年代，美国电影史上几乎没有以黑人为中心的电影，更别说由黑人担任主角，主要演员阵容都是黑人，且严肃探讨黑人之间关系和权力的作品。在主流电影中黑人电影尚且罕见，黑人女性电影则更是前所未见。因此，《紫色》这部电影背负的压力是巨大的。由于黑人群体和他们的经验是多元的，没有哪部电影可以对每种形象都进行公正塑造。作为史蒂芬·斯皮尔伯格的转型之作，《紫色》是成功的；以如实传达原著精神的标准看，它又是失败的。

无论如何，《紫色》都是一部重要的黑人电影。作为一桩文学事件，它为原著带来了更多的关注和讨论。它还说明一个事实，即黑人女性题材可以被制作为文化产品，且在市场中可以拥有一席之地。黑人文化产品在大众文化市场不仅可以存活，还具有绵延且旺盛的生命力。

第二节　文化消费品

后资本主义阶段的美国社会以物的消费为基础。以消费为主导的大众文化不仅引起了强大的欲望，还创建了一种新的社会等级。在生产—引导—消费—再生产这个循环中，符号作为一种新的价值体系扮演了重要的角色。马克思揭示了资产阶级的生产方式，而生产条件的变化在文化领域的体现却是一个非常缓慢的过程。以中产阶级为主流社会阶层的美国对文化符号有很大的需求，但这一需求却主要是由大规模复制的文化消费品满足的。美国的文化产业以白人受众为主要群体。《紫色》同名音乐剧与电影以及托妮·莫里森录制的有声读物在美国价值体系中不仅满足了大众对经典文化的快餐式需求，更是作为文化市场中为数不多的成功的黑人文化消费品，肩负着重要的种族意义。

1. 经典文学娱乐化——音乐剧《紫色》

2005 年 12 月 1 日，《紫色》同名音乐剧在百老汇上演。这部音乐剧由美国知名导演、编剧斯科特 · 桑德斯（Scott Sanders）、音乐制作人昆西 · 琼斯（Quincy Jones）和奥普拉制作。三位主要制作人在各自领域均为成就卓越的非裔美国人。这部音乐剧预算为 1000 万美元，奥普拉投资了 100 万美元。昆西 · 琼斯是 1985 年《紫色》电影版的制作人之一，他和奥普拉的合作可以追溯到电影的拍摄。从创作团队来看，《紫色》音乐剧的民族色彩非常浓厚，是非常有号召力的非裔流行文化人对这部成功的小说、电影的再度打造。

对于把《紫色》改编为音乐剧这一提议，有质疑声认为音乐剧这一艺术形式不适合表现家庭暴力、种族压迫、精神危机和意识觉醒这些元素。还有些影评人认为史蒂芬 · 斯皮尔伯格 1985 年的电影版非常成功，其他艺术形式很难逾越。但制作人斯科特 · 桑德斯却认为，在表达感情方面，音乐是可以超越文字的，艾丽丝 · 沃克的原作完全可以通过歌声演唱出来。事实证明他是正确的。《紫色》已经是美国文学的经典之作，销量多达 500 万册，且电影也取得了成功，在这一基础上，《紫色》拥有广泛的群众基础和深厚的文学批评历史。音乐剧巡演所到之处受到媒体的极力夸赞，主要媒体均以粗体字展示出醒目的标题，记者和影评人纷纷发出“必看”“赢家”“《紫色》是一种具有启发性的娱乐享受”等评论。[①]

《紫色》在大众文化市场的不断尝试及成功并不能说明黑人文化产品在美国文化市场的地位。从非裔文学转型为电影再成功被改编为音乐剧，《紫色》迄今为止依旧是唯一的案例。这种现象便正如莫里森所说，“市场只能接受一两个［黑人女作家］。要面对五个托妮 · 莫里

① http://colorpurple.com/index.php[2012-01-04].

森就有问题了”。[①] 当小说从精英文学的殿堂转化为文化消费品时，势必做出许多调整增加娱乐性。在音乐剧的官方网站介绍中，有这样一段文字：“《紫色》是一部具有启发意义的家族长篇巨著。它讲述了一个令人难以忘怀的故事。一个女人在爱中找到了战胜逆境的力量，并在这个世界上发现了自己独特的声音。”[②]出演西莉的美国女演员兼歌手乐昂丝（LaChanze）说：“这是一部上进、鼓舞人心的作品。人们离开剧院时，会觉得充满了希望，面目一新。”[③]

这种把复杂、深刻、具有民族意识的小说缩减为简单励志故事的做法，便是瓦尔特·本雅明所说的在对艺术品的改造过程中“光晕”的消失。“光晕”是传统艺术的魅力，可令人们在面对艺术作品时产生敬畏，进行沉思，而“在对艺术作品的机械复制时代凋谢的东西就是艺术品的光晕……复制技术把所复制的东西从传统领域中解脱了出来。由于它制作了许许多多的复制品，因而它就用众多的复制物取代了独一无二的存在；由于它使复制品能为接受者在其自身的环境中去加以欣赏，因而它就赋予了所复制的对象以现实的活力”[④]。音乐剧和电影的技术化复制失去了《紫色》原著所携带的邀请读者认真研读、冥想、揣摩等感知文学作品的能力，它变成即刻消费的快餐。电影结束、舞台落幕时，观众与作品的关联便被切断了。在这个过程中，原著的文化个性被消解，作品被改编得具有商品性、通俗性和娱乐性，看电影和看音乐剧成为纯粹的消费行为。

经典文化和大众文化市场对黑人女作家的消费，在朱迪尔·哈里斯看来，“主要是由于决定焦点的钟摆又摆向了黑人作家，而艾丽丝·沃克在女性主义运动阵营等待许久，所积淀的力量足够让她走向舞台了”。朱迪尔·哈里斯观察到：19 世纪末，保罗·劳伦斯·邓巴

---

① Danille Taylor-Guthrie. *Conversation with Toni Morrison*. Jackson: University Press of Mississippi, 1994. p. 133.

② http://colorpurple.com/index.php[2012-01-04].

③ http://colorpurple.com/index.php[2012-01-04].

④〔德〕瓦尔特·本雅明：《机械复制时代的艺术作品》，王才勇译，北京：中国城市出版社，2002 年，第 10 页。

（Paul Laurence Dunbar）是非裔作家阵营中被“选中”的代表；20 世纪 60 年代，詹姆斯·鲍德温（James Baldwin）曾红极一时；20 世纪 80 年代，托妮·莫里森成为幸运儿；如今，艾丽丝·沃克的作品经由大众媒体广泛传播。[①] 媒体似乎一段时间只能关注一个非裔作家。具有文化、政治意义的文本在消费过程中失去了原真性，最重要的信息被削弱甚至删除。但对于非裔作家，尤其是非裔女作家来说，这却是进入公共领域，深化作者身份，分享主流文化市场不得不做出的妥协。

2. 文本传播新范式——有声读物

托妮·莫里森对待大众文化市场的态度与艾丽丝·沃克一样，开放且勇于尝试。除了借助《奥普拉读书会》整合双重读者，开拓文化市场，托妮·莫里森的《宠儿》也被搬上了大银幕。《宠儿》一出版，奥普拉就买下了改编权。电影版基本上是忠于小说的。原作中诸多残酷的情节都被如实搬上了银幕，如塞丝遭受的羞辱和虐待(“学校老师”等人吸走了她的奶水）以及艰难的逃亡等。托妮·莫里森在小说中精心设计了时间交错、多重人物视角等叙事结构，但是电影却略显画蛇添足，令原本精密的故事架构更加复杂。电影中多次使用慢动作和闪回，主题意象不断出现（身负枷锁的奴隶、吊在树上的尸体等）。这些手段带来震撼的视觉效果，却喧宾夺主，掩盖了作品中深邃的痛苦和人物纠结的心理疗伤过程。

电影中宠儿这一角色与小说出入很大，可谓是一个败笔。原著文笔细腻，读者在阅读时拥有想象空间。在宠儿出场时，托妮·莫里森的描写是这样的：

> 一个穿戴齐整的女人从水中走出来。她好不容易才够到干燥的溪岸，上了岸就立即靠着一棵桑树坐下来。整整一天一夜，她就坐在那里，将头自暴自弃地歇在树干上，草帽檐都压断了。身上哪儿都疼，肺疼得最厉害。她浑身精湿，呼吸急促，一直在同

① Trudier Harris. “On *The Color Purple*: Stereotypes and Silence.” *Black American Literature Forum*, 1984, 18 (4): 155.

> 自己发沉的眼皮较量。白天的轻风吹干她的衣裙，晚风又把衣裙吹皱。没有人看见她出现，也没有人碰巧从这里经过。即便有人路过，多半也会踌躇不前。不是因为她身上湿淋淋的，也不是因为她打着瞌睡或者发出哮喘似的声音，而是因为她同时一直在微笑。①

然而在电影中，宠儿的出场完全像个怪物。她四肢不受控制，全身无力地靠在树干上，喉咙中发出可怕的怪声，苍蝇团团围绕在她的脸周围。电影具体的图像丧失了文字的微妙，也剥夺了读者在字里行间展开遐想的空间。另外，这部电影更像是奥普拉的作品，而非托妮·莫里森的作品。奥普拉动用了一切资源以及自己的国际知名度来宣传这部电影。但是这部电影的票房和口碑却不理想。正如上文所论述过的，这部电影对特效技术过度依赖，没有对故事的动人之处进行深挖，这也许是它失败的原因之一。

在对大众文化市场的参与中，除了《奥普拉读书会》和《宠儿》的电影改编，托妮·莫里森还出版了有声读物。奥普拉在节目中为托妮·莫里森的有声读物宣传道，"如果你想听一些震撼的东西，那就来听［莫里森］读书吧"。②托妮·莫里森的有声读物和《奥普拉读书会》既有相似之处，又有所区别。托妮·莫里森的有声读物把自己作为非裔作家的声音转化成了商品，既是黑人口述传统的承袭，又是黑人种族叙事的表征。

如果说观众通过观看"读书会"得到了一种与奥普拉沟通的感觉，那么消费者购买托妮·莫里森的"声音"时，通过听托妮·莫里森的朗读，便获得了与其关联感。与阅读一本纸质小说相比，"声音"能制造出直接与作者产生对话的感觉。莎拉·科兹洛夫（Sarah Kozloff）论证道，与阅读冷冰冰的印刷品相比，讲故事创造的关联感更强，这种沟通范式就像在聆听讲述者讲一个故事。③技术化生产对作家声音的

---

① Toni Morrison. *Beloved*. New York: Plume, 1998. p. 51.

② "Behind the Scenes at Oprah's Dinner Party." *Oprah Winfrey Show*, 1996. p. 11.

③ Sarah Kozloff. "Audio Books in a Visual Culture." *Journal of American Culture*, 1995, 18(4): 92.

大规模复制更像是对口述文化的延续。朗读带虽然不是新技术，但莫里森通过亲自朗读“创作”了文本的有声版，这是一种非常重要的新文本范式。在有声读物中，消费者感受非裔口述传统的强烈感染力。购买有声读物的消费者也许是从没有读过托妮·莫里森小说的人，也许是对其作品非常熟悉但希望听到托妮·莫里森亲自朗读的人。

沃特·J. 翁（Walter J. Ong）在 1977 年预测过，“在可预见的未来，书籍会比历史上任何时期都多，但书本将不再以其原有形式出现”。[①] 事实的确如此，科学技术迅猛发展，出版界经历了颠覆性的变化。如 20 世纪 80 年代末兴起的超文本小说（hypertext fiction）就运用超链接等形式，让作品具有不确定性、互动性、开放性、未完成性和非线性结构，对纸质印刷文本的传统创作和传播手段带来革命性的挑战。史蒂芬·金（Stephen King）等畅销作家出版的电子书籍也采用了与传统出版行业完全不同的媒介。与以网络为渠道的颠覆性创作和传播相比，有声书籍是非常传统的，且很早就成为出版行业重要的组成部分。托妮·莫里森的有声书籍售价在 17 美元左右，与纸质小说价格相当。这些产品针对的是渴求经典小说却因生活忙碌无暇阅读印刷本的消费者群体。

有声读物作者和读者的关系转变为朗读者和听众的关系。在纸质文本中，作者的声音是不可见、未知、只能想象的。但是在有声读物中，作者的声音成为可实际感知的在场，成为口述文本的媒介。托妮·莫里森的有声读物代表了象征意义上的作者在场。试想在开车上班的路上，诺贝尔奖获得者托妮·莫里森在为你朗读她的作品，这种经验带来的读者和作者间的亲密感比阅读文本要强烈。这也是消费者购买有声读物所期待的用户体验的一部分。

像托妮·莫里森一样亲自录制有声读物的作家少之又少。出版界通常的做法是邀请演员来做这一工作。托妮·莫里森亲自录制朗读带，这让非裔美国传统中重要的喻指意象“会说话的书”（the talking book）

① Walter Ong. *Interfaces of the Word: Studies in the Evolution of Consciousness and Culture*. Ithaca: Cornell University Press, 1977. p. 83.

成为现实。亨利·路易斯·盖茨（Henry Louis Gates, Jr.）在《意指的猴子：一个非裔美国文学批评理论》(*The Signifying Monkey: A Theory of African-American Literary Criticism*）中论述道，“在西方文化中，黑人在摧毁自己身为物品、商品的地位之前，必须把自己表征为‘会说话的主体’”。[①]托妮·莫里森的有声读物并非完全是搭乘大众文化形式的文学作品。传统意义上作家身份分为经典和畅销两个阵营，即要么是如托马斯·品钦般身居高阁的精英隐士形象，要么是迎合种族偏见的非裔故事写作者。通过把自己表征为“会说话的主体”，托妮·莫里森打破了这种二元对立，把经典形象和大众文化市场有效结合起来。

托妮·莫里森通过有声读物把自己的声音转换成了商品。这种以书籍、电视或磁带为媒介来推销自己的能力，对非裔女作家来说是一个强化作者身份的平台。在对电影中女作者声音的分析中，卡亚·西尔弗曼（Kaja Silverman）说，“作为个人的作者一旦变成作为文本主体的作者，这一重要的、尊重女性声音的工作便找到了发言、被聆听的机会，不会被剥夺话语权”。[②]磁带中托妮·莫里森的声音变成了更加直接的文本主体。在这个媒体中，托妮·莫里森传播的不是她的文字，而是她对自己作品的演绎。听托妮·莫里森朗读自己的小说让读者产生一种即时在场的读者—作者交流之感。

举例来说，《爵士乐》(*Jazz*）的叙事者是一个无名无姓的非裔青年。因此，在《爵士乐》有声读物中，“会说话的书”这一概念得到了更加形象的体现。小说临近结尾时，无名叙事者似乎变成了书籍：

> 我羡慕他们公之于众的爱。我自己只能偷偷地了解爱，偷偷和别人分享，并希望，哦，希望可以表现出来——能大声说出他们完全不需要说的话。那就是，我只爱过你，不计后果地全身心爱你，再无他人。我希望你也爱我，并对我表现出你的爱。我喜

① Henry Gates, Jr. *The Signifying Monkey: A Theory of African-American Literary Criticism*. New York: Oxford University Press, 1989. p. 129.

② Kaja Silverman. *The Acoustic Mirror: The Female Voice in Psychoanalysis and Cinema*. Bloomington: Indiana University Press, 1988. p. 192.

欢你拥抱我的方式，你让我如此靠近你。我喜欢你的手指，它们时而抬起来，时而弯曲。我长久注视着你的脸，当你离开我时，我想念你的双眼。跟你说话，听你回答——令我无比兴奋。

但我不能大声说出来；我没法向任何人诉说，我整整等了一生，而生来只能等待是我可以说出的原因。如果我能说，我会说出来。说，塑造我，再造我。你可以这么做，而我可以让你这么做，因为，看，看。看你的双手现在在哪儿。①

作为一部有声读物，《爵士乐》强调了“跟你说话，听你回答——令我无比兴奋”。书本无法讲话，但有声读物可以讲话。在有声读物里，托妮·莫里森用自己的声音“大声说出来”，让听众用新的“阅读”体验“再造”文本。

“会说话的书”这一新文本形式对托妮·莫里森的作家地位来说也有重要的女性主义意义。托妮·莫里森强调了她在文本里的在场，同时为文化等级中位置不高的受众构建了作者权威。大众文化市场对托妮·莫里森作品的接受达到了她真正希望的效果，那就是她的作品既能“深奥、需要人们认真研读”，拥有精英文化市场；又能“像爵士乐一样以感情赢得大众的接受”，拥有大众文化市场。②

在传统印刷出版物中，作者显得遥不可及；而有声读物的卖点就在于作者的直接在场。由于完整版的有声读物篇幅更长，造价更高，因此托妮·莫里森在有声读物中一般只朗读作品的简略版本。这一策略更像是她为了商业成功而放弃艺术完整性的妥协做法。但即使是简略版，有声读物也表现出了把小说的口语背景实景化的能力。在大众文化市场，文化消费方式是“快餐式”的。消费者在价值取向上倾向消遣，拒绝深刻，不愿费时费力、孜孜不倦地探索文学作品的意义。因此，在整个文学活动链上，“读者”这一环可以说是缺席的。没有了读者的阅读鉴赏，文本就不能实现其价值。因此，从这个方面来说，

---

① Toni Morrison. *Jazz*. New York: Plume, 1993. p. 229.

② Claudia Dreifus. “Chloe Wofford Talks About Toni Morrison.” *New York Times*, 1994-09-09. p. 75.

甘愿舍弃文本复杂性以投身大众文化的作家势必要牺牲作品的文化价值。但是，作为黑人女作家，托妮·莫里森愿意让自己的作品以另一种方式得到诠释，从而获得更广泛的读者群，这与70—80年代该族群作家的社会地位有着深刻关联。

从《奥普拉读书会》到有声读物，托妮·莫里森积极参与大众文化，为自己建立起了全新的作者权威。托妮·莫里森通过借助大众媒体的力量，用文字、声音和销量为白人读者及黑人读者呈现出了真实的黑人体验。

第三节　经典文学与文化工业

根据西奥多·阿多诺（Theodor Adorno）和马克斯·霍克海默（Max Horkheimer）的论述，文化工业"给一切事物都贴上了同样的标签"，技术合理性成为支配合理性，文化工业下的消费者只能被动地接受信息，因此，人们变成了单向度的人。[①]文化工业的产品根据消费者分级，针对不同等级的消费者量身定做质和量都有差异的产品。但是，各种文化产品所共同具备的特点是同一性，产品中的反抗性因素被取缔。西奥多·阿多诺和马克斯·霍克海默指出，"社会权力对文化工业产生了强制作用，尽管我们始终在努力使这种权力理性化，但它依然是非理性的；不仅如此，商业机构也拥有着这种我们无法摆脱的力量，因而使人们对这种控制作用产生了一种人为的印象"[②]。文化产品的形式和内容都来自握有文化领导权阶层的意识，它剥夺了消费者的自主反应，没有为消费者留下想象的空间。人们在消费、享用文化产品的时候，并没有意识到文化产品的社会功用。在文化工业机械再生产的流水线里，不仅有市场的参与，"无所不在的权威机构……已经为文

① 〔德〕马克斯·霍克海默、〔德〕西奥多·阿多诺：《启蒙辩证法》，渠敬东、曹卫东译，上海：上海人民出版社，2003年，第134-135页。

② 〔德〕马克斯·霍克海默、〔德〕西奥多·阿多诺：《启蒙辩证法》，渠敬东、曹卫东译，上海：上海人民出版社，2003年，第139页。

化商品草拟了一份官方目录，这份目录是专门提供现有的大众产品流水线的”①。文化工业的实施是自上而下的，它把经典文化、优雅艺术和市场结合起来，“最终将贝多芬和巴黎赌场结合起来”②。在本书的案例中，经典女作家和大众文化市场结合的过程便是文化工业牵制艺术家，从高雅文化中发掘素材的过程。

1. 以市场为导向的大众文化

美国文化研究学者德怀特·麦克唐纳指出，“近两个世纪以来，西方文化实际上是两种文化：一种是传统的——我们称之为精英文化——即按照时间顺序被编入教科书的那种；另一种是新型的为市场而生产的文化”。③这种“新型的为市场而生产的文化”即大众文化。大众文化的轴心是市场，它作为一个产业，便自然把受众视为消费者。约瑟夫·普利策便是美国商业化文化产业的奠基人之一。他开创的“‘新型新闻’以吸引尽可能多的观众为目标——这些观众可以被‘卖给’广告商”。④在广告商成为文化产业幕后推手的时代，大众媒体对观念生产的选择便有了新的游戏规则，即要尊重为广告商带来利益的顾客群体的兴趣。在美国，这就意味着不能冒犯以白人中产阶级为主的主流市场。文化产业中的资本集中化现象使特定机构具有更加强大的经济实力，在市场化运作中对媒体产生更大的影响力，实现经济资本和符号资本的结合。

在文化产业商业化的时代，汤姆·斯托帕德（Tom Stoppard）说，“什么是艺术家？1000人里面有900人在做这份工作，90人做得很棒，9人做得不错，而只有一个幸运的混蛋才是艺术家”。⑤通常女作家不

① 〔德〕马克斯·霍克海默、〔德〕西奥多·阿多诺：《启蒙辩证法》，渠敬东、曹卫东译，上海：上海人民出版社，2003年，第150-151页。

② 〔德〕马克斯·霍克海默、〔德〕西奥多·阿多诺：《启蒙辩证法》，渠敬东、曹卫东译，上海：上海人民出版社，2003年，第151页。

③ Dwight Macdonald. *Masscult and Midcult: Essays Against the American Grain*. New York: New York Review Books Classics, 2011. p.3.

④ Eric Louw. *The Media and Cultural Production*. Thousand Oaks: Sage Publications, 2001. pp. 47-48.

⑤ Tom Stoppard. *Travesties*. London: Faber & Faber, 1975. p. 28.

会认为自己是那个"幸运的混蛋"，旁人也不会这么看待她们。皮埃尔·布尔迪厄认为在"艺术家"和"作家"的形成过程中，以及对他们的作品合法化过程中存在诸多社会关系暴力。他写道：

> 一个场域就是一个有结构的社会空间，一个实力场。有统治者和被统治者，有在此空间起作用的恒定、持久的不平等的关系，同时也是一个为改变或保存这一实力场而进行斗争的战场。在这个环境中的每一个个体都把自己的所有权力带到这场竞争中来。正是这种权力决定了他们在场域中的位置，因此，也决定了他们的策略。①

但是"权力"是一个难以定义的概念。马克斯·韦伯认为有权力的人能够"在其他人的反对下实现自己的意志"②。权力掌握者这一概念很容易与阴谋论结合起来，而针对媒体和观念生产的讨论也很容易落入文化领导者以意识形态掌控大众的简单分析。媒体对文化产业的广泛参与和"大众"这一概念有紧密联系。没有"大众"便没有"大众文化"。"大众"是工业革命的产物。工业革命对生产力的需求让人们集中在一起工作，为西方世界生产丰裕的物质产品。为"大众"提供的文化产品具有商品性和娱乐性，在消费行为结束后产品价值便不复存在，这一点与传统艺术品需要读者或观众认真研读、冥想的性质大为不同。但不可否认的是，大众文化产品的传播速度和普及面是书籍、画廊等传统艺术不可望其项背的。因此，对于需要拓展市场、深化作者身份的作家来说，与媒体结合是一个不错的选择。

在普利策奖获奖女作家群体中，除了艾丽丝·沃克和托妮·莫里森在大众文化市场富有活跃的生命力，艾莉森·卢里的《异国情事》、安妮·泰勒的《呼吸课》和安妮·普鲁的《船讯》都有电影版本。艾

---

① Pierre Bourdieu. *On Television and Journalism*. Trans. Priscilla Parkhurst Ferguson. London: Pluto Press, 1988. p. 71.

② Max Weber. *Economy and Society: An Outline of Interpretive Sociology*. Vol. 1. Berkeley: University of California Press, 1978. p. 53.

莉森·卢里出版于 1984 年的小说《异国情事》在 1993 年被改编为电视电影。《呼吸课》在 1994 年被改编为电视电影，并获得一项金球奖。《船讯》的电影改编版在 2001 年上映。电影《船讯》的成绩证明，如果小说能够被改编成一部成功的电影，其周边效应的影响是巨大的。《船讯》在文学界取得的成功不仅推动了小说销量，也让许多读者对小说场景所在地心向往之，从而推动了纽芬兰旅游业的发展。纽芬兰省（2001 年 12 月 6 日更名为纽芬兰和拉布拉多省）旅游文化休闲部部长凯文·亚尔瓦德（Kevin Aylward）说，“这部电影（《船讯》）将提高我省独特壮美景致的知名度”。[①]

2. 女性意识觉醒与文化生产

普利策奖获奖女作家的作品在大众文化市场取得的成绩，与作品中的女性意识觉醒元素密切相关。女性主义者集会、女性读者的读书沙龙和民权运动都拥有在聚会上相互分享经验的传统。在纽约先锋女性（New York Radical Women）开展的意识觉醒活动中，分享经验是一个核心策略。杰奎琳·琼斯·罗斯特（Jacqueline Jones Royster）在讨论到非裔美国女性的文学实践时写道，“拥有见证人可有力地帮助创造一个‘真实’、正直的自己。对‘真理’、‘真实性’和‘原真’的重视可建立一条可知的道路，它能够为作者及其读者带来脱胎换骨的力量”。[②]重视分享个人经验，呼吁女性跨越种族、阶级团结为一个整体，这些观念取得了巨大的文化效应。

实际上，意识觉醒充分渗透到主流小说、电影和大众媒体的策略与目标中。大众传媒以其特有的叙事方式影响着人们的公共生活和政治生活。根据丽莎·玛利亚·豪兰德（Lisa Maria Hogeland）的论述，“在美国文化主要战场中，[谈话节目是]‘软’意识觉醒的独立版本”。[③]

---

① Kevin Aylward. “Minstrel Statement: Filming Activity to Take Place in Our Province.” http://www.releases.gov.nl.ca/releases/2001/tcr/0503n06.htm[2001-05-03].

② Jacqueline Royster. *Traces of a Stream: Literacy and Social Change Among African American Women*. Pittsburgh: University of Pittsburgh Press, 2000. p. 67.

③ Lisa Hogeland. *Feminism and Its Fictions: The Consciousness-Raising Novel and the Women's Liberation Movement*. Philadelphia: University of Pennsylvania Press, 1998. p. 163.

她认为，“软”意识觉醒验证个人经验，但是没有将其理论化，而“硬”意识觉醒把妇女受到的压迫进行了理论化梳理，以此来推进政治改革。[①]对普利策奖获奖女作家作品进行的电影改编、音乐剧改编和缩减版有声读物制作，以及托妮·莫里森在奥普拉电视节目中的现身，这些均是含有“软”意识觉醒的文化产品。

根据马克思的论述，文化在资本主义社会是一种大规模的社会生产，它具有市场条件下经济行为的全部特征，包括生产、流通、交换、消费等环节。金元浦论述道：

> 今天，文化产业在国民经济中的地位越来越重要，它已成为世界经济中的支柱产业之一。据报道，20 世纪 90 年代，国际旅游已同汽车工业、石油工业一样，成为当代世界经济的三大支柱性产业，而且正以迅猛发展的势头成长为全球效益最大的行业。特别是以信息技术等高科技及其相关产业的迅猛发展为标志的科技革命，宣告知识经济或文化经济时代的到来。1997 年世界 500 强企业中，科技、文化、信息产业越来越多……近年风靡世界的好莱坞电影《泰坦尼克号》创下十几个亿美元的票房价值。据称，美国的视听产品已经成为仅次于航空航天的主要换汇产业。文化产业已成为世界经济的新的增长点，也将成为国民经济的重要支柱产业之一。[②]

作为经济支柱，文化产业必须不断掘取新的素材来满足日益增长的大众文化市场。对文学作品的改编和再加工便成为文化产业的有效资源。艺术家一旦进入市场程序，资源就必须由资本家控制，因此市场化了的文学作品并非是艺术家所希望的表现形式。对于文化生产者来说，必须要考虑传播和效益。因此，文化本身的价值往往被牺牲掉，或做出很大妥协。

---

① Lisa Hogeland. *Feminism and Its Fictions: The Consciousness-Raising Novel and the Women's Liberation Movement*. Philadelphia: University of Pennsylvania press, 1998. p. 27.

② 金元浦:《文化生产力与文化产业》,《求是》2002 年第 20 期，第 39-40 页。

法兰克福学派提出了“文化工业”这一概念，如今的文化生产和文化产业是“文化工业”的延伸。法兰克福学派认为后资本主义在推销文化产品的同时，潜移默化操纵了大众意识，而娱乐和大众传媒既是媒介，也是工具。马克思对商品生产的批判理论在这里也可用于符号产品的生产和传播。文化工业和资本主义其他工业一样，追求利润，依赖技术。西方理论界的学者们对文化资本家控制媒体，夺取文化领导权，把精英文化简化改造为只供娱乐的商品的批评从未停止过。

高雅文化和流行文化的区隔是社会建构的结果。新的文化形式不断出现，文化产业领域的消费者在选择上发生了很大改变。新技术一方面增强了文化生产的内容，另一方面则加剧了文化消费者群体的分化，令不同阶层、领域、利益关系的消费者在文化选择上也出现了分隔。自 20 世纪后半叶以来，大众文化的市场占有率越来越高，文化学者已不再夸大高雅文化的地位。大众文化得以从高雅文化中吸取养分，这让高雅文化在文化场域空间上受到了压抑。此外，文化工业出现了综合垄断的局面。上文论述过，普利策小说奖获奖作品被几大出版社垄断，电影、电视等大众文化工业也有被大公司控制的情况，一个行业组织得以完全掌握文化产品从创作到销售等环节。美国的文化产业已经非常成熟，对市场了如指掌，因此其固有的可赢得市场成功的叙事方式在很大程度上抑制了文化创新。作家的作品内涵丰富，艺术手法精良，然而一旦进入文化市场，通常会按照以市场为导向的标准方式改造，作品原有的艺术魅力大打折扣。

电影、电视已经成为核心文化工业。高雅文化越来越离不开赞助者。以普利策小说奖来说，虽然文本本身仍以文学的面貌出现，但大型出版社扮演着赞助者的角色。文学作品和文化市场的关系，简单说就是文学的商品性、商业化和商业的文学性的问题。对文学的商业性所持的批判态度，有一个长久的价值观念，即精神价值和物质价值之间是二元对立的关系。美国文学批评界对文学和商业对立问题的重新关注具有更具体的根据。2012 年普利策小说奖空缺，便是对当时作品繁多但却没有“伟大”作品的抗议。文学和文化市场的关系，一方面表现为文学范式不断受到技术的推动，与大众传播方式的联系日益密切，如影视文学、音乐剧等文学样式的影响不断扩大；另一方面，文学的市场行为常常脱离审美体系，以商业性运作呈现，例如，尽管许多消费者没有读过小说原著，但有关这部小说的讨论却仍可成为热门话题。这些文学话题之所以引起媒体的讨论，与策划团队的宣传、运作有着密不可分的关系，但这些策划常常与作品的精神关联不大。在这个层面上，当文学以商业活动的方式运作时，商业意图势必压倒文学性和审美价值。

如今，文学在发展中自发与文化市场产生密切互动，文学活动的市场化和商业化已然是不可逆转的现实。因此，重新分析、考察和评价文学与商业的关系,成为一个具有重要学术价值和现实意义的课题。

3. 经济发展与文学消费

文学的市场化是否仅仅是急功近利的行为呢？这是一个复杂的体系，并非由作家本人的态度和选择决定。市场化的核心是利益交换，这并不意味着文学的衰落。事实上，随着经济的发展，文学的交换市场也在逐步成熟。美国文学史上典型的文学活动密集、创作繁荣的时期，都与经济的繁荣有密切关系，如 20 世纪 20 年代的黄金时期，工业浪潮催生出民众旺盛的消费需求，城市化带来时尚文化的演变，科技使人们的生活方式发生了翻天覆地的变化，以厄内斯特·海明威、弗朗西斯·斯科特·菲茨杰拉德为代表的“迷惘的一代”活跃在文坛，哈莱姆文艺复兴和爵士乐的发展为文化生活增添了多样性。在这样的文化环境中，文学不仅仅是作者的个人活动，更是现实经济生活所催生出的活动。

经济的发展促成了文学消费圈的扩大。美国的新中产阶级从 20 世纪 40 年代开始迅速上升，成为美国主要的人口组成部分。新中产阶级与老式中产阶级有着本质区别。老式中产阶级是指商人和农场主等，而新中产阶级的诞生是“由于工业结构导致了造就新中产阶级的各种专门职业的出现”，他们从事着专业化的职业，主要指经理、各领域专业人员和办公人员。[1]新阶级通过对文化市场的涉入来建立话语权。具有中产阶级特色的小说、音乐剧和电影成为文化市场的中坚力量，是中产阶级话语权得到扩张的标志。对文化产品的消费是价值的体现，是内涵的表征，是修养的外化。消费行为本身与商业主义意识形态不谋而合，因此得到了合法性。让·波德里亚论证道：

> 消费并不是通过把个体们团结到舒适、满足和地位这些核心的周围来平息社会毒症(这种观点是与需求的幼稚理论相联系的，并且只能回到一种抽象的希望上去即让人们重归极端贫困状态以迫使他们进行反抗)，恰恰相反，消费是用某种编码及某种与此编码相适应的竞争性合作的无意识纪律来驯化他们；这不是通过取消便利，而是相反让他们进入游戏规则。这样消费才能只身替代一切意识形态，并同时只身担负起整个社会的一体化，就像原始社会的等级或宗教礼仪所做到的那样。[2]

文化消费和其他消费一样，符合主流意识形态和后资本主义社会发展的需求，和生产以及指导性消费的社会规则相吻合，因此得以不断发展壮大。消费市场的发展为文学在更宽广的社会文化层面上带来繁荣的契机。

从历史发展看，文学的市场化进程势必经历文化消费分层的阶段。满足最大数量消费者的文学作品可以获得商业上的成功，但健全的文化市场有平民化需要（低额和中额）以及高层次精英文化消费的需要（高额）。低额和中额读者群对精英文化的向往和追逐便是市民社会中文化消费分层的基础。大众文化和中额读者群对精英文化的浅薄化吸收和歪曲改造是一个贬义的概念，但同时这又是大众文化的一个提升过程。从市场的角度看，正是大众文化和“中额”趣味的需要，才造

① 〔美〕赖特·米尔斯：《白领——美国的中产阶级》，杨小冬等译，杭州：浙江人民出版社，1987年，第85页。

② 〔法〕让·波德里亚：《消费社会》，刘成富、全志钢译，南京：南京大学出版社，2000年，第89页。

就了精英文学艺术的消费市场，从而在商业社会中为不同层次文学艺术提供了存在和繁荣的空间。

获奖女作家在文学市场的种种尝试，无论成功与否，每次参与都催生出一桩文学事件。文学事件和文学创作一样，也是一种话语行为，只是它脱离了以文本为中心的批评话语，是一种以公众舆论为主的话语行为。这种话语行为以文学经营策划、媒体宣传为特征，属于商业行为。文学事件在社会活动中是一个公众对话平台。对艾丽丝·沃克和托妮·莫里森的小说的各种形式的改编，都会引起不同层次的观众和媒体进入批评和反批评的话语行为中。无论是电影、音乐剧还是有声读物，两位作家的作品已经成为具有显著文化特点和广泛社会影响的公众话语平台。媒体报道和公众讨论虽然与文学批评无关，但从经典作品转型为公共领域的话题，这一行为本身就突破了精英与大众间的界限。文学事件所产生的公众舆论具有重要的社会意义。传统的文学批评环境较为封闭，基本只限于专业人士的参与，而文学事件是开放的，不同身份的人群制造出“众声喧哗”的讨论语境，建立起一个具有建设性的公众话语平台。因此，尽管文学作品在进入市场的程序中牺牲了中心的艺术价值，但却能够创造出一种新的社会价值互动。

第六章　个案研究及获奖小说的翻译、研究与启示

本章拣选 2017 年和 2018 年获奖的两部作品进行个案研究。J. 希利斯·米勒的重复观为解读文学作品提供了一条独特路径。2018 年普利策小说奖获奖作品《莱斯》在诙谐行文之下通过在细节、语词、隐喻和话题层面对主题词“匮乏”（less）的重复而探讨了三个核心问题，即以年华与才华匮乏为代表的人生问题，以文本中的同性恋属性淡化、同性恋历史“缺失”映射出的同性恋文学匮乏这一历史现实问题，和以文学性匮乏为代表的文学危机。作者对“匮乏”的巧妙运用使小说成为一部米勒意义上的有关重复的故事，在美学和人文意义上展现出层层意蕴。2017 年获奖作品科尔森·怀特黑德的《地下铁道》在文学与历史的交汇处进入奴隶制历史的叙述。通过史料与小说的相互映照，笔者认为柏拉图式重复、尼采式重复及“珀涅罗珀式的回忆的结晶”在《地下铁道》中相互交织，使其成为一部充满米勒意义上的重复的小说。在重复的组合中，科尔森·怀特黑德得以在《地下铁道》中完成四件事情：重现历史、逗趣历史、澄清历史并提出史观。

第一节　《莱斯》与重复

美国作家安德鲁·西恩·格利尔（Andrew Sean Greer）凭《莱斯》获得 2018 年普利策小说奖。小说的主人公阿瑟·莱斯（Arthur Less）是一位同性恋作家。他年近 50 岁，拥有一份平庸的写作事业。与之共

同生活九年的年轻男友突然宣布要与旁人结婚。与此同时，莱斯的小说被出版社拒稿。在中年危机、感情受挫及事业瓶颈等多重压力下，莱斯不假思索地接受了世界各地一系列文学活动的邀约，展开了一段环球之旅。莱斯的旅程覆盖墨西哥、西班牙、意大利、德国、摩洛哥、越南和日本。在旅行中，莱斯逐渐与生活达成了和解，最终踏上归家之旅。小说在 2017 年出版之后，分别入选《巴黎评论》《纽约时报》的“最受编辑部好评图书”和“年度最值得关注的 100 部图书”榜单。以著名书评人罗恩·查尔斯（Ron Charles）为代表人物的书评主要关注这部作品的喜剧性，认为它是“本年度最诙谐小说”，令人“笑得喘不过气来”。英国《独立报》称《莱斯》为“一部关于一个平易近人的中年主人公踏上奥德赛之旅的极具魅力的小说”。[①]国内对这部作品的现有研究也对小说的喜剧成分给予重点论述[②]。然而，普利策奖评审委员给这部小说的颁奖词却揭示了作品的严肃面向——这是一部“文体优美，结构、范围壮阔，关于老去与爱的真谛的广博的作品”[③]。对此，罗恩·查尔斯反讽道，这个评价就“像一双矫正鞋一样吸引人”。

笔者认为，《莱斯》在可读性与市场卖点上以喜剧取胜，但这部小说的文学抱负及丰富意涵非“诙谐幽默”可一言以蔽之。此处我们应牢记黑格尔对喜剧的论述——通过主体“反躬自察，来认识到自己”，喜剧从而具备思想性及智性反思等艺术职能[④]。安德鲁·西恩·格利尔以诙谐之态呈现出的爱而不得、得非所愿、年华流逝、接受平庸等人生境遇，不仅使读者在收获谐趣之后领悟到那“就是我自己”，同时，以上议题也是尤金·尤涅斯库（Eugène Ionesco）所说的“无可解决的

---

① “Less, Andrew Sean Greer, Review: Pulitzer-winning Work Is Witty, Wise, and Wistful.” https://www.independent.co.uk/arts-entertainment/books/reviews/less-andrew-sean-greer-pulitzer-review-fiction-novel-a8365256.html[2018-09-25].

② 刘露：《以“少”胜“多”之旅：《莱斯》中边缘个体的超越力量》，《外国文学动态研究》2019 年第 2 期，第 52 页。

③ “Less, by Andrew Sean Greer (Lee Boudreaux Books/Little, Brown and Company).”. https://www.pulitzer.org/winners/andrew-sean-greer[2018-04-25].

④ 〔德〕黑格尔：《美学》（第 1 卷），朱光潜译，北京：商务印书馆，1981 年，第 199 页。

事物”[①]。尤金·尤涅斯库认为，“只有无可解决的事物，才具有深刻的悲剧性，才具有深刻的喜剧性”[②]。在喜剧与悲剧、世俗与崇高、琐事与终极问题、隐喻与白描、文本与文本的交集和疏离所构成的含混、隙缝与矛盾之间，潜藏着作者真正试图探寻的问题。文学批评的要义即在于深入其中，抽丝剥茧，探寻语言之谜，呈现文本之下更广阔与深邃的空间。J. 希利斯·米勒的重复观可成为我们进入掩藏在《莱斯》喜剧元素之下广袤空间的一把钥匙。J. 希利斯·米勒认为“任何一部小说都是重复现象的复合组合，都是重复中的重复，或者是与其他重复形成链型联系的重复的复合组合”[③]。作品在修辞格、外观、内心情态等细微处之重复，在事件和场景上的重复，以及一部作品与其他作品在主题、动机、人物、事件上的重复，这些组成作品内在结构的重复使文本具有较高的审美价值和艺术水准，并使文本成为一个历久弥新的阐释域。同时，“重复还决定了作品与外部因素的多样化关系，这些因素包括：作者的精神或他的生活，同一作者的其他作品，心理、社会或历史的真实情形，其他作家的作品，取自神话或传说中的主题，作品人物或祖先的往事等”，文学作品的丰富意义恰恰来自注重重复现象的结合[④]。米勒对重复的阐释将意义无限延异，在罅隙中开垦黎明，极大丰富了小说批评理论。从这一角度审视《莱斯》，可一窥这部作品在含混与隙缝中隐含的深层含义。

1. 作为人生无解之题的匮乏

小说的介绍性元素指导着我们的阐释习惯。“即使是最常见、最不起眼的标题，小说中心人物的名字，也会预先告诉我们如何阅读。”[⑤]

---

① J. Styan. *Dark Comedy*. New York: Cambridge University Press, 1968. p. 38.

② 〔加〕诺斯罗普·弗莱等：《喜剧：春天的神话》，傅正明、程朝翔等译，北京：中国戏剧出版社，2006 年，第 183 页。

③ Joseph Miller. *Fiction and Repetition: Seven English Novels*. Cambridge: Harvard University Press, 1982. p. 3.

④ Joseph Miller. *Fiction and Repetition: Seven English Novels*. Cambridge: Harvard University Press, 1982. pp. 2-3.

⑤ John Mullan. *How Novel Works*. New York: Oxford University Press, 2006. p. 11.

这部小说的标题、各章标题及主人公都以 Less 命名。less 一词意为较少、更少、少于、不到、差一点儿。作者仿佛在力邀读者对这个显而易见的重复进行挖掘与解读。

less 的第一层寓意与年华流逝相关。安德鲁·西恩·格利尔在其成名作《星空下的婴儿：一个魔鬼情圣的自白》(*The Confessions of Max Tivoli*，2005）与《莱斯》中均表现出对衰老这一问题的关注，这形成了"同一作家不同作品中的主题思想的重复"[①]。在《莱斯》中，对主人公年龄的指涉反复出现。小说开篇便是对莱斯的外貌描写："……一个年轻男人的姿势……他年近 50 岁，和公共公园的铜像似的……优雅地褪色，直至与树木相融。阿瑟·莱斯，也曾年轻粉嫩，熠熠发光，如今却像他坐的那个沙发一般暗淡了……"[②]作者对莱斯已"褪色"的外貌描写寥寥数笔便打住，接着托物起兴，似言他事，实则紧扣"渐逝"和"匮乏"主旨："他盯着那块儿钟表，听：你也许能听到焦虑滴答、滴答、滴答地流走……"[③]之后作者进一步深入到年华流逝、青春匮乏在莱斯心理层面上的影响："为何人到中年，大量事物就变得无聊了——哲学、激进主义，以及快餐——但却仍会被心碎刺痛？"[④]作者在此处点题，道出小说事关"被心碎刺痛"这一任何其他学科都无法安置、处理、解决，唯有文学才会细细描摹、入微观照的议题。开篇对人、物、情的描写是作者埋下的第一个谜（enigma），起到提纲挈领的作用。

莱斯被朋友评论为"像一个没有皮肤的人……该有点棱角"[⑤]。对于书店缘何邀请自己来主持当红科幻作家 H. H. H. 曼登（H. H. H.

① Joseph Miller. *Fiction and Repetition: Seven English Novels*. Cambridge: Harvard University Press, 1982. p. 2.

② Andrew Greer. *Less: A Novel*. New York: A Lee Boudreaux Book, Little, Brown and Company, 2017. p. 3.

③ Andrew Greer. *Less: A Novel*. New York: A Lee Boudreaux Book, Little, Brown and Company, 2017. p. 4.

④ Andrew Greer. *Less: A Novel*. New York: A Lee Boudreaux Book, Little, Brown and Company, 2017. p. 6.

⑤ Andrew Greer. *Less: A Novel*. New York: A Lee Boudreaux Book, Little, Brown and Company, 2017. p. 6.

Mandern）的访谈，这位才华平庸、个性平淡的作家做了一番深刻的自我剖析：

> 为什么是他？为什么他们请阿瑟·莱斯？一个小作家，最有名的事迹是年轻时与俄罗斯河流派作家、艺术家的交往，一个当新人太老，当个被重新发现的作家又太小的作家，一个在飞机上邻座人从没听过他的书的作家。①

此处揭开了 less 的另一层寓意，即指才华的匮乏，而莱斯恰恰身处一个需要才华加持的创造性行业。小说不断叩问的主题便是平庸与才华的对照，人如何与自身的平凡相处以及如何与他人的才华相处。在墨西哥，一位大学教授向莱斯连续抛出以下问题：

> 和天才生活在一起是什么体验？……你认为自己是天才吗？……你和我，我们见过天才，我们知道他们和我们不同，不是吗？知道自己不是天才，知道自己是个平庸之人，是什么感觉？我觉得最可怕的地狱不过如此。②

作者没有借莱斯之口立刻给出答案，而是在讲述完整场活动之后插叙一段旁白："和天才生活在一起是什么体验？就像独自生活。就像独自和一头老虎生活。"③

安德鲁·西恩·格利尔通过在语词和隐喻上的小规模重复为 less 赋予了两层寓意——年华与才华之匮乏——这消解了莱斯的小众和边缘，使文本指向普遍的人生难题，从而具有了亚里士多德所谓的诗的普遍性和哲学性。小说在重复的隐喻下揭示了人物反观自身的内心活

---

① Andrew Greer. *Less: A Novel*. New York: A Lee Boudreaux Book, Little, Brown and Company, 2017. p. 8.

② Andrew Greer. *Less: A Novel*. New York: A Lee Boudreaux Book, Little, Brown and Company, 2017. p. 56.

③ Andrew Greer. *Less: A Novel*. New York: A Lee Boudreaux Book, Little, Brown and Company, 2017. p. 65.

动，对人生、人性、灵魂的探讨恰恰是爱德华·福斯特（Edward M. Foster）所述之小说的伟大贡献①。

2. 映射现实匮乏的文本留白

如果我们更进一步，会发现通过赋予 less 多层隐喻，作者想要探讨的不仅仅是人生与人性知识。安德鲁·西恩·格利尔谈到同性恋主题在文学市场及文学史上表征不足的情况时说，"两个男人之间的爱情故事，无关创伤，没有绝望。这样的故事在我的书架上还没出现。我想写出这样的书"②。他还指出文学作品"真实"呈现同性恋群体的阈限与困境："我告诉我的学生，他们将来会在讲述属于自己群体的故事时备受煎熬并让这个群体失望，因为他们笔下的故事不会是这个群体想要的神话。他们将道出实情，别管是哪个群体，都会对此失望。"③在此，安德鲁·西恩·格利尔道出了同性恋文学在书写和呈现方面的欠缺。对于这一现象，安德鲁·西恩·格利尔的应对策略是什么？

在小说中，作者未对性少数群体的窘迫予以直接描写，而是首先试图弱化文本中的同性恋属性。笔者姑且称之为"以匮乏应对匮乏"，即以文本中同性恋属性的匮乏来回应现实中同性恋文学的匮乏。在"墨西哥人莱斯"一章的插叙中，莱斯在超市丢失了伴侣罗伯特·布朗波恩（Robert Brownburn）送给他的象征婚姻的戒指。数位男士主动帮他寻找"婚戒"并向莱斯分享了自己弄丢婚戒的经历。他们还为他如何应对"妻子"、如何防止丢戒指出谋划策。莱斯顺水推舟用"她"（she）来指代自己的伴侣，并在这场风波中短暂地体验了异性恋男人的日常。

这就是男人的感觉？直男？总是孑然一人，可一旦遇到难

① Edward Foster. *Aspects of the Novel*. London: Harcourt, 1927. p. 74.

② Hannah Beckerman. "Andrew Sean Greer, Pulitzer-winner: 'I have to watch I don't get arrogant'." *The Guardian*, 2018-05-19. https://www.theguardian.com/books/2018/may/19/andrew-sean-greer-less-pulitzer-interview[2018-05-25].

③ Hannah Beckerman. "Andrew Sean Greer, Pulitzer-winner: 'I have to watch I don't get arrogant'." *The Guardian*, 2018-05-19. https://www.theguardian.com/books/2018/may/19/andrew-sean- greer-less-pulitzer-interview[2018-05-25].

> 处——一旦丢了结婚戒指！——就会有一群兄弟前来帮忙解决问题？生活没那么难；你勇敢承担，并且一直知道，如果你发出信号，会有人来帮你。成为这个群体的一员很棒！六七个男人聚在一起，专心完成这个任务。这个拯救他的婚姻和尊严的任务。说到底，他们是有良心的。他们不是冷漠又残酷的统治者；不是在高中礼堂里要躲着走的霸凌者。①

在这一段话中，我们看到同性恋与异性恋男人之间立场与差别的淡化，甚至说看到了二者的融合与同一也不为过。“他们是好人；他们是善人；他们会帮助别人。今天，莱斯是他们中的一员。”②安德鲁·西恩·格利尔对同性恋与异性恋男人所做的模糊处理使文本呈现出同性恋属性的匮乏（less gayness）。这种以退为进的手法，与上文所述的 less 的两层寓意一道，使小说指向共通的人性，达到了消解界限，摆脱身份政治，使人回归为人的效果。此为安德鲁·西恩·格利尔对“以匮乏应对匮乏”策略的第一层运用。

安德鲁·西恩·格利尔对“匮乏”更深层次的运用体现在以文本留白来映射现实匮乏。作为普利策小说奖历史上首位性少数作家及首部同性恋题材获奖作品，无论作者本人抑或主人公莱斯，似乎都不致力于激进的政治议程。对于同性恋群体的苦难史，作者淡然叙述道：

> 21 岁的阿瑟·莱斯：瘦削，男孩子气……在美好的一天，坐在旧金山的海滩上，在糟糕的 1987 年，恐惧，恐惧，恐惧。艾滋病不可阻挡……除了罗伯特，他未再见过其他年过 50 的男同性恋。认识他们时所有人都是四十几岁，他没见过谁能活过那个岁数。那代人，他们死于艾滋病。③

---

① Andrew Greer. *Less: A Novel*. New York: A Lee Boudreaux Book, Little, Brown and Company, 2017. p. 60.

② Andrew Greer. *Less: A Novel*. New York: A Lee Boudreaux Book, Little, Brown and Company, 2017. p. 60.

③ Andrew Greer. *Less: A Novel*. New York: A Lee Boudreaux Book, Little, Brown and Company, 2017. p. 70.

此处着墨不多，看似笔力羸弱，却在阅读体验上达到了惊人的效果。读者会被整整一代人活不过 50 岁这一陈述触动，从而使潜文本所指向的残酷的社会、历史问题浮现出来。“一代人死于艾滋病”的真实历史数据是：1981—1987 年美国艾滋病患者为 50 280 人，其中 87.9%在 20—49 岁，92%为男性，95.5%的患者死亡。1988—1992 年 89.5%的患者死亡，共计 181 212 人[①]。十年间，艾滋病夺去了 20 多万美国人的生命，其中大多数是男同性恋[②]。同性恋活动人士汤姆·卡西迪（Tom Cassidy）口述道，“1981—1990 年，85 000 名同性恋死于盛年”[③]。

死于艾滋病的同性恋之多与同性恋文学之少形成鲜明对照。安德鲁·西恩·格利尔巧妙运用隐喻和留白等修辞手段，使隐藏在表层文本之下的作者的真实意图得以显现，即在书写“男同性恋的尤利西斯”时，以无声的留白来象征文学史与文学市场上同性恋文学的表征不足，此为作者对“以匮乏应对匮乏”的另一层次的运用[④]。

less 作为一个隐喻，在文本中的不断重复与交织构成了文本的深层主题寓意。上文所述莱斯身上弱化的同性恋属性以及小说对同性恋与异性恋的模糊处理，这种含混实则隐含着安德鲁·西恩·格利尔更高的文学追求——他跳出狭隘的身份与文化框定，不囿于少数群体的独有经验，而将关注点放在人类、生活与生命的共性问题上。他通过书写“人”的文学从而达到理查德·罗蒂所谓的“阅读小说可以促进团结，令读者更加关注他人的需求和困难”之功用，抑或昆图斯·贺拉斯·弗拉库斯（Quintus Horatius Flaccus）所说的文学的“甜美”与“有用”[⑤]。

---

① “HIV and AIDS-United States, 1981-2000.” June 8, 2001. CDC. https://www.cdc.gov/mmwr/ preview/mmwrhtml/mm5021a2.htm[2018-06-01].

② Eric Marcus. *Making Gay History: The Half-Century Fight for Lesbian and Gay Equal Rights*. New York: Harper Perennial, 2002. p. 245.

③ Eric Marcus. *Making Gay History: The Half-Century Fight for Lesbian and Gay Equal Rights*. New York: Harper Perennial, 2002. p. 339.

④ Andrew Greer. *Less: A Novel*. New York: A Lee Boudreaux Book, Little, Brown and Company, 2017. p. 30.

⑤〔美〕雷·韦勒克、〔美〕奥·沃伦：《文学理论》，刘象愚、邢培明、陈圣生等译，北京：生活·读书·新知三联书店，1984 年，第 19 页。

3. 匮乏的文学与文学性

安德鲁·西恩·格利尔将less的第三层意义放置于文学议题。《莱斯》可以说是一幅作家群像。主人公莱斯是一位作家，与他相恋多年的恋人罗伯特·布朗波恩是一位获得普利策诗歌奖的诗人，他们的交际圈大多是诗人和文学家。莱斯与俄罗斯河流派(Russian River School)来往密切，他们聚会时"叫喊，嘲弄，玩文字类游戏"，有关文学、创作、作家的生活的讨论在书中密集出现，从这个意义上说《莱斯》具有元小说性质[①]。

安德鲁·西恩·格利尔借莱斯的经历讨论了市场、作家和文学三者之间的紧张关系，笔者在此将其概括为文学危机。莱斯认为自己之所以被邀请主持当红科幻作家H. H. H. 曼登的访问，是因为"哪个文学作家会同意还没付酬金就为一个采访做准备？一定得是个极度绝望的人"[②]。在自问为何接受活动邀请时，莱斯通过一系列排比句向读者坦白——因为钱。"在一个大多数人一年只读一本书的世界，许多资本家都希望自己投资的恰恰就是那本书，今夜就是那个荣耀的开端。"[③]H. H. H. 曼登，作为得到诸多资本投入并承担着提供效益回报任务的作家，他创作出的宇宙史诗缺乏语言的美感，充满可笑的公式化人物，但人物的创造才能却颇吸引读者。而莱斯最近写的一部小说是对人类灵魂的认真探索。与"宇宙史诗"相比，他自嘲道，"显然逊色许多"[④]。

在这个情节设置中我们可以看到皮埃尔·布尔迪厄所述之在文化艺术产业中两种经济逻辑的对立。一种是纯艺术的反经济逻辑。纯艺术作品很难在短期内产生经济效益，但从长远角度看这是一种象征资本的积累。象征资本可被转化为经济资本，因此在特定的社会环境和

---

① Andrew Greer. *Less: A Novel*. New York: A Lee Boudreaux Book, Little, Brown and Company, 2017. p. 108.

② Andrew Greer. *Less: A Novel*. New York: A Lee Boudreaux Book, Little, Brown and Company, 2017. p. 8.

③ Andrew Greer. *Less: A Novel*. New York: A Lee Boudreaux Book, Little, Brown and Company, 2017. p. 5.

④ Andrew Greer. *Less: A Novel*. New York: A Lee Boudreaux Book, Little, Brown and Company, 2017. p. 8.

文艺氛围中便可确保经济收益。另一种经济逻辑恰恰与纯艺术类相反，它追求快速、短暂的成功，作品投放市场后要立竿见影，即刻转化为经济资本。这种逻辑不太考虑象征资本和文化资本。[①]通过皮埃尔·布尔迪厄的理论，我们可大致了解“认真探索人类灵魂”的莱斯之所以“失败”，以及 H. H. H. 曼登之所以“成功”的外部原因。在小说充满无奈的嬉笑中，资本对文学场域的影响凸显了出来，其背后是作者对文学危机这一严肃主题的探讨。

小说行文间对普利策小说奖的多处指涉和这部小说当真获得普利策小说奖的事实形成了奇妙的文本内外的重复。除了受到资本和出版市场的影响，安德鲁·西恩·格利尔还书写了作家在以文学奖为代表的文学产业链中的困境。在一个聚会上，一位作品被收录进《华顿诗歌选集》(*Wharton Anthology of Poetry*)且获得多个文学奖的诗人对刚刚开始写作的莱斯说，“不要获奖……你一拿奖，就全完了。你将用接下来的人生做讲座，而不会再提笔写作”[②]。

在现代文学制度中，文学奖项是一个重要环节，其显性功能是对创造性精神劳动产品的肯定与传播，隐性效应则主要体现在作品的经典化与市场化。安德鲁·西恩·格利尔借女诗人之口三言两语描摹出经典化与市场化对作家的影响。前者表现为“被收录进《华顿诗歌选集》——这意味着不朽”，后者则预示着作家创作生命的终结[③]。文学创作缘何与文学奖产生矛盾？在出版社日益集团化的背景下，几家大型出版社几乎包揽了文学奖。如上文所述，克诺夫出版社、双日出版社和兰登书屋分别是普利策小说奖获奖小说最多的前三位出版社。而这三家出版社通过并购后属于同一集团。也就是说，普利策奖获奖小说中出自兰登书屋集团旗下的图书比例高达 35.1%。在资本深入渗透

---

① Pierre Bourdieu. *The Rules of Art*. Trans. Susan Emanuel. Cambridge: Polity Press, 1996. p.142.

② Andrew Greer. *Less: A Novel*. New York: A Lee Boudreaux Book, Little, Brown and Company, 2017. p. 94.

③ Andrew Greer. *Less: A Novel*. New York: A Lee Boudreaux Book, Little, Brown and Company, 2017.p. 94.

的文化产业，文学奖作为产业链的一环，与出版社、媒体一道将文学投入成熟的再生产、传播与消费通道。在这个过程中，作家和作品不可避免地被商品化。产业化进程对文化景观的塑造、对作品的传播以及对作家的制约在此案例中可见一斑。

安德鲁·西恩·格利尔对文学危机的描述在莱斯的恋人罗伯特·布朗波恩领取普利策诗歌奖之前达到高潮。在普利策诗歌奖颁奖前一天，罗伯特·布朗波恩在酒店房间说，“奖项不是爱。没见过你的人不会去爱你……他们知道哪种诗人会得奖，如果你碰巧适合那个位置，那你可真了不起……这是运气，不是爱……我需要你帮我打领结……奖项不是爱，这才是爱。就像弗兰克写的，‘这个夏日，这个世界上我最想要的东西是被需要’”[①]。对文学的讨论作为一条隐藏线索贯穿小说始终。对于文学危机，作者并没有给出明确的解决办法，而是跳转到对“爱”和“情感”的需要。作者通过回归情感本质暗示对回归文学本质的召唤，因为小说是“唯一能向人解释人性本质的东西……小说是治疗人类病症的唯一良药”[②]。莱斯在一系列环球文学活动中经历了诸种荒诞之后，仍将罗伯特·布朗波恩的书房比喻为“世界上唯一一个时间让事物变得更好的地方”[③]。从中我们得以窥见作者的文学观、文学信念以及文学危机意识。

小结

安德鲁·西恩·格利尔与其笔下主人公莱斯一样，都致力于书写一部“男同性恋的尤利西斯”[④]，但安德鲁·西恩·格利尔“下决心绝不承袭同性恋小说的宏大传统，给主人公安排一个凄惨的悲剧结

---

① Andrew Greer. *Less: A Novel*. New York: A Lee Boudreaux Book, Little, Brown and Company, 2017. pp. 97-98.

② Ford Ford. *Thus to Revisit: Some Reminiscences*. New York: Octagon, 1966. p. 19.

③ Andrew Greer. *Less: A Novel*. New York: A Lee Boudreaux Book, Little, Brown and Company, 2017. p. 66.

④ Andrew Greer. *Less: A Novel*. New York: A Lee Boudreaux Book, Little, Brown and Company, 2017. p. 30.

局”[①]。安德鲁·西恩·格利尔在采访中也反复强调莱斯作为一个同性恋者应该有一个幸福结局。行文至此我们也许可以理解作者的这一执念。无论肤色、种族、国籍或性向，追求幸福是人类最鲜活的动机和目标。淡化差别，心理攸同，让作品指向普遍人性，是安德鲁·西恩·格利尔追求文学的“一般性”所做的努力。安德鲁·西恩·格利尔把严肃的知识分子忧患融于精彩的叙事，并常伴有尖锐的讽刺。《莱斯》以风趣见长，但小说对人生的内省、同性恋群体的集体记忆和文学危机等议题的探讨是它的深层结构。小说通过米勒意义上的重复，层层盘剥出主题词匮乏（less）的深层意蕴，从而自微观到宏观实践了对“心理、社会、历史事实”的重复[②]。作为一个“在路上”的故事，《莱斯》与《尤利西斯》、亨利·詹姆斯、华盛顿·欧文相遇，与西方文学传统产生连接，成为美国旅行叙事文学传统的现代书写。《莱斯》中的空间差异与旅程和回归的主题为主人公与读者提供了一个场所，让我们叩问人生问题与文学母题。尽管这些问题通常是无解的，但正是其无解性使之具有尼采笔下的悲剧美，作品的真理性也在行文透露出的人生观中得以彰显。

第二节　文学的异装，历史的逗趣：《地下铁道》与米勒的重复

科尔森·怀特黑德的《地下铁道》于2017年获得普利策小说奖。小说糅杂了历史和推想，以女奴科拉的逃亡经历为主线，描述了自其外祖母阿贾里从非洲被贩卖到美国后三代黑人女性的悲惨遭遇。主人公科拉自小生活在佐治亚州的种植园里，她的母亲梅布尔据传是当地

① Greg Callaghan. “I Wrote It for Myself: Andrew Sean Greer on Pulitzer-winning Less.” *The Sydney Morning Herald*, 2019-04-20. https://www.smh.com.au/entertainment/books/i-wrote-it-for-myself-andrew-sean-greer-on-pulitzer-winning-less-20190416-p51emi.html [2019-05-05].

② Joseph Miller. *Fiction and Repetition: Seven English Novels*. Cambridge: Harvard University Press, 1982. p. 3.

唯一成功逃到北方的黑奴。科拉被逃亡到北方的母亲遗弃后便守着由外婆阿贾里传下来的 3 平方米土地，可后来的黑人盯上了这块儿地要盖狗屋，两人发生了冲突。科拉在种植园受尽折磨、看尽惨状，她答应与同为奴隶的西泽一同逃走，就此科拉踏上了“地下铁道”。科尔森·怀特黑德将历史上的地下铁道网络具象化为真实的地下隧道、火车和车站。美国著名主持人奥普拉读到此书时甚至放下小说，上网检索“地下铁道”是否真的有隧道与火车。科拉从佐治亚出发，第一站来到南卡罗来纳，接着是北卡罗来纳、田纳西、印第安纳和终点北方。这些州风格不同，但却是一间又一间手法不一的展示苦难的囚室。小说的主要反派是猎奴者里奇韦，他在小说中追捕科拉的母亲梅布尔无果，接着又以猎捕科拉为使命，最终在与科拉的扭打之中死在了黑人建立的地下铁道。

截止到 2019 年，科尔森·怀特黑德出版了七部主题迥异的小说和一部散文集《纽约巨像》（*The Colossus of New York*）。他风格多变，自称文学实验者，喜于突破自己，突破前人。哈罗德·布鲁姆所说的作为西方传统下经典文学的隐藏主题“与继往成就的竞赛”构成了科尔森·怀特黑德作品原创性的主要动因。科尔森·怀特黑德称自己“刻意和文类及其传统逗趣（flirtation）”。他在 2013 年的采访中谈到自己的小说《萨格港》（*Sag Harbor*，2010）时说，“那本小说是我对传统现实主义文类的看法……我身着现实主义的异装，就像我在其他书里身着侦探异装一样”[①]。“身着异装”（wearing drag）这个比喻是指其作品看似遵循特定文类的叙事传统，实则打破程式的做法。这个比喻对理解科尔森·怀特黑德具有某种启示。在似是而非之间，作家不仅与“文类及其传统”，更是与历史在进行着一场“逗趣”。

目前学界主要从两个角度进入科尔森·怀特黑德的作品——历史编纂元小说（historiographic metafiction）与后灵魂美学（postsoul

① Derek Maus. *Understanding Colson Whitehead*. Columbia: University of South Carolina Press, 2014. p. 1.

aesthetics），代表论文有洁西·克恩（Jesse Cohn）对《艾佩克斯止痛贴》（*Apex Hides the Hurt*，2006）的分析以及迈克尔·贝鲁比（Michael Bérubé）对《直觉主义者》（*The Intuitionist*，1999）的解读。以历史编纂元小说为例，它游走在取史、证史、讽史与嫁接历史之间，可谓充满似是而非的元素；而后灵魂美学描述的则是 1963 年之后，即后民权运动时期出生的非裔美国人所特有的经历及其创造的文化产品，其典型特征包括在"对过去不存怀旧的忠诚"的同时"拥抱黑色元叙事"[①]。在此基础上，如若加入科尔森·怀特黑德所说的"异装"和"逗趣"，四个关键词则可结成一张奇妙的网。在对《地下铁道》展开的诸多批评方式中，这张网几乎均可在其中占据一席之地。

《地下铁道》对历史的运用远非戏仿那么简单。对奴隶制历史的挖掘与研究是美国社会文化和学界持续不断深入挖掘、扩展的课题之一。然而文学如何进入这一议题，文学对奴隶制历史的叙述与其他学科有何种不同，以想象为标志的文学如何对以事实为基础的历史话题给予论述，《地下铁道》与历史的互文或者说"逗趣"关系是否可反映后现代文学认知中的历史是什么，历史与后现代文学在相互观照之下产生了怎样的化学反应，以上是本节试图回答的问题。

1. 召唤雅各布斯：阁楼中的女人的回魂叙事

米勒将重复总结为两种形式。第一种形式是柏拉图式的重复模式。这种重复形式主张只有在真实性上与模仿的对象接近，模仿物才有效力。它根植于纯然的原型模式，这是以理念为万物原型的模仿式重复，文学中的模仿概念即从这种方式而来。这种重复为 19—20 世纪英国现实主义小说作家和文学批评奠定了基础，也成为文学理论的一个重要分支。[②]这一点在上一节对《莱斯》的分析中已得到充分的论述。第二种重复形式是尼采式重复。它强调每件事物的独特性，假设世界建

① Mark Neal. *Soul Babies: Black Popular Culture and the Post-Soul Aesthetic*. New York: Routledge, 2002. p. 3.

② Joseph Miller. *Fiction and Repetition: Seven English Novels*. Cambridge: Harvard University Press, 1982. p. 7.

立在差异基础上，认为“每样事物都是独一无二的……这个世界不是摹本，而是德鲁兹所说的‘幻影’或‘幻象’”[①]。我们可以在《地下铁道》中看到两种重复缠绕交织的情况。

在“北卡罗来纳”一章中，科拉被迫躲进废奴运动者马丁家的阁楼中。阁楼阴暗逼仄，只有墙上的一个窥视孔是她接触外部世界的通路。

> 科拉爬到假屋顶上面，钻进逼仄的密室。这里从地板向上逐渐变窄，高不足一米，长也仅有四米五……光和空气唯一的来源，就是墙上面对街道的一个小孔。科拉爬过去，伛偻在椽子底下。粗糙的小孔是从里面挖出来的……公园就是她在房前看到的那块草地，位于街道对面。她把一只眼睛贴紧窥视孔，东瞧瞧，西看看，努力捕捉完整的视野。[②]

这一情节与 19 世纪最重要的美国奴隶叙事之一《女奴生平》（*Incidents in the Life of a Slave Girl*，1861）形成呼应。哈丽雅特·雅各布斯（Harriet Jacobs）最重要的经历之一即她为了逃出奴隶制，在亲人朋友的帮助下，藏在昏暗、狭促的阁楼中长达七年。

> 这个顶楼小屋只有九英尺长，七英尺宽，最高的地方仅三英尺……到了早上，听到噪音我才知道天亮了，因为在我的小洞穴里，白天和黑夜完全是一样的……我没法直立，但我在洞里爬来爬去做运动。一天我的头撞到了个东西，我发现居然是个手钻……这样我成功地凿了一个一英寸长，一英寸宽的洞……早上，我望出去找我的孩子。[③]

科拉和雅各布斯通过窥视孔观察到的外部世界具有极强的视觉

---

① Joseph Miller. *Fiction and Repetition: Seven English Novels*. Cambridge: Harvard University Press, 1982. pp. 7-8.

② 〔美〕科尔森·怀特黑德：《地下铁道》，康慨译，上海：上海人民出版社，2017 年，第 173 页。

③ 〔美〕哈丽雅特·雅各布斯：《女奴生平及导读》，史鹏路译，上海：上海交通大学出版社，2015 年，第 174-176 页。

性，这一点在两个文本中形成重要的隐喻。弱者的英雄主义是在科拉和雅各布斯的阁楼里达成的。雅各布斯自我囚禁长达七年，最后几乎致残。她把这种生活称作比奴隶制更好、更有尊严的生活。科拉认为自己的躲藏是“一个人的造反……这最新的一间牢房［便］宣告了自己的存在”。科拉和雅各布斯的藏匿将读者引入她们狭小的庇护所。安妮·弗兰克（Anne Frank）的《安妮日记》（*The Diary of Anne Frank*）、在社会的镜子中看不到自我而消解自我的作品如拉尔夫·埃利森的《看不见的人》和托妮·莫里森的《最蓝的眼睛》，这些作品与《地下铁道》《女奴生平》一道，使读者通过这些消失遁形的主人公的眼睛，观察他们所处社会的方方面面。科拉、雅各布斯、安妮·弗兰克带领我们进入她们挣扎的内心世界。“她们为了逃避个体毁灭而蜷缩进一处狭促、终将无法维系的安全之所。这是有关心理庇护之所的文本，它们重塑了一个小小的世界，将读者引入那个狭小的空间，并使我们理解到作者沉默的英勇。”[①]“我们看到谁？看不到谁？谁有特权处在威势赫赫的体制内部？”[②]这些作品不仅回答了这个问题，更使我们从中看到视觉政体背后的权力博弈。

科尔森·怀特黑德在借用雅各布斯真实经历的基础上，对奴隶制做了更深入的审视。科拉在藏身处透过小孔可看到房前的公园。公园是市民休闲玩乐的场所，一棵巨大的橡树为狗打瞌睡提供了天然树荫。到了周五晚上，此处会举行“星期五晚会”[③]。晚会先上演“黑鬼秀”，由涂黑脸的白种男人模仿黑人的“粗鄙、低智”的行为博大家一笑，观众对此报以热烈的掌声。接着是短剧表演，情节是逃往北方的奴隶受尽磨难，于是对自由州加以抨击，并恳求主人让自己做回奴隶。观

---

① Joe Lockard, Shi Penglu. “*Incidents in the Life of a Slave Girl* and a Global Literature of Female Suffering.” *Comparative Literature: East & West*, 2014, 21(1): 91.

② 伊雷特·罗戈夫：《视觉文化研究》，载罗岗、顾铮主编：《视觉文化读本》，桂林：广西师范大学出版社，2003 年，第 3 页。

③〔美〕科尔森·怀特黑德：《地下铁道》，康慨译，上海：上海人民出版社，2017 年，第 175 页。

众在“领会了演出的道德寓意”后“喝彩声响彻公园”[①]。晚会的高潮是名为“黑夜骑士”的猎奴者将抓捕到的奴隶示众，并在大橡树下当场处以私刑。围观的群众是“训练有素”的，执刑的刽子手是“熟能生巧”且精确的。奴隶的脖子被绳子套住后，人群便拥挤着上前争抢把奴隶脚下的梯子推开的机会。死掉的奴隶被扔在一条名为“自由小道”的路上，“一具具尸首挂在树上……进城这一条路都是尸首”[②]，“死尸有多少，道路就有多长”[③]。科尔森·怀特黑德在对真实的奴隶叙事进行借用的基础上融入讽刺手法。这种艺术手段是作者对白人元叙事予以抵制并拥抱黑色元叙事的例证之一。挂满尸首的“自由小道”是作者对“自由”的讥讽与驳斥。

《地下铁道》调用历史，在真实性上与雅各布斯、安妮·弗兰克等模仿对象近乎一致。小说对重复的第一种形式的运用建立起文学与历史之间的密切关联，“它将文学视为镜子般反映的历史，或是由历史事件和力量引发的”。此为《地下铁道》中重复手法的一个面向。《地下铁道》对柏拉图式原型重复的运用始于重复却不满足于重复，它的触角延伸至审视和质疑。“这房子里的确有个鬼，可她被死死地锁住了，不管那链子有没有发出哗哗的声响。”[④]科尔森·怀特黑德借科拉之口道出邪恶之源并非实体的镣铐和具象的奴隶主，而是一个基于种族主义、普遍实施监视与迫害的社会体系。小说对“奴隶主是压迫者，奴隶是受害者”这一元叙事的瓦解扩大了受害者的定义，使主流叙事中不受关注的白人受害者群体凸显出来，奴隶制度的罪恶更加昭彰。

---

① 〔美〕科尔森·怀特黑德：《地下铁道》，康慨译，上海：上海人民出版社，2017年，第177页。

② 〔美〕科尔森·怀特黑德：《地下铁道》，康慨译，上海：上海人民出版社，2017年，第171页。

③ 〔美〕科尔森·怀特黑德：《地下铁道》，康慨译，上海：上海人民出版社，2017年，第187页。

④ 〔美〕科尔森·怀特黑德：《地下铁道》，康慨译，上海：上海人民出版社，2017年，第175页。

2. 医学、种族与性属的复合话语：嫁接历史的错乱叙事

科拉逃出佐治亚后，到达的第一站是南卡罗来纳州。在这里，“有吃的，住的，还有工作。想来就来，想走就走。想跟谁结婚就跟谁结婚，养了孩子，再也不会被人夺走。工作也是好工作，不是奴隶的苦力活儿”①。科拉在这里受教育，有宿舍，她和西泽决定留下来。然而科拉不久后发现美国最优秀的医学人才齐聚南卡罗来纳，以帮助黑人为名，实则在对黑人女性进行战略绝育，对黑人男性进行传染病实验。“病人们以为自己正在接受血液病的治疗，可是医院给他们开出的药剂与糖水无异。事实上，这些黑鬼正在参与一个研究项目，内容是潜伏期和第三期的梅毒。”②这一情节骇人听闻，却取自真实历史。塔斯基吉梅毒实验——从一个甚嚣尘上的流言到经过考证直至总统道歉的事实——成为 20 世纪美国社会对黑人人口犯下的罪恶中最伪善又残酷的一桩。1932 年，美国公共卫生局（U.S. Public Health Service）的白人政府医生在亚拉巴马州梅肯县塔斯基吉地区找到约 400 名疑似患有晚期梅毒的黑人，将其作为治疗组。他们另外找来 200 名没有感染梅毒的黑人作为对照组。这些人在不知情的情况下成为“实验品”。白人医生向他们隐瞒诊断和治疗真相，对治疗组进行初步诊治后开始提供阿司匹林和铁补品作为“药物”，有意不对这些梅毒感染者提供任何救助。这个实验由来自美国公共卫生局和塔斯基吉学院（Tuskegee Institute，今塔斯基吉大学）的医护人员共同完成，塔斯基吉退伍军人管理医院（Tuskegee Veterans'Administration Hospital，今亚拉巴马州中部退伍军人卫生保健系统东区）提供了 X 射线检查、化验和解剖等协助工作。该实验从 1932 年至 1972 年持续长达 40 年。即使在青霉素成为治疗梅毒的有效药物后，研究人员也没有对参与实验的黑人患者提

① 〔美〕科尔森·怀特黑德：《地下铁道》，康慨译，上海：上海人民出版社，2017 年，第 106 页。

② 〔美〕科尔森·怀特黑德：《地下铁道》，康慨译，上海：上海人民出版社，2017 年，第 137 页。

供必需的治疗。[①]研究人员对多年来参与实验的死亡人数进行分类，在有影响力的期刊上用实验结果发表了十几篇文章。1972 年，一名研究人员将该实验作为报道素材提供给美联社（The Associated Press）记者，此事引起轩然大波。之后，强烈抗议、“塔斯基吉梅毒实验”调查委员会、参议院听证会、一系列诉讼以及总统道歉随之而来。实验引发的有关知情同意的新联邦法规应运而生，这些法规如今依然影响着医学研究。[②]

与实验有关的历史专论、文献、戏剧、诗歌等资料以及照片、音乐、电视电影、漫画等流行文化产品为作者提供了丰富的写作素材。科尔森·怀特黑德写道：“一群男人挤在相邻的房间等着抽血……到南卡罗来纳之前，她没听说过血液上的问题，但宿舍里有非常多的男人受着这种病的折磨，城里的医生们也为此付出了巨大的努力。”[③]塔斯基吉梅毒实验的最后一位幸存者欧内斯特·亨登（Ernest Hendon）回忆道，研究开始时自己很年轻，30 出头。该研究中最年轻的人在对照组，实验开始时是 16 岁。年龄最大的男子 90 岁，被归在患者组。对照组和梅毒患者组的平均年龄为 43 岁。美国疾病控制与预防中心根据病历在 1974 年的最终计数是 427 例患者和 185 例对照，加上 12 例被转移到梅毒患者组的患者，实验涉及案例共 624 例。[④]

小说中与种族主义交织的医学话语除了传染病实验之外，还有政府对黑人女性进行的有组织的战略绝育。“在很多州，白人已经成了少数。仅仅出于这个原因，解放奴隶就不可能。通过战略绝育——先针对妇女，到一定时间两性皆然——我们既可以解除他们的枷锁，又不必害怕熟睡时遭到他们的屠戮。牙买加奴隶暴动的发起者有贝宁和刚

① Susan Reverby. *The Infamous Syphilis Study and Its Legacy: Examining Tuskegee*. Chapel Hill: University of North Carolina Press, 2009. pp. 1-2.

② Susan Reverby. *The Infamous Syphilis Study and Its Legacy: Examining Tuskegee*. Chapel Hill: University of North Carolina Press, 2009. pp. 1-6.

③ 〔美〕科尔森·怀特黑德：《地下铁道》，康慨译，上海：上海人民出版社，2017 年，第 127 页。

④ Susan Reverby. *The Infamous Syphilis Study and Its Legacy: Examining Tuskegee*. Chapel Hill: University of North Carolina Press, 2009. p. 113.

果血统，固执，狡猾。假以时日，我们能不能让这些种系得到精心的弱化？医生说，对有色人新移民及其后代资料的收集，已经开展了几年甚至几十年了，这必将成为历史上最具胆识的科学工程。依法绝育，深入研究传染性的疾病，对不适合社会交往的人实施外科手术，并让这一技术得到完善……”①

在与小说相对的现实世界中，针对种族、疾病、精神疾患及智力残障人士的绝育计划在美国医学发展中有着长久的历史。1907 年，世界上第一个基于优生学的强制绝育法在印第安纳州出台。该法律试图为监狱服刑人员强制绝育，以割断“堕落基因”的延续。该法案在 1921 年被印第安纳州最高法院推翻。然而在 1924 年，美国最高法院在“巴克诉贝尔”（Buck vs. Bell）一案中宣布了《弗吉尼亚绝育法》（Virginia Sterilization Act of 1924）的合法性。该绝育法允许对州精神病院的患者进行强制绝育。1907—1963 年是美国优生绝育的重要时期，当时美国有 6.4 万多人根据优生法被强制绝育②。1929 年，生物学家 E. S. 葛斯尼（E. S. Gosney）和保罗·波普诺（Paul Popenoe）发表《为人类进步而绝育：1909—1929 年在加利福尼亚州进行的 6000 例手术结果概要》（*Sterilization for Human Betterment: A Summary of Results of 6,000 Operations in California, 1909-1929*）。该报告对绝育率最高的加利福尼亚州的绝育效果给出支持意见。该书被纳粹政府援引以证明广泛的绝育方案是可行且人道的。保罗·波普诺的报告成为纳粹以种族主义优生学为名进行屠杀的最重要的理论支撑之一。③

无论是作为史实抑或小说情节的医学实验，我们从中看到了身体规训这一医学隐喻背后的知识—权力关系。文学在此处对历史进行模拟，二者间建立起极度亲近的关系。值得注意的是，小说的年代设置

① 〔美〕科尔森·怀特黑德：《地下铁道》，康慨译，上海：上海人民出版社，2017 年，第 138-139 页。

② Paul Lombardo. “Eugenic Sterilization Laws.” *Eugenics Archive*. http://www.eugenicsarchive.org/ html/eugenics/essay8text.html[2019-10-13].

③ Tukufu Zuberi. *Thicker Than Blood: How Racial Statistics Lie*. Minneapolis: University Of Minnesota Press, 2003. p. 69.

是美国内战前，而历史上的塔斯基吉梅毒实验和绝育计划均发生在 20 世纪。科尔森·怀特黑德对历史的错乱配置博得历史学家的肯定。美国奴隶制历史学家马尼莎·辛哈（Manisha Sinha）认为“这种文学手法实际上精确地再现了历史现实”，因为“南卡罗来纳州不仅是内战前著名科学种族主义者的发源地——如乔赛亚·诺特（Josiah Nott）博士和 J. D. B. 德鲍（J. D. B. DeBow），而且正是在南卡罗来纳州的种植园中，瑞士博物学家和哈佛大学教授路易斯·阿加西兹（Louis Agassiz）收集了奴隶的标本和照片，用以证明多基因论和人类的多重起源论”[①]。科尔森·怀特黑德“首先设置继而混淆小说与历史的界限”，从而使小说具有了第二种形式的重复——尼采式重复[②]。我们从科尔森·怀特黑德有意而为之的时代错置中看到了《地下铁道》历史编纂元小说的跨界特质。此处是文学创造历史的核心地带，因为它“可建立起文学的独特意义，即文学戏剧化表演、丰富多彩、开拓创新等既错综复杂而又疑团丛生的情形”[③]。

3. 当元叙事遭遇本土化叙事：谁的奴隶制？

元叙事是对一般性事物的总体叙事，“它就其自身地位产生合法性论述”，是具有合法化功能的叙事[④]。简言之，“元叙事或主导叙事是被国家经典化了的叙事。本土化叙事反之”[⑤]。欧洲殖民者对叙事具有掌控权，他们将自己的叙事体制化，对其他族群的历史进行编排并

---

① Manisha Sinha. “The Underground Railroad in Art and History: A Review of Colson Whitehead’s Novel.” *The Journal of the Civil War Era*, 2016. https://www.journalofthecivilwarera.org/2016/11/underground-railroad-art-history-review-colson-whiteheads-novel/[2019-11-28]. 一种与人类同源论相对、现已遭到科学界摒弃的学说。

② Linda Hutcheon. *A Poetics of Postmodernism: History, Theory, Function*. London: Routledge, 1988.

③ Joseph Miller. *Fiction and Repetition: Seven English Novels*. Cambridge: Harvard University Press, 1982. p. 7.

④ Jean-François Lyotard. *Introduction: The Postmodern Condition: A Report on Knowledge*. Trans. Geoff Bennington and Brian Massumi. Minneapolis: University of Minnesota Press, 1984, p. xxiii.

⑤ Kerwin Klien. *From History to Theory*. Berkeley and Los Angeles: University of California Press, 2011. p. 110.

有意无意地遗忘。其他文化主体在西方主导的单一历史叙事中成为黑格尔所说的“没有历史的人”。作为殖民主义、帝国主义话语工具的元叙事是科尔森·怀特黑德还击的对象。科尔森·怀特黑德对普通白人（common whites）形象进行了细致刻画，并由此延伸出“谁是奴隶制的受害者”等看似反常识的问题，此为作者借助本土化叙事挑战元叙事的努力。《地下铁道》对普通白人的心理及社会经济地位的深入剖析不仅使小说突破了南方文学中常见的种植园主、穷白人和奴隶的三级社会架构，也让我们对“虽处种植园经济的边缘，却是维持南方蓄奴社会政治稳定的核心”的普通白人有了深入的了解[①]。在诸多白人形象中，有两个人尤其值得关注。

首先是贯穿小说始终追捕科拉的猎奴人里奇韦。里奇韦的父亲是一个对宗教嗤之以鼻的铁匠，他认为自己把金属“打制成造福社会的有用物件”就是在“侍奉神明”，并告诉儿子要找到自己的神明[②]。里奇韦在走南闯北的猎奴过程中对这个幅员辽阔、繁荣喧闹的国家产生崇敬，并发展出自己的世界观——他认为白人注定称雄，黑人注定披枷戴锁，这“一切人类宏图”是由“真正的大神明”的“天赐之线”所连接的，因此他把“美国天命”认作自己的神明[③]。里奇韦的父亲将神明挂在嘴边，还常嘲笑他猎奴算哪门子职业。父子俩“一个人制造工具，一个回收工具……是同一个系统中不同的部分，共同服务于一个天降大任的国家”[④]。此处有两层含义。第一层暗示里奇韦的父

① 根据比尔·塞西尔-弗朗斯曼的论述，普通白人是一个涵盖面广、跨度大的宽泛概念。不属于精英阶层、没有大量蓄奴的白人均为普通白人，他们是社会的中间层。以1860年的北卡罗来纳州为例，白人占总人口的63.5%，其中有70.8%的白人生活在不蓄奴的家庭。蓄奴白人共约35 000人，其中只有约9100人拥有十个以上的奴隶。拥有少量奴隶的小奴隶主也被视为普通白人中的一员，因为他们既不拥有大量财富，也非社会精英。Bill Cecil-Fronsman. *Common Whites: Class and Culture in Antebellum North Carolina*. Lexington: University Press of Kentucky, 1992, p. 18.

② 〔美〕科尔森·怀特黑德：《地下铁道》，康慨译，上海：上海人民出版社，2017年，第83页。

③ 〔美〕科尔森·怀特黑德：《地下铁道》，康慨译，上海：上海人民出版社，2017年，第91页。

④ 〔美〕科尔森·怀特黑德：《地下铁道》，康慨译，上海：上海人民出版社，2017年，第86-87页。

亲以为国服务为荣并以此衡量个人成就，这揭示了父亲是认可现行制度的，他的神明亦是美国天命。第二层含义是通过对“制造和回收工具”这一事实的陈述呈现出白人服务国家、服务同一个系统这一社会现实，从而进一步指明拥有大量普通白人的社会结构对维持“美国天命”有着重要作用。根据历史学家的研究，手艺人、工匠、监工、记账员、管理层等处于中间阶层的行业被大量白人占据，几乎没有给黑人留下空间，这成为发展种植园经济和维持奴隶制稳定的关键因素。[①]科尔森·怀特黑德将史学依据装嵌在文学雕琢中，通过里奇韦父子再现了南方普通白人的意识形态以及他们在社会运转中的角色。从中我们可窥见在19世纪的南方，“普通白人创造了一个稳定的奴隶社会”[②]。

里奇韦认为，“我们都尽自己的本分。奴隶和猎奴者。主人和有色人工头……你必须强壮，才能在劳动中生存，才能让我们更伟大”[③]。这不禁让人联想到殖民地时期为帝国意识形态和语言奠定基础的诸多论述，如约翰·温斯洛普（John Winthrop）在《基督教慈善的典范》（“A Model of Christian Charity”）中宣扬的人应恪守本分，各司其职，因为上帝造人本就不平等的观念。[④]里奇韦声称自己是秩序的化身，他的名字代表了惩罚，而“消失的奴隶也是化身。希望的化身……如果允许这种事情发生，我们就得承认美国的天命出现了裂缝。那我可不答应”[⑤]。实际上，里奇韦不仅是秩序的化身，更是“美国天命”意识形态的化身。里奇韦临死时被科拉勒住脖子。科拉发出的尖叫像

① Bill Cecil-Fronsman. *Common Whites Class and Culture in Antebellum North Carolina*. Lexington: University Press of Kentucky, 1992. p. 19-20.

② Bill Cecil-Fronsman. *Common Whites Class and Culture in Antebellum North Carolina*. Lexington: University Press of Kentucky, 1992. p. 20.

③ 〔美〕科尔森·怀特黑德：《地下铁道》，康慨译，上海：上海人民出版社，2017年，第250页。

④ “正如在任何时候都有富人、穷人，既有权力显赫、气质高贵的人，也有卑鄙下流、地位卑微的人。” John Winthrop. “A Model of Christian Charity.” In *The Puritan Tradition in America, 1620-1730*. Ed. Alden Vaughan. Columbia: University of South Carolina Press, 1972, p. 139.

⑤ 〔美〕科尔森·怀特黑德：《地下铁道》，康慨译，上海：上海人民出版社，2017年，第250页。

“火车呼啸的汽笛在隧道里回响”①。以逃奴、火车和隧道为象征的本土化叙事与以里奇韦为代表的欧洲中心主义元叙事发生了对抗。里奇韦死前喃喃着“美国的天命，是个辉煌的东西……是个指明灯……光芒万丈的指路明灯”②，可他却死在了奴隶建造的地下铁道的地窖里。指明灯在地下铁道里熄灭，这意味着元叙事遭遇本土化叙事时的土崩瓦解。

科尔森·怀特黑德着力塑造的另一个普通白人是因丈夫窝藏科拉而被动卷入事件的埃塞尔。从经济状况、社会地位上来讲，埃塞尔是标准的南方普通人。她父母家的“房子建于五十年前，楼梯老旧不堪”，家里拥有一对奴隶母女，住在楼上③。埃塞尔从小听着父亲晚饭后上楼造访 14 岁女奴的响动。父亲将“上楼”称为“身体力行的种族复合”④。虽然埃塞尔对北卡罗来纳吊死黑奴等野蛮习俗感到不适，但她不是废奴主义者。她认为“如果上帝无意让非洲人受奴役，他们必不会戴上锁链”⑤。她自幼便有拯救黑人种族于蒙昧的救世主狂想。她认为“到黑非洲侍奉上帝，引领野蛮人走向光明”能带来精神上的圆满。在她的幻想中，“土著人把她当作上帝的特使，文明的使节……黑鬼们合力把她举到空中，唱颂她的芳名”⑥。在埃塞尔“一切都遭到了否定”的人生中，对科拉的救助圆了她拥有“一个自己的野蛮人”并对其传布圣言的愿望⑦，为此她也付出了生命的代价。

15 世纪伊始欧洲人的“文明开化使命”（civilizing mission）是埃

① 〔美〕科尔森·怀特黑德：《地下铁道》，康慨译，上海：上海人民出版社，2017 年，第 255 页。

② 〔美〕科尔森·怀特黑德：《地下铁道》，康慨译，上海：上海人民出版社，2017 年，第 339 页。

③ 〔美〕科尔森·怀特黑德：《地下铁道》，康慨译，上海：上海人民出版社，2017 年，第 217 页。

④ 〔美〕科尔森·怀特黑德：《地下铁道》，康慨译，上海：上海人民出版社，2017 年，第 217 页。

⑤ 〔美〕科尔森·怀特黑德：《地下铁道》，康慨译，上海：上海人民出版社，2017 年，第 219 页。

⑥ 〔美〕科尔森·怀特黑德：《地下铁道》，康慨译，上海：上海人民出版社，2017 年，第 215 页。

⑦ 〔美〕科尔森·怀特黑德：《地下铁道》，康慨译，上海：上海人民出版社，2017 年，第 220 页。

塞尔的思想源头。这套言说的要义是欧洲人认为亚洲、非洲等地野蛮未开化，需要欧洲人担起治理和教化的责任。这些地区的有色人种像小孩子一样天真无知，需要欧洲人来开蒙和教导[①]。《地下铁道》里学习班的白人老师就把黑人成年学生叫"孩子"[②]。然而持续了数世纪的"文明开化使命"的实际效果是，在非洲大陆"只有极少数黑人皈依基督教"，而在美国南方则有"数百万黑人通过奴隶制了解了去往天堂之路，认识了他们的救世主"[③]。迷信救世教义的埃塞尔最终被白人同胞绞杀，这是科尔森·怀特黑德对伪善的宗教的无情嘲讽，也是对"黑人野蛮-白人文明"这组二元对立元叙事的解构。

历史学家弗兰克·劳伦斯·欧斯里（Frank Lawrence Owsley）指出，"美国南方充满社会经济矛盾，普通白人对精英阶层的压迫充满仇恨"这种观点是错误的[④]。普通白人与奴隶主没有根本上的利益冲突。大多数普通白人拥有自己的土地，过着较为舒适的生活，享受与奴隶主相同的政治权利，经济机遇和上升机会对他们是开放的。因此，他们不把奴隶主当成压迫者。相反，他们崇拜精英阶层，认可他们的成功，并认为自己或后代有希望成为奴隶主。[⑤]这为里奇韦和埃塞尔的种族意识提供了马克思主义理论阐释。里奇韦的猎奴生涯给他带来了经济利益和社会地位的攀升。埃塞尔出于对精英阶层文化领导权的认可，才会全盘接受伪善的宗教传统，认为统治阶级意识形态代表着自然、公平的社会秩序。[⑥]里奇韦把"美国天命"当成宗教，而埃塞尔

① Michael Adas. *Machines as the Measure of Men: Science Technology and Ideology of Western Dominance*. Ithaca: Cornell University Press, 1989. pp. 199-279.

② ［美］科尔森·怀特黑德：《地下铁道》，康慨译，上海：上海人民出版社，2017 年，第 268 页。

③ Amelia Matilda. *Murray Letters from the United States, Cuba and Canada*. New York: G. P. Putnam, 1856. pp. 341-342.

④ Frank Owsley. *Plain Folk of the Old South, Baton Rouge*. Baton Rouge: Louisiana State University Press, 2008. p. 133.

⑤ Frank Owsley. *Plain Folk of the Old South, Baton Rouge*. Baton Rouge: Louisiana State University Press, 2008. pp. 130-133.

⑥ 尤金·D. 热诺维斯是用安东尼奥·葛兰西的文化领导权视角解读美国南方历史的代表学者。Eugene D. Genovese. *In Red and Black Marxian Explorations in Southern and Afro-American History*. New York: Vintage Books, 1971. p. 407.

把宗教当成服务于“美国天命”的工具。前者用暴力帮助白人实现了对少数族裔的控制，后者创造的叙事将以国家为名实施的暴力合法化。二者是帝国主义殖民行为中相辅相成的一体两面。以往“将非精英阶层白人整合进历史研究的努力，迄今为止，无一例外都绕过了普通白人”[①]。科尔森·怀特黑德瞄准这一空白，深入刻画普通白人的意识形态并透视该群体在维持奴隶制方面起到的关键作用，这在文学史上具有重要意义。

然而，科尔森·怀特黑德的笔触并没有停在这里，他进一步指出“奴隶制的受害者是黑奴”这一元叙事的残缺。他向读者揭示白人也是受害者。除了上文论述过的分别死于同胞和逃奴之手的埃塞尔与里奇韦，小说中还有一系列白人群像。在北卡罗来纳，白人废奴分子被称为“白奸”。根据州宪法修正案，拥有废奴主题煽动性书报、好心帮助有色人种等行为都可获罪入狱。“白奸”通常被判死刑，即使逃过一劫，出狱后在城里也活不长。“人们检举商业上的竞争对手，陈年的世仇，还有邻居，详述昔日的交谈，回忆叛徒们如何表露过犯禁的同情。孩子们告发自己的父母，将女教师讲授的煽动性言论的种种特点对号入座。”[②]想要摆脱妻子的男人诬陷妻子是“白奸”，妻子为此付出生命的代价，男子则如愿另娶。捕奴队“黑夜骑士”中的新队员小理查德在第一次出任务时就捉获逃奴一名，而他本人是一个年幼又瘦小的男孩。举报科拉导致她与马丁夫妇被捕的女佣“是那样的年轻……脸蛋还是圆圆的，长着雀斑，像一颗苹果，可她的目光里满是冷酷”[③]。在马丁告诉科拉对她的救助让自己的妻子埃塞尔“吓得要死”，两人只能“听天由命”后，科拉问马丁，“你感觉像奴隶？……你生来就是那样吗？像个奴隶？”[④]作者借科拉之口道出奴隶制不仅是黑人的枷锁，

---

① Bill Cecil-Fronsman. *Common Whites Class and Culture in Antebellum North Carolina*. Lexington: University Press of Kentucky, 1992, p. 3.

② 〔美〕科尔森·怀特黑德：《地下铁道》，康慨译，上海：上海人民出版社，2017 年，第 188 页。

③ 〔美〕科尔森·怀特黑德：《地下铁道》，康慨译，上海：上海人民出版社，2017 年，第 209 页。

④ 〔美〕科尔森·怀特黑德：《地下铁道》，康慨译，上海：上海人民出版社，2017 年，第 189 页。

白人以及整个美国社会都身陷囹圄。“他们（白人）也是囚徒，像她一样，戴着恐惧的桎梏”[①]，“他们自己就是鬼魂，陷在两个世界之间，一个是他们罪行累累的现世，另一个是他们否认这些罪行的来世”[②]。

此外，科尔森·怀特黑德还提出一个议题，即应如何理解地下铁道。这个问题还能再细分为：谁是地下铁道的主要“建造者”？奴隶真的能通过地下铁道获得自由吗？对于第一个问题，大多数传说和历史记载认为地下铁道主要是白人运营的。而对于奴隶在其中的角色和作用，这些记载不是全然不提就是将其描述为被动的受救助者。一系列史学著作戳破了这些迷思，指出在争取自由的过程中逃奴自身是积极主动的核心要素[③]。科尔森·怀特黑德在小说中对此给予回应——科拉打听地下铁道是谁修的，得到的回答是：“你以为谁修的？还能有谁修？”[④]“白人不可能做。我们必须自己动手。”[⑤]《地下铁道》匡正奴隶制历史中的这一错误，指出是黑人“自己救自己”[⑥]。

那么奴隶通过地下铁道真的能获得自由吗？对于逃奴的真正数量，不同学者的预估在 2.5 万到 5 万甚至 10 万之间浮动。但是历史学家提醒我们，1850 年和 1860 年自由黑人人口分别为 434 495 人和 488 070 人。[⑦]十年间除去自然增长的人口，靠逃亡获得自由的黑人屈

---

① 〔美〕科尔森·怀特黑德：《地下铁道》，康慨译，上海：上海人民出版社，2017 年，第 202 页。

② 〔美〕科尔森·怀特黑德：《地下铁道》，康慨译，上海：上海人民出版社，2017 年，第 199 页。

③ 此类著作以拉里·盖拉（Larry Gara）的《自由线：地下铁道传奇》、大卫·布莱特（David Blight）的《自由之路：历史与记忆中的地下铁道》（*Passages to Freedom: The Underground Railroad in History and Memory*. Washington: Smithsonian Books, 2004）为代表。Larry Gara. *The Liberty Line: The Legend of the Underground Railroad*, Lexington: University Press of Kentucky, 1996. pp. xi-xii.

④ 〔美〕科尔森·怀特黑德：《地下铁道》，康慨译，上海：上海人民出版社，2017 年，第 288 页。

⑤ 〔美〕科尔森·怀特黑德：《地下铁道》，康慨译，上海：上海人民出版社，2017 年，第 312 页。

⑥ 〔美〕科尔森·怀特黑德：《地下铁道》，康慨译，上海：上海人民出版社，2017 年，第 318 页。

⑦ Carter Woodson. *A Century of Negro Migration*. Lancaster: Press of the New Era Printing Company, 1918. p. 66.

指可数。在美妙传奇与冰冷数据之间，科尔森·怀特黑德通过科拉的视角，给出进入地下铁道的逃奴面临的真实境况："如果想看看这个国家到底是个什么样子……你们得坐火车。跑起来以后，你们往外看，就能看到美国的真面貌。"[①] 坐在火车里的科拉，"在她的旅途中，窗外只有黑暗，以后也将只有黑暗"[②]。在这里科尔森·怀特黑德对夸大逃奴数量、美化逃奴命运的传奇进行了祛魅。作者用两种时态和一个倒装句反复强调科拉的命运中有且将仅有黑暗[③]。后半句话跳脱上下文时态，对未来进行斩钉截铁的预测，显得非常突兀。这个细节既可理解为作者给小说开放式结局设置的一个暗示，即尽管科拉逃出南方，但她的未来依然只会充满黑暗，同时也可将此处理解为作者突然中断叙述性话语，以当代视角直接与过去和读者对话。在这种解读下，这个"未来"便不再是科拉个人有限的生命中的未来，而是指黑人种族在废奴之后的未来——非裔群体在当下美国的处境。联系到民权运动至今美国社会的种族关系困境[④]，"以后也将只有黑暗"承载了作者对历史停滞不前，族群状况原地徘徊的批评。

科尔森·怀特黑德以扎实的史料为基础，使曾经封存在历史阴影里并被长期误读的普通白人前置化，将该群体的心理特征、意识形态、生活环境及其在蓄奴社会中的重要作用以文学方式呈现出来。同时，小说不断对"美国天命""白人文明-黑人愚昧""白人解放奴隶"等命

---

① 〔美〕科尔森·怀特黑德:《地下铁道》，康慨译，上海：上海人民出版社，2017年，第78页。

② 〔美〕科尔森·怀特黑德:《地下铁道》，康慨译，上海：上海人民出版社，2017年，第294页。

③ 原文为 "There was only darkness outside the windows on her journeys, and only ever would be darkness." Colson Whitehead. *The Underground Railroad*. New York: Doubleday, 2016. p. 314.

④ 自2016年白人至上主义回潮以来，美国社会弥漫着种族仇恨情绪。大学校园外的白人至上主义宣传事件激增，在2019年前5个月就发生了672起。近二十年间，非裔在执法领域、职场与民生领域遭受的种族暴力与歧视未见改善。严重的教育歧视、就业歧视使非裔在经济福利方面的不利地位持续固化。工作场所和日常生活中的种族歧视随处可见。见《2019年美国侵犯人权报告》. http://www.gov.cn/xinwen/2020-03/13/ content_5490935.htm[2020-04-21]. See also "Systematic Inequality in America." https://www.americanprogress.org/series/systematic- inequality-in-america/view/ [2020-04-21].

题进行一波又一波的冲击，从而揭示了白人种族主义元叙事的强大欺骗性，也利用本土化叙事指出了国家历史叙述的谬误和片面。

4. 投以毒眼：反元叙事的出路

科尔森·怀特黑德在为小说创作做调研时，阅读奴隶叙事构成他工作的主要部分。他不只去读雅各布斯、弗雷德里克·道格拉斯（Frederick Douglass）等知名的奴隶叙事，还阅览了由联邦作家计划（The Federal Writers' Project）从健在的前黑奴处搜集整理的口述历史资料。对真实史料的大量援引使《地下铁道》中文版译者将这部小说称为“历史小说”[①]。小说载体的想象特征为科尔森·怀特黑德赋予了广阔空间使史料为创作所用。与此同时，作者在虚构叙事中暗含鞭辟入里的历史分析。科拉在南卡罗来纳州被安排在一座“专注于美国历史”“教育大众”的自然奇观博物馆中工作[②]。黑人在展厅的玻璃后面充当活展品，演绎从非洲腹地的“野蛮生活”到运奴船再到种植园这一“历史进程”。朱迪斯·巴特勒（Judith Butler）说：“在种族问题上，视觉场景（visual field）并非中立。它本身就已是一个种族结构、一种强制性的霸权知识。”[③]博物馆是白人构建起来的历史，而黑人是白人书写的符号，是白人的制造品，是白人想象的他者。他们被剥夺了声音，成为凝视的客体、被检视的对象。科拉很快发现展览虚构历史，美化白人对少数族裔的压迫。“真相就是商店橱窗里不断变换的展品，在你看不到的时候任人摆弄，看上去很美，可你永远够不着。”[④]此处暗含作者的历史观，即历史是被拣选、布置、构建的，是单一视角的。被当作展示品摆弄的黑人实际上被迫放弃了参与历史书

① 康慨：《作为一部历史小说的〈地下铁道〉》，《新京报》2017 年 8 月 5 日，http://www.bjnews.com.cn/book/2017/08/05/453066.html[2019-10-26].

② 〔美〕科尔森·怀特黑德：《地下铁道》，康慨译，上海：上海人民出版社，2017 年，第 123 页。

③ Judith Butler. “Endangered/Endangering: Schematic Racism and White Paranoia.” In *Reading Rodney King/Reading Urban Uprising*. Ed. Robert Gooding-Williams. New York: Routledge, 1993. p. 17.

④ 〔美〕科尔森·怀特黑德：《地下铁道》，康慨译，上海：上海人民出版社，2017 年，第 132 页。

写的权利，他们的表意实践完全服从于白人的意义构建。与此同时，“无声的、张着嘴巴、瞪大眼睛的看客们的目光……把［科拉］送回了佐治亚的垄沟”[①]。在那里，“她曾置身于监工或工头无情的目光之下”[②]。法农曾说：“我不得不直视白人的目光。我背负着一种陌生的重担。在白人的世界里，有色人种在身体发展的图表上遇到重重困难。……我被手鼓声，食人魔，知识贫乏，拜物教，种族缺陷……所击垮，我让自身远离我自己的存在。”[③]对于这一视觉暴力及其背后的权力隐喻，科拉采取了“投以毒眼”的反制策略。她“每隔一个小时选一位看客，投以狠毒的目光”[④]。她用目光“把某个人钉死在原地，就像昆虫展览上被钉住的甲虫或螨虫”，而白人看客“无一例外地溃败下去”[⑤]。科拉这一行为的目的是“让你们知道奴隶，你们中间的非洲人，也在看着你们”[⑥]。科拉在反凝视行为中，意识到“这些人从个人来讲，并没有迫害过科拉。作为一个群体，他们就成了镣铐”，这平庸的恶组成的“强大的铁镣”足以让几百万人臣服[⑦]。但“如果她坚持下去，一点一点地破坏她在其中发现的薄弱环节，兴许能水滴石穿，绳锯木断”[⑧]。“一切想要压抑我们黑人凝视权利的企图都在我们内心制造出一种无法遏制的观看的欲望、一种反抗的欲望以及一种对抗的凝视”，这便是科拉的毒眼的抗争

---

① 〔美〕科尔森·怀特黑德：《地下铁道》，康慨译，上海：上海人民出版社，2017年，第123页。

② 〔美〕科尔森·怀特黑德：《地下铁道》，康慨译，上海：上海人民出版社，2017年，第142页。

③ 陈永国：《纪念法农：自我、心理和殖民状况》，《外国文学》1999年第1期，第72页。

④ 〔美〕科尔森·怀特黑德：《地下铁道》，康慨译，上海：上海人民出版社，2017年，第142页。

⑤ 〔美〕科尔森·怀特黑德：《地下铁道》，康慨译，上海：上海人民出版社，2017年，第143页。

⑥ 〔美〕科尔森·怀特黑德：《地下铁道》，康慨译，上海：上海人民出版社，2017年，第143页。

⑦ 〔美〕科尔森·怀特黑德：《地下铁道》，康慨译，上海：上海人民出版社，2017年，第143页。

⑧ 〔美〕科尔森·怀特黑德：《地下铁道》，康慨译，上海：上海人民出版社，2017年，第143页。

意义[①]。黑人的在场破坏了殖民关系，搅乱了视觉隐喻的视野。如果说种族殖民统治秩序是由白人“看却免于被看的权利”来维系的，那么科拉的怒目而视就是对这一秩序的解构[②]。科拉获取了对黑人种族甚至对任何受压迫群体来说都具有积极意义的主体意识和反叛意识。科尔森·怀特黑德在此借科拉之口道出，一个根深蒂固的压迫制度的中心正是滋养反抗的温床，而针对薄弱环节的持续的对抗的凝视或带来水滴石穿的效果。

除了投以毒眼，科拉还要求将自己的表演顺序反过来，改为从种植园开始，再到运奴船，最后进入非洲腹地展厅。这对科拉而言“起到了一种慰藉的效果。就像时光倒流，美国不断松脱……在‘非洲腹地即景’结束一天的工作，总能让她迈入一条宁静之河。简单的剧场……成了一个真正的避难所”[③]。科拉的这一行为显现出她对元叙事的挑战、在象征层面对白人叙事的推翻以及黑人建构历史的主动性。

科拉在南卡罗来纳有个新名字——贝茜。这个名字的历史渊源或许与 20 世纪二三十年代著名的黑人布鲁斯歌手贝茜·史密斯（Bessie Smith）有关。如上文所述，科拉发现的南卡罗来纳医院的阴谋是医学与种族的复合话语。贝茜·史密斯之死亦与医院和种族主义密切相关。贝茜·史密斯发生车祸后，黑人医院和白人医院分别派了一辆救护车前往现场。来自黑人医院的救护车先行到达，将贝茜·史密斯送到黑人医院，贝茜·史密斯在抢救无效后身亡。然而贝茜·史密斯之死却有一个流传更广的版本——贝茜·史密斯被送往白人医院，医院拒绝救治，贝茜·史密斯死在了医院门外。在被问到这则甚嚣尘上的流言时，美国骨科手术学会前任主席澄清道，“贝茜的救护车不可能去白人医院……在深南棉区，没有救护车司机或白人司机想着把有色人种送

① bell hooks. “The Oppositional Gaze: Black Female Spectators.” In *Movies and Mass Culture*. Ed. John Belton. New Brunswick: Rutgers University Press, 1996. p. 248.

② Paula Amad. “Visual Riposte: Looking Back at the Return of the Gaze as Postcolonial Theory’s Gift to Film Studies.” *Cinema Journal*, 2013, 52(3): 50.

③ 〔美〕科尔森·怀特黑德：《地下铁道》，康慨译，上海：上海人民出版社，2017 年，第 142 页。

进白人医院"①。无论哪个版本的贝茜·史密斯之死都深深镌刻着种族隔离制度的烙印。在《地下铁道》的语境中，这个嵌在小说中的名字"贝茜"使读者更容易联想起的是贝茜·史密斯之死的流言。科尔森·怀特黑德让贝茜·史密斯之死重返舆论场，虽是流言，但"一个有用的妄想有时要好过无用的真相"②。小说家在文学的虚构性中拣选历史媒介，使"有用的妄想""把压迫性叙事连根拔起"，更好地服务了小说主题③。

瓦尔特·本雅明将记忆分为两种类型。第一种记忆是白日里受到理智和意识支配的自觉的记忆。这种记忆具有一个清晰的模型，"生活在里面消失了，剩下的只是按时间顺序对事实所做的干巴巴的叙述"。第二种类型的记忆是"遗忘的不自觉的记忆"。此种记忆构建起虚构且逼真的生活，"正如梦向我们展示了对事物奇特不凡、强劲有力、富于感染力的记忆，尽管事物本身的情形从不这样"④。科尔森·怀特黑德对史料、流言的创造性使用为文本注入魔幻色彩，亦真亦幻，似是而非。《地下铁道》在与历史的互文中所存在的"不透明的相似性"使主流叙事中的不可见部分凸显出来，形成了一部对抗叙事。

小结

在《地下铁道》中，科尔森·怀特黑德所做的不仅仅是招魂与重现过去，他还借古喻今，在种族历史、非裔身份与美国社会现状等方面给出了自己的洞见。

科尔森·怀特黑德在《地下铁道》中提出三个重要的议题。其一

① Gene Lees. *Cats of Any Color: Jazz Black and White*. New York: Oxford University Press, 1995. p. 217.

② 〔美〕科尔森·怀特黑德：《地下铁道》，康慨译，上海：上海人民出版社，2017 年，第 319-320 页。

③ Preston Cooper. "*The Intuitionist* and *The Underground Railroad*: Colson Whitehead Works on Race Issues." In *Literature and Culture of the Chicago Renaissance: Postmodern and Postcolonial Development*. Ed. Yoshinobu Hakutani. New York: Routledge, 2019. p. 195.

④ Joseph Miller. *Fiction and Repetition: Seven English Novels*. Cambridge: Harvard University Press, 1982. p. 8.

是应如何理解地下铁道。该议题已在本节第三部分“当元叙事遭遇本土化叙事：谁的奴隶制？”予以充分回答。科尔森·怀特黑德提出的第二个议题是应如何看待种族混杂。少了种族混杂，“人与人的交往就会枯萎。无论是自由的，还是受着奴役，非洲人和美国人已经无法分离”[①]。黑白混血儿是“一种新的美来到了这个世界，它在我们周围遍地开花”[②]。

《地下铁道》提出的第三个议题是应如何理解并定义非裔美国人。小说之外，科尔森·怀特黑德邀请“在美国的非洲人”（Africans in the America）来探索“南方黑色苦难小说”（Southern Novel of Black Misery）这一文类。[③]小说当中，科尔森·怀特黑德依然使用“在美国的非洲人”（Africans in the America）这一佶屈聱牙但颇有深意的称呼来指代非裔美国人。小说中对此解释道，“怎么会有‘我们’这两个字？在某种程度上，我们唯一的共同点，就是我们的肤色。我们的祖先来自整个非洲大陆……他们有不同的生存方式，不同的风俗习惯，讲一百种不同的语言……我们不是一个民族，而是许多不同的民族……我们是身在美国的非洲人。世界历史上一个崭新的存在，我们将变成什么，并没有先例可循”[④]。在“非裔美国人”中，“非裔”是修饰语，而“在美国的非洲人”的重点落在了“非洲人”上，“美国”只是限定语，通过《地下铁道》字里行间流露出的作者的历史观，此间深意不言自明。

科尔森·怀特黑德将雅各布斯、安妮·弗兰克等历史人物和塔斯基吉梅毒实验等历史事件从各个时代召唤至一处，把只在隐喻意义上存在的地下铁道具象化，写成了货真价实的犹如一匹“铁马……在隧

---

① 〔美〕科尔森·怀特黑德：《地下铁道》，康慨译，上海：上海人民出版社，2017 年，第 175 页。

② 〔美〕科尔森·怀特黑德：《地下铁道》，康慨译，上海：上海人民出版社，2017 年，第 285 页。

③ Derek Maus. *Understanding Colson Whitehead*. Columbia: University of South Carolina Press, 2014. p. 7.

④ 〔美〕科尔森·怀特黑德：《地下铁道》，康慨译，上海：上海人民出版社，2017 年，第 320-321 页。

道里奋力奔驰”的火车[①]，同时运用提喻重返非裔歌手之死的争论现场并采用反讽直指美国历史的建构性。科尔森·怀特黑德以史料为基础，充分发挥文学的想象特质，这使小说《地下铁道》与历史上的“地下铁道”一样，成为事实与传奇的综合体。就像一个贯穿全篇的隐喻，小说在事实与传奇、历史与想象的融汇交织中展开。行文至此，我们可以看到科尔森·怀特黑德在文学与历史之间找到一处交点，在这里文学以一种“甜美而有用”的姿态进入奴隶制历史的叙述。如果说历史书写与柏拉图式的原型重复相似，而文学书写具有尼采式重复的特点，那么科尔森·怀特黑德的《地下铁道》则是穿着历史小说的异装，与历史“逗趣”，这使其成为瓦尔特·本雅明所说的不自觉的记忆形式——珀涅罗珀式的遗忘的结晶。这种结晶以众多的相似点织成，瓦尔特·本雅明将其称为不透明的相似，他将这些相似点和梦联系起来，从中人们体验到一种事物重复另一种事物，前者与后者迥然不同，但又令人惊异地相像。[②] 在这个意义上，科尔森·怀特黑德是一位“记忆型作家”，“对于记忆型作家来说，重要的并不是他感受到了什么，而是他记忆的编织，是珀涅罗珀式的回忆的结晶……这自发记忆的结晶是珀涅罗珀式的织品的对应物，但又不是它的真实写照”[③]。而对于读者来说，“这种记忆为体验过它的人创造了一个错综复杂而又庞大的谎言的网络、一个对不曾存在过的世界的回忆，这个世界建立于遗忘这一否定性行为的基础上”[④]。以下两句话可概括科尔森·怀特黑德对过去和未来的看法。对于过去，科尔森·怀特黑德认为“他们（白人）坚持自己的理想，却否定别人同样的理想……用偷来的身体耕作

① 〔美〕科尔森·怀特黑德：《地下铁道》，康慨译，上海：上海人民出版社，2017年，第294页。

② Joseph Miller. *Fiction and Repetition: Seven English Novels*. Cambridge: Harvard University Press, 1982. p. 10.

③ Joseph Miller. *Fiction and Repetition: Seven English Novels*. Cambridge: Harvard University Press, 1982. p. 9.

④ Joseph Miller. *Fiction and Repetition: Seven English Novels*. Cambridge: Harvard University Press, 1982. p. 8.

着偷来的土地”——这便是美国的建国史[①]。对于未来，“可我们一直都留着烙印，就算你看不见，它也烙在你心里”——种族主义阴影将一直在那里[②]。

第三节 普利策奖获奖小说的翻译、研究与启示

本节收集分析了 1917—2021 年普利策小说奖获奖小说在中国的翻译与研究情况，以此审视美国文学研究在中国的发展轨迹以及中国学界的研究特征与动向。

1. 普利策小说奖获奖作品国内研究特点

根据笔者的调查，中国学界对普利策小说奖获奖作品的研究呈现出以下基本特点。

首先，国内对普利策小说奖获奖作品的研究在文本选择上倾向于已有中译本的作品。[③]以 20 世纪 60 年代以前的获奖作品为例。截至 2021 年，这些获奖作品中没有译本的小说在国内均呈现零研究的情况，而 20 部有中译本的作品几乎都得到了研究者的关注，如《阿罗史密斯》(1926[④])、《愤怒的葡萄》(*The Grapes of Wrath*，1940)、《国王的人马》(*All the King's Men*，1947)、《鹿苑长春》(*The Yearling*，1939)、《凯恩舰哗变》(*The Caine Mutiny*，1952) 等。在 20 世纪 60 年代以前的获奖作品中，《大地》(1932) 和《老人与海》(1953) 是获得研究最多的文本，其次是《飘》(1937) 和《纯真年代》(1921)。玛格丽特 · 米切尔的作品有两个译名——《飘》和《乱世佳人》。小说早在 1940 年

---

① 〔美〕科尔森 · 怀特黑德：《地下铁道》，康慨译，上海：上海人民出版社，2017 年，第 132 页。

② 〔美〕科尔森 · 怀特黑德：《地下铁道》，康慨译，上海：上海人民出版社，2017 年，第 286 页。

③ 大多数学者在有译本的情况下依然以原著为研究文本，因此该结论势必有所偏差。如有冒犯还望谅解。本节仅描绘译本的有无与论文数量以及译本出版与论文发表先后顺序之间的对照关系，以期呈现译本与研究态势间的大致关联。

④ 此处标注作品获奖年份。下同。

就有了中译本，由傅东华翻译，上海龙门联合书局出版，书名为《飘》。1943年之江的译本《乱世佳人》由上海译者书店出版。杜沧白在1947年再译，书名延续了《飘》。自20世纪90年代开始，陆续有了陈良廷、黄怀仁、戴光辉等译本。在中国知网上以《飘》和《乱世佳人》为主题搜索，显示研究论文已达711篇。王家湘、王立礼所译之《纯真年代》于1997年在漓江出版社出版，此后仅不同译者在不同出版社出版的全译本就有6个之多，相应地，国内学界针对《纯真年代》的研究文章达600多篇，呈现与译本数量成正比的态势。《大地》和《老人与海》的情况与《纯真年代》相似，显现出研究与译介的强相关。张爱玲于1955年首次将《老人与海》译为中文。漓江出版社于1987年出版了董衡巽等人的译本。截至2021年，《老人与海》的重译、重印、中英对照、绘图本、青少年版等各式出版物不断出现，已达300多种，而与《老人与海》相关的研究文章达到1000多篇。这一盛况与该作品在获得普利策小说奖后次年获得诺贝尔奖不无关联。开明出版社于民国22年（1933年）出版了胡仲持的《大地》中译本，这是紧跟国外文学动态的译介范例。1980—1989年，远景出版社、漓江出版社、远东出版公司、学林出版社、喜美出版社出版了五部《大地》的译本。之后，王逢振版本的《大地》得到不断再版。作品的编译本、插图本、青少年本等形式也颇为可观。国内文学界对《大地》的研究论文达3000多篇。除了诺贝尔奖、普利策奖加身之外，《大地》与中国的亲缘关系，如它对中国形象、地方景观和灾荒的书写等是它成为国内学界研究热点的原因之一。经典文本为学者提供了丰富的阐释空间。随着批评理论的推陈出新，文本不断释放出新的意义，显示出卓越的时代穿透性与艺术价值。

当然也有个别案例不属于译介与研究正相关的范畴。康拉德·李希特（Conrad Richter）的《小镇》（*The Town*，1951）是《苏醒的大地三部曲》（简称《三部曲》）之三。《三部曲》以扎实的史实和田野调查以及对方言的保存在美国学界得到极大好评。《三部曲》在1978年被翻拍成电视剧，在美国大众市场收获较好的口碑。《三部曲》的中文版于 1978 年出版，由汤新楣翻译，但迄今仅有一篇硕士论文以《小镇》为研究对象，可谓一个较大的缺憾。《凯恩舰哗变》与《小镇》有着类似的命运。尽管这部战争军事小说分别在 1985 年、1998 年和 2005 年拥有三个译本，但研究文章却仅有一篇。①

值得注意的是，1923 年获奖作品薇拉 ·凯瑟的《我们的一员》(*One of Ours*) 的中译本于 2019 年出版了。在此之前，该小说便收获了 5 篇高质量的研究论文。李公昭是首先研究这部小说的学者。他在战争文学领域不断耕耘，其同事、学生跟随他的研究方向，填补了国内研究的若干空白。此外，桑顿 · 怀尔德的《圣路易斯雷大桥》中译本与仅有的一篇研究文章出自同一位学者。②

在被国内学界和译界忽视掉的 20 世纪 60 年代以前的大量获奖作品中，有许多作品在文学史上占据重要地位。1949 年获奖作品詹姆斯 · 古尔德 · 科曾斯 (James Gould Cozzens) 的《守卫荣誉》(*Guard of Honor*)被誉为军事小说开山之作，对之后的《凯恩舰哗变》、约瑟夫 ·海勒 (Joseph Heller) 的《第二十二条军规》(*Catch-22*) 等经典作品产生了重要影响。《第二十二条军规》在国内有较多的文学批评文章，但倘若仅关注某些热门文本，而忽略了这一文学传统的发生学与传承，那么研究势必具有局限性。

如果将研究轴线拉长到获奖作品完整名单，我们会看到另有约六部小说的研究和介绍是先于译本出现的。金莉在张建平翻译的《马奇》出版前于《外国文学》发表了《历史的回忆 真实的再现——评杰拉尔丁 · 布鲁克斯的小说〈马奇〉》。王晓丹在 2018 年于《外语学刊》发表《〈安德森维尔〉的历史书写与人文关怀》，这是截至 2021 年以《安德森维尔》(*Andersonville*) (1956) 为主题的唯一一篇论文。仲子和李杨分别于 1987 年和 2001 年在《读书》与《外国文学动态》上发表了对

① 万高潮译，解放军文艺出版社，1985 年；林穗芳、方晓光、甘将等译，上海译文出版社，1998 年；李传家、侯开宗、张广伟译，陕西师范大学出版社，2005 年。

② 桑顿 · 怀尔德的《圣路易斯雷大桥》中译本由译林出版社于 2013 年出版，但汉松译。2016 年，译者在《国外文学》发表了《论〈圣路易斯雷大桥〉中的寓言式罗曼司与“无报之爱”》。

《孟菲斯的召唤》（*A Summons to Memphis*，1987）的介绍。这部作品在此之后便无人问津。在研究先于译本出现的几个案例中，较为瞩目的是曾传芳对威廉·斯泰伦的研究。自由之丘文创在 2014 年出版了谢瑶玲翻译的《奈特·杜纳的告白》，这是威廉·斯泰伦获奖作品的首个中译本。但曾传芳以这部小说为研究对象的系列论文是在 2005—2008 年发表的。曾传芳笔耕不辍，不仅出版了对威廉·斯泰伦历史小说的研究专著，且在持续发表威廉·斯泰伦研究成果。

其次，仅以中国知网的论文数量为依据，厄内斯特·海明威的《老人与海》与托妮·莫里森的《宠儿》是历年获奖作品当中最受中国学者关注的两部小说。截至 2021 年，以包含《老人与海》的篇名进行检索，论文达到 1870 余篇，《宠儿》则有 1380 余篇。对《老人与海》的研究中，"生态批评""人与自然""硬汉形象"是高频出现的主题。在对《宠儿》的研究中，高频主题为"奴隶制""黑人女性""黑人社区""魔幻现实主义""主体性"等。这其中存在大量重复研究。厄内斯特·海明威的《老人与海》也是最受译者关注的作品。截至 2021 年，这部作品的译本达到 17 部之多。厄内斯特·海明威的作品译本和国外成果译介的资料比较充足，这为国内不断拓宽海明威研究提供了丰沃的土壤。姜岳斌和沈建清指出，国际局势和国内的文化氛围转向让海明威这位作家不断释放出新的魅力，在不同的时代背景下国内学者对作家及作品做出了全面、细致的研究[①]。除了充足的译介资料外，厄内斯特·海明威和托妮·莫里森两位作家在艺术造诣和作品主旨等领域的成就是他们成为最受中国学者关注的普利策奖获奖作家的最主要原因。

综上，以普利策奖获奖小说为案例，国内文学研究显示出学术关注度与小说译介状况紧密相关的态势，这可能提示了学者在处理长篇原作时耐心、信心不足的问题。受到关注的若干作家所拥有的大规模重复研究与大量少人问津的作家之间形成鲜明对比。在追逐热点的现

① 姜岳斌、沈建青：《国内海明威研究述评》，《外国文学研究》1989 年第 4 期，第 135-140 页。

象下，我们也看到以普利策小说奖为例的“美国文学库”中确实存在大量空白有待我们译介和研究。此外，我们可以看到在较少人关注的议题及论域中深挖的学者之间具有师承关系，这显示出学术传统和学术训练在培养研究人才、推进学术进步方面的重要作用。

2. 八位女作家在中国的译介与研究

以十年为单位来审视我国对普利策小说奖的翻译，可以看到每个年代均有若干作品没有中译本，例如 1960—1970 年及 1990—2000 年都有三四部获奖作品没有被译为中文[①]，而夹在这两个年代之间在 1980—1989 年获奖的作品则如数被译为中文。虽然 1990—2000 年也有四部作品未被中文出版界青睐，但这个时间段的获奖女作家无一例外都有了中译本。换句话说，中文翻译出版领域也从侧面佐证了上文详述的 1980—2000 年获奖的八位女作家的影响力和重要性。中国学界对这八位美国女作家的研究有丰富的成果，但是存在译介和拓展研究还不够充分的情况。

1983 年普利策小说奖得主艾丽丝 · 沃克自 20 世纪 80 年代进入中国学者视野，迄今为止国内对艾丽丝 · 沃克的研究取得了丰硕的成果。国内评论界对她的关注起始于她在 1983 年获得了普利策小说奖。在她获奖后，国内出现了一系列艾丽丝 · 沃克主要作品的译著以及相关评论文章。在译介出版方面，艾丽丝 · 沃克的代表作《紫色》，共有四个译本。其中有两个译本比较受读者认同。一个是 1986 年由外国文学出版社出版的《紫色》，该译本是这部小说在国内的第一个译本。另一个版本是 1987 年由北京十月文艺出版社出版的《紫色》，译者是杨仁敬。

① 1960—1970 年没有中译本的作品分别是 1960 年艾伦·德鲁利（Allen Drury）《忠告与采纳》（*Advise and Consent*）、1962 年埃德温 · 奥康纳（Edwin O'Connor）《悲伤的边缘》（*The Edge of Sadness*）、1965 年雪莉 · 安 · 格劳《管家》和 1970 年琼 · 斯塔福德《琼 · 斯塔福德小说集》。1990—2000 年没有中译本的作品分别是 1993 年罗伯特 · 奥伦 · 巴特勒（Robert Olen Butler）《奇山飘香》（*A Good Scent from a Strange Mountain*）、1996 年理查德 · 福特（Richard Ford）《独立日》（*Independence Day*）和 1997 年马丁 · 德雷斯勒（Martin Dressler）《马丁 · 德雷斯勒：一个美国寻梦者的故事》（*Martin Dressler: The Tale of an American Dreamer*）。

安徽文艺出版社和吉林摄影出版社分别在1988年和2001年推出了《紫色》译本。译林出版社在1998年再次出版1986年版本的《紫色》，艾丽丝·沃克还为新译本写了序言。《紫色》反映出美国社会中的民权运动、种族主义、家庭暴力、妇女问题等一系列社会问题，因此国内学者对艾丽丝·沃克的其他作品也予以关注。艾丽丝·沃克于1999年出版了小说《父亲的微笑之光》(*By the Light of My Father's Smile: A Novel*)，译林出版社在2003年发行了其中译本，译者是周小英。除此之外，对艾丽丝·沃克的其他作品便没有更多跟进。艾丽丝·沃克著述颇丰，她创作的小说、短篇故事集有14部，诗集9部，另外还有随笔等作品。比较重要的作品有随笔《寻找母亲的花园》(*In Search of Our Mothers' Gardens: Womanist Prose*，2003)、《我们一直在等待的正是自己：黑暗时代的内心之光》(*We Are the Ones We Have Been Waiting for: Inner Light in a Time of Darkness*，2006)；诗歌集《一度》(*Once*，1968)、《艰苦时代需要愤怒之舞：新诗》(*Hard Times Require Furious Dancing: New Poems*，2010)；小说、短篇故事集《梅里迪安》(*Meridian*，1976)、《格兰奇·科普兰的第三次生命》(*The Third Life of Grange Copeland*，1970)、《前路心碎》(*The Way Forward Is with a Broken Heart*，2001)、《爱与困扰：黑人妇女的故事》(*In Love & Trouble: Stories of Black Women*，2003)、《此刻敞开心扉》(*Now Is the Time to Open Your Heart: A Novel*，2005)和《拥有快乐的秘密》(*Possessing the Secret of Joy: A Novel*，2008)。在艾丽丝·沃克六部长篇小说和三部短篇小说集及其他散文集中，国内出版社仅对其中反映出妇女主义、民权种族问题、非洲民族文化以及作者早期经历等内容的作品情有独钟。这种作品选择的倾向性势必引导并影响学者们对艾丽丝·沃克作品的理解和研究。国内的艾丽丝·沃克作品译介工作还不是很成熟。以长篇小说为例，除了《紫色》和《父亲的微笑之光》之外，其他四部长篇小说都没有译本推出。

国内对艾丽丝·沃克的研究几乎都集中在《紫色》，对其他的小说、诗集和散文都以介绍为主。译介的匮乏使国内学界对艾丽丝·沃克的研究无法深入、全面。《紫色》由于涉及诸多美国社会重大问题，因此引起学者的关注。这种译介的倾向性会影响读者对艾丽丝·沃克及其作品的理解。译介的片面导致研究的滞后可谓是一种遗憾。

托妮·莫里森是这八位女作家中最受国内学界关注的作家。20 世纪 80 年代初，国内零星有若干对她的介绍性文章。她于 1988 年获得普利策小说奖之后，国内对她的译介和研究才开始出现繁荣。根据笔者掌握的资料，国内对托妮·莫里森的译介最早出现在 1984 年。1984 年《外国文学报道》第 3 期中，刊登了吴巩展选译的《柏油娃娃》第九章。吴先生把小说题目译为《黑婴》。作为第一篇托妮·莫里森小说的译文，这为国内读者提供了对托妮·莫里森小说的直观认识。1987 年，托妮·莫里森的代表作《宠儿》问世，于次年夺得普利策小说奖。国内主要文学杂志如《外国文艺》《外国文学报道》《译林》等都对此事做了报道[①]。《外国文学》在 1988 年第 4 期选译了《宠儿》其中一章。同时期，外国文学出版社在 1987 年出版了《所罗门之歌》的译本，译者是胡允桓。1988 年，胡先生翻译的《秀拉》(*Sula*) 由中国社会科学出版社发行。1990 年，湖南文艺出版社发行了《娇女》，译者是王友轩，这便是国内第一部《宠儿》译本，只是在翻译题名时译者采用了其他措辞。可以说，在托妮·莫里森获得普利策小说奖之后，国内的译介和研究开始出现突破性进展。自此之后，中国读者对托妮·莫里森开始熟悉起来。

1993 年托妮·莫里森获得诺贝尔文学奖，国内对她的译介和研究又迎来一个高峰。1994 年，吴洪、邓中良选译了《最蓝的眼睛》，刊登于《外国文艺》1994 年第 1 期[②]。《世界文学》在 1994 年第 3 期刊登了盛宁节译的托妮·莫里森的获奖演说《剥夺的语言和语言的剥夺》(“The Looting of Language”)[③]。少况翻译了托马斯·勒克莱尔

---

① 见《外国文艺》1988 年第 1 期，第 241 页；《外国文学报道》1988 年第 2 期，第 56 页；《译林》1988 年第 2 期，第 219 页，第 3 期，第 222 页。

② 见《外国文艺》1994 年第 1 期，第 3-65 页。

③ 见《世界文学》1994 年第 3 期，第 214-219 页。

（Thomas LeClair）的托妮·莫里森访谈录《语言不能流汗》（“The Language Must Not Sweat”），刊登于《外国文学》1994 年第 1 期[①]。1995 年，王守仁节译了《爵士乐》，刊登于《当代外国文学》1995 年第 3 期[②]。1996 年中国文学出版社推出了《宠儿》新译本，1998 年推出了《所罗门之歌》的新译本，前者的译者是潘岳和雷格，后者由舒逊翻译。国内对托妮·莫里森作品的翻译和出版一直持续到今天。2005 年，陈苏东和胡允桓翻译的《最蓝的眼睛》由南海出版公司发行。2006 年，南海出版公司再次发行了潘岳和雷格译本《爵士乐》《宠儿》和胡允桓译本《所罗门之歌》。胡允桓翻译了托妮·莫里森 2009 年的新作《恩惠》（*A Mercy*），于 2012 年由南海出版公司发行。

1980—2000 年普利策奖获奖女作家中，两位非裔作家在获得普利策小说奖之后在国内学界引起了翻译和研究的高峰，并取得了丰硕的成果。但其中仍旧存在若干问题，整体感觉是略显滞后，例如托妮·莫里森的《天堂》、《爱》（*Love*）、《家园》（*Home*）和《柏油娃娃》等作品在 2010 年之后才陆续有了中译本。另外，对艾丽丝·沃克和托妮·莫里森的作品尚未译全。艾丽丝·沃克著作等身，除了小说，还创作了大量散文、随笔和诗集，但这些作品均未出现译本，对这些作品的忽视可谓是一个缺陷。

另外，对国外有影响力的艾丽丝·沃克和托妮·莫里森研究成果译介还太少。在美国，艾丽丝·沃克和托妮·莫里森的研究成果不计其数，其中有大量优秀的论文和专著。比较全面的有哈罗德·布鲁姆的《现代批评解读：宠儿》（*Modern Critical Interpretations: Beloved*）和乔斯婷·塔利（Justine Tally）主编的《剑桥文学指南——托妮·莫里森》（*The Cambridge Companion to Toni Morrison*）等。国内对这些专著和论文的译介几乎空白。希望以后能有更多的研究译著出现，供广大读者、学者参考。

---

① 见《外国文学》1994 年第 1 期，第 23-28 页。

② 见《当代外国文学》1995 年第 3 期，第 6-17 页。

1985 年获奖作家艾莉森·卢里的获奖作品《异国情事》是八位女作家当中唯一一部没有中译本的。国外评论家常把艾莉森·卢里与简·奥斯汀相提并论，她也常被贴上儿童文学家的标签。艾莉森·卢里创作了九部长篇小说，除了获奖小说之外，还有《爱情与友情》(*Love and Friendship*，1962)、《不知去向的城市》(*The Nowhere City*，1965)、《想象中的朋友》(*Imaginary Friends*，1967)、《真正的人》(*Real People*, 1969)、《泰特家的风波》(*The War Between the Tates*，1974)、《还是孩子》(*Only Children*，1979)、《女人和鬼》(*Women and Ghost*，1995)和《最后的度假之地》(*The Last Resort*，1999)。以笔者目前掌握的资料来看，郭继德是最早对艾莉森·卢里进行评介的学者。他于 1992 年在《译林》发表文章《美国社会风俗小说家艾莉森·卢里》，文中指出，卢里"因擅长塑造栩栩如生的中产阶级人物形象，特别是学术界人物形象而遐迩闻名，被文学评论家称为是一位睿智过人的'社会风俗'小说家"①。目前，艾莉森·卢里只有两部作品已有中文译本。一部是谢华育翻译的《爱情与友情》，2012 年由新星出版社发行，另一部是艾莉森·卢里的儿童文学评论专著《永远的男孩女孩：从灰姑娘到哈里·波特》(*Boys and Girls Forever: Childrens Classics from Cinderella to Harry Potter*)，晏向阳翻译，由南京大学出版社于 2008 年发行。由于译介不甚充裕，因此对艾莉森·卢里的研究也比较流于表面，成果不甚丰硕。截至 2021 年，在中国知网期刊搜索中，涉及艾莉森·卢里的文章有 19 篇。专门评介艾莉森·卢里及其作品的代表文章有《艾莉森·卢里及其代表作品浅评》，刊登于《齐鲁学刊》②。这位作家多才多艺，题材从儿童文学、中产阶级生活到近几十年时兴的学界小说，可谓切实是一位美国的"社会风俗家"。但国内对她的研究十分匮乏，这与译介现状紧密相关。期待有更多的译本和评介出现，让广大读者了解这位优秀的美国女作家。

---

① 郭继德：《美国社会风俗小说家艾莉森·卢里》，《译林》1992 年第 3 期，第 213 页。

② 见《齐鲁学刊》1997 年第 4 期，第 41-44 页。

1989 年获奖作家是安妮·泰勒。外国文学出版社于 1988 年出版了她的《思家饭店的晚餐》(*Dinner at the Homesick Restaurant*)，译者是周小英、叶宇和武茗。2002 年上海译文出版社发行了《呼吸呼吸》(本书译为《呼吸课》)，胡允桓译。2006 年朝华出版社发行了《业余婚姻》(*The Amateur Marriage*)。安妮·泰勒是一位丰产的作家，有中文译本的三部小说可谓是泰勒的代表作。《思家饭店的晚餐》曾被普利策小说奖提名，最终夺得福克纳文学奖。《呼吸课》则是令其摘得普利策奖的佳作。安妮·泰勒在美国是一个拥有广大读者群的作家，学界对她的研究并不丰富，但艾丽丝·霍尔·佩特里(Alice Hall Petry)所著《理解安妮·泰勒》(*Understanding Anne Tyler*)是一部理解安妮·泰勒其人其作品的佳作。截至 2021 年，中国知网上可搜索到的对安妮·泰勒的研究文章有 79 篇。李美华对安妮·泰勒比较重视，她在《当代外国文学》发表了一篇专门评介安妮·泰勒的文章《安妮·泰勒在美国当代女性文学中的地位》[①]。《译林》曾刊登过李美华的《二十世纪美国南方女作家的小说创作主题》一文，文中将安妮·泰勒归类为南方女作家。[②]

1992 年获奖作家简·斯迈利的作品目前已有的中文译本仅《一千英亩》一部，由张冲、张瑛、朱薇翻译，上海译文出版社发行。简·斯迈利笔耕不辍，除了 2010 年发表的小说《私人生活》(*Private Life*)之外，还有《一匹好马》(*A Good Horse*)、《寻常之爱》(*Ordinary Love*)、《善意》(*Good Will*)、《悲伤时代》(*The Age of Grief*)和颇受好评的《哞》(*Moo*)等作品。国内对她的译介只限于她的普利策奖获奖小说。这位擅长乡村题材，具有博大生态情怀的女作家为翻译工作和研究留下了很大的挖掘空间。

1994 年获奖作家安妮·普鲁由于两个原因被广大中国读者所熟识，其一是她拥有普利策小说奖光环，其二是她的作品《断背山》在

① 见《当代外国文学》2003 年第 3 期，第 145-149 页。

② 见《译林》2004 年第 1 期，第 193-196 页。

2005 年被李安搬上了大银幕并获得奥斯卡奖，通过电影媒介让许多人知晓了这部小说。人民文学出版社发行了一系列安妮·普鲁的作品中文译本。除了马爱农翻译的获奖作品《船讯》以及宋瑛堂翻译的含有《断背山》的短篇小说集《近距离：怀俄明故事》(*Close Range: Wyoming Stories*)之外，人民文学出版社还分别在 2003 年和 2010 年发行了《老谋深算》(*That Old Ace in the Hole*)和《手风琴罪案》(*Accordion Crimes*)。截至 2021 年，以安妮·普鲁为主题的文章有 59 篇，主要集中在普利策奖获奖作品《船讯》和因电影而拥有知名度的《断背山》上。安妮·普鲁获得了美国诸多重要文学奖项，除了普利策小说奖，还有国家图书奖、福克纳文学奖和薇拉文学奖。人民文学出版社对她非常重视，从该社出版的一系列安妮·普鲁丛书可见一斑。

1995 年获奖作家卡罗尔·希尔兹的主要作品有《小仪式》(*Small Ceremonies*, 1976)、《偶然事件》(*Happenstance*, 1980)、《一个相当传统的女人》(*A Fairly Conventional Woman*, 1982)、《万千奇迹》(*Various Miracles*, 1985)、《斯旺》(*Swann*, 1987)、《香橙鱼》(*The Orange Fish*, 1989)、《爱的共和国》(*The Republic of Love*, 1992)、《纸盒花园》(*Box Garden*, 1996)、《拉里的家宴》(*Larry's Party*, 1997)和新作《除非》(*Unless*, 2003)等。上海译文出版社于 1999 年出版了《拉里的家宴》和《斯通家史札记》，接着分别在 2000 年和 2002 年出版了《分居时期》(*A Celibate Season*)和《偶然事件》。截至 2021 年，与卡罗尔·希尔兹相关的 26 篇文献中大多是介绍性文章。李雪的《卡罗尔·希尔兹的小说〈斯旺〉解析》对作品采用的多角度叙事和讽刺手法进行了分析。[①]

2000 年获奖作家裘帕·拉希莉。根据笔者掌握的资料，国内出现的最早的裘帕·拉希莉译介是马洛翻译的短篇小说《疾病解说者》，刊登于《小说界》2002 年第 5 期[②]。之后，上海文艺出版社于 2005 年发行了卢肖慧翻译的同名短篇小说集《疾病解说者》和裘帕·拉希莉的

---

① 李雪：《卡罗尔·希尔兹的小说〈斯旺〉解析》，《学术交流》2005 年第 11 期，第 165-167 页。

② 〔美〕裘帕·拉希莉：《疾病解说者》，马洛译，《小说界》2002 年第 5 期，第 172-184 页。

另一部长篇小说《同名人》（*The Namesake*）。王伯信翻译了裘帕·拉希莉 2008 年新小说集中的短篇小说《年终岁末》（“Year's End”），刊登于 2009 年的《译林》[①]。截至 2021 年，有 20 篇针对裘帕·拉希莉的评介文献，均是对已有翻译的两部作品的研究。由于裘帕·拉希莉的印度裔身份，大多数文章都是从文化认同、流散文学和移民生存状况等角度入手。

综上所述可以看出，国内的译介紧密跟随文学奖项，对八位女作家的翻译围绕获奖作品，为中国读者引介了优秀的美国文学，但也显得片面。从上文可以看出，这些女作家的创作体裁多样，不仅仅限于小说，还有诗歌、散文、研究专著等，且写作主题丰富，随着岁月的积淀呈现拓展的态势。译介的狭隘遗漏了这些优秀作家的其他方面和特质，会导致研究的偏倚。另外，在这八位女作家中也呈现出译介和研究严重不平衡的情况，其中托妮·莫里森和艾丽丝·沃克得到的关注最多。这与二人的作品涉及种族、非裔女性、同性恋、奴隶制等重大社会问题有关，因此得到国内学者的重视。但文学除了社会功用之外，其人文价值和美学标准才是文学性的根本所在。虽然安妮·普鲁、安妮·泰勒、卡罗尔·希尔兹和简·斯迈利等作家没有触及国内译介较为青睐的种族、社会运动的宏大命题，但她们的作品也反映出广博的人文情怀，如《一千英亩》便是如今学界较为关注的毒物描写（toxic discourse）的良好范本，与 20 世纪 80 年代以后出现在公众视野中的“毒物意识”相辅相成，体现出作家对自然环境改变、工业带来的环境污染和社会公正等问题的思考。笔者认为，重要的文学奖项自然是翻译出版工作的风向标之一，但对优秀作家的挖掘还应更加深入，为国内读者、文学爱好者和研究者提供充分的素材和较为全面的文学景观。

① 〔美〕裘帕·拉希莉：《年终岁末》，王伯信译，《译林》2009 年第 6 期，第 99-115 页。

结　语

本书对普利策小说奖的文化逻辑和市场逻辑做出总结。普利策小说奖通过文学书写想象国家身份，记录社会变迁。获奖作家对精英文化以外文化市场的开拓是由多种因素导致的，这种文化实践取得的成果对确立作者身份、整合双重读者、冲破文化等级界限等方面有着重要意义。

一、普利策小说奖的文化逻辑

普利策小说奖已经建立了崇高的文学声誉，但其在发展历程中一直遭受各方的批判与质疑。作为美国历史最悠久的文学奖项，它承担着许多无形的文学使命，如建立并确认美国文化的核心价值，对美国民族身份进行文学想象与书写，传递美国社会的精神，为民众提供精英文化的引导等。普利策小说奖能否在文学价值和美学意义上不断提升，是它作为一个文学奖项的基本前提。普利策小说奖能否增进自主性，克服文学市场化的冲击，是由文学场域和外部因素所决定的。在普利策小说奖的现有语境下，获奖作家的作品主要具有以下文化逻辑。

首先是奖项的美国性。当代美国文化越来越体现出多元的态势。普利策小说奖承袭了约瑟夫·普利策的意愿，把“最能反映美国生活整体风貌、美国人的修养及人格之最高标准”作为一个传统延续了下来。[1]作为美国文学的最高标杆之一，普利策小说奖与“美国”这一

---

① John Hohensberg. *The Pulitzer Prizes. A History of the Awards in Books, Drama, Music, and Journalism, Based on the Private Files over Six Decades*. New York: Columbia University Press, 1974. p. 55.

概念紧密相连。它曾有过局限、狭隘的文学观，从建立以来很长一段时间都以白人男作家为主。但在文学观念的变迁下，它逐步突破传统西方经典文学的界限，少数族裔作家和女作家作为美国文学的构成部分在普利策小说奖中的呈现越来越突出。可以说，普利策小说奖观照下的美国女性文学和族裔文学不仅反映了美国文学经典观的嬗变，也是文学思潮和社会运动成果在文学领域的体现。从 20 世纪 80 年代开始，普利策小说奖名单上出现了少数族裔女作家，这丰富了普利策小说奖定义下的美国文学内涵，使美国社会的多元文化融入主流、经典的队列，从而显示出以大熔炉为特征的美国性。面对 20 世纪 60 年代以来民权运动的累累硕果，作为美国文化机构中重要一员的普利策小说奖又怎能不与时俱进呢？普利策小说奖突破了以欧洲为中心的文学框架，在发展中完善自我。90 位作家的获奖作品涵盖了不同历史阶段的不同美国社会议题。这种作家身份的多元和作品议题的广博才正是普利策小说奖核心价值“美国性”的体现。

其次，普利策小说奖在创立之初有注重教化的传统。这一点颇受文学家、批评家诟病，但由于时代和环境所致，普利策小说奖对正统、保守作品的偏好业已形成。90 位获奖作家的作品以人为中心，展示了各种各样的美国人的鲜活存在。其中有对美国经历的战争的书写，有美国内战、越南战争、第一和第二次世界大战，有对西方文化中对理性工具过分依赖的抨击，有对农业工业化进程对人类、女性和土地的摧残的抨击，有对现代美国社会中西部拓荒精神的沿袭。从普通中产阶级生活的喜怒哀乐，到奴隶制给黑人带来的肉体、精神创伤，再到现代美国社会的种族境况，这些作家把人作为对象，深刻剖析了美国社会和历史对美国人的命运所产生的影响。他们主动地反映人的生存，正是作品中深厚的人文关怀，使他们回归了文学的本质所在，体现了普利策小说奖的人文主义传统。

最后是获奖作品的经典性。使获奖作品成为文学经典是文学奖项的宗旨所在。普利策小说奖通过对作家的经典化助推而达到生产观念，行使文化领导权的目的。“由于文学的经典化权力主体及标准的多重性，所以应该有文学经典与文学史经典之别。”[①]普利策奖获奖作家大部分都是在美国文学界拥有稳固地位的作家。但为一个时代的读者所认可和经过历史涤荡仍能保持经典地位，是两个不同的概念。从本书的论证来看，普利策小说奖注重时代和读者因素，受到社会热点的影响。因此，部分作家能否通过普利策小说奖而确立文学史经典地位则有待商榷。但回顾普利策小说奖百年历史，获奖作家中有相当大的比例经受住了历史的考验[②]。普利策小说奖在百年时代巨变中，保持住了追求文学价值这一核心使命。

二、普利策小说奖的市场逻辑

从传统的文化等级角度来看，普利策奖获奖作家的文化市场实践是多维度的。首先，获奖作家以作品的文学性、民族性和经典性得到普利策小说奖的认可，得奖本身就是获得象征资本的一个过程。普利策小说奖在文学场域占据重要的领导地位，在市场化社会中，与大型出版社形成了越来越密切的关系。这种“合作”关系所带来的多种隐性效应对获奖作家的传播和认知起到推动作用。在创作、出版、获奖、推广、进入批评领域等一系列产业化制式的文化机制下，获奖作家树立起了经典形象。其次，他们利用这种以经典地位为标志的象征资本拓展精英文化以外的文化市场，在中额读者群和大众文化市场中取得不同程度的成果。这种文化实践加强了公众意识中的作者身份认同，把读者群拓展到大学课堂、文学界等专业领域以外的受众，同时也把象征资本转化为经济资本。最后，获奖作家在大众文化市场的传播广度和市场收益虽有不同，但对于少数族裔女作家来说尤其重要。艾丽丝·沃克和托妮·莫里森的作品虽然牺牲了艺术价值，成为具有娱乐性的“文化消费品”，但在以白人消费者为主体的美国文化市场，以她

① 温儒敏：《关于经典化与学院化》，《文化研究》1999 年第 1 期，第 4 页。

② 笔者在这里使用“获奖作家”而非“获奖作品”的原因在第一章曾有过论述。普利策小说奖倾向于选择在文学界业已享有声誉的作家，但常常选择著名作家创作生涯中水准较低的作品或晚期作品予以嘉奖。

们的小说为基础的文化产品成为大众文化市场上为数不多的黑人文化产品。同时，如迈克尔·夏邦等身兼作家与编剧等多重身份的获奖作家也从一定程度上说明普利策小说奖的亲市场特征，文学与文化产品的关系正在变得更加暧昧。

在后资本主义社会，作为经济支柱的文化产业必须不断攫取新的素材来满足日益增长的大众文化市场。普利策小说奖作为精英文化的代表，其获奖作品的知名度、思想性和美学价值使其成为文化产业不断挖掘的对象，对文学作品的改编和再加工便成为文化产业的有效资源。艺术家及其作品一旦被引入市场程序，资源就必须由资本家控制，因此市场化了的文学作品并非是艺术家所希望的表现形式。对于文化生产者来说，必须要考虑传播和效益。因此，文化本身的价值往往被牺牲掉，或做出很大妥协。

经典化到市场化是一个从上至下，很难逆向实施的过程。也就是说，经典地位可作为象征资本转化为经济资本，而获得市场成功的作品却很难依靠经济资本获得象征资本。因此，获奖作家在不同文化等级领域中的开拓是以获得权威文化机构的认可为中心的，以本书为例，便是以获得普利策小说奖的认可为中心。

最后，普利策小说奖获奖作家的写作涉及身份、种族、阶级、性别和性属等一系列时代最中心的话题，反映着当下美国生活的方方面面。他们的写作为各个批评流派提供了研究文本，作家与作品成为文学研究、女性主义、后殖民主义、身份研究、美国研究和历史研究等学术领域积极言说的对象。获奖作品是文学场域内部各个因素博弈、妥协的结果。权力场对文学场施予的影响也可在作家的获奖轨迹中一窥一二。在作家的获奖历程中，不单单在作品里看到了他们对美国现实生活的书写，获奖作品本身也是权威文化机构、文化市场、社会运动、文艺思潮相互施力的竞技场。

普利策小说奖的文学史进展体现了族裔身份多元化、写作主题拓展化、读者受众多样化等现象。普利策小说奖的百年历史是一部国家文学事业建立史、民权斗争的文学表征史、美国民族身份的文学书写史、美国国家形象的变迁史、美国生活的万花筒，更重要的是，它是一部由一代代优秀作家的文学实验、叙事创新、语言应用和真知洞见构成的一部美学史。

主要参考文献

一、中文文献

（一）论文

曹山柯：《独立多元整合——20 世纪美国文学走向探微》，《外国文学研究》2000 年第 2 期，第 51-57 页。

陈广兴：《普利策小说奖凸显老人关怀——从伊斯特鲁特的〈奥利芙吉特里奇〉获奖说起》，《外国文学动态》2009 年第 5 期，第 32-34 页。

陈鹤鸣：《西方文学个体自由精神与健全人格的培养》，《外国文学研究》2001 年第 2 期，第 129-134 页。

程锡麟：《〈他们的眼睛望着上帝〉的叙事策略》，《外国文学评论》2001 年第 2 期，第 67-74 页。

高继海：《历史小说的三种表现形态——论传统、现代、后现代历史小说》，《浙江师范大学学报》2006 年第 1 期，第 1-8 页。

郭继德：《美国社会风俗小说家艾莉森·卢里》，《译林》1992 年第 3 期，第 213-214、192 页。

陈永国：《纪念法农：自我、心理和殖民状况》，《外国文学》1999 年第 1 期，第 70-77 页。

黄晖：《20 世纪美国黑人文学批评理论》，《外国文学研究》2002 年第 3 期，第 22-27、168 页。

侯飞：《莎丽摇曳下孤独的异乡异客：〈疾病解说者〉中女性人物的孤独意识解读》，《安徽文学（下半月）》2010 年第 11 期，第 5-6 页。

侯飞：《陌生的世界 不安的孩子——浅析裘帕·拉希莉笔下的儿童形象》，《科教文汇（上旬刊）》2010 年第 34 期，第 85、99 页。

姜岳斌、沈建青：《国内海明威研究述评》，《外国文学研究》1989 年第 4 期，第

135-140 页。

嵇敏:《美国黑人女权主义批评概观》,《外国文学研究》2000 年第 4 期,第 59-63、90 页。

金莉:《美国女性文学史的开山之作——论肖沃尔特的〈她的同性陪审团:从安妮·布雷兹特利特至安妮·普鲁克斯的美国女性作家〉》,《外国文学》2010 年第 3 期,第 126-137、160 页。

金元浦:《文化生产力与文化产业》,《求是》2002 年第 20 期,第 38-41 页。

康慨:《作为一部历史小说的〈地下铁道〉》,《新京报》2017 年 8 月 5 日,http://www.bjnews.com.cn/book/2017/08/05/453066.html[2019-10-26]。

李雪:《卡罗尔·希尔兹的小说〈斯旺〉解析》,《学术交流》2005 年第 11 期,第 165-167 页。

刘露:《以“少”胜“多”之旅:〈莱斯〉中边缘个体的超越力量》,《外国文学动态研究》2019 年第 2 期,第 45-52 页。

林秋云:《美国当代小说主要变革评析》,《外国文学研究》2000 年第 1 期,第 104-110 页。

刘国枝:《南方淑女情结与〈百舌鸟之死〉》,《外国文学研究》1999 年第 1 期,第 95-98 页。

刘君涛:《从镜像结构看〈秀拉〉的人物组合与叙事风格》,《外国文学研究》2000 年第 4 期,第 77-81 页。

任美衡:《茅盾文学奖研究》,兰州大学博士学位论文,2007 年。

芮渝萍:《美国文学中的成长小说》,《四川外语学院学报》2000 年第 4 期,第 27-30 页。

申丹:《“整体细读”与经典短篇重释》,《四川外语学院学报》2008 年第 1 期,第 1-7 页。

孙宏:《美国文学对地域之情的关注》,《外国文学研究》 2001 年第 4 期,第 78-84 页。

田俊武:《略论美国遁世文学的构建》,《国外文学》1999 年第 3 期,第 56 页。

王成宇:《〈紫色〉的空白语言艺术》,《外国文学研究》2000 年第 4 期,第 64-70 页。

王红玲:《凯瑟琳·安·波特〈旧秩序〉的女性成长研究》,《安徽文学(下半月)》2009 年第 7 期,第 181 页。

王晋平:《心狱中的樊篱——〈最蓝的眼睛〉中的象征意象》,《外国文学研究》2000 年第 3 期,第 104-107 页。

王守仁、吴新云:《美国黑人的双重自我——论托妮·莫里森的小说〈柏油娃〉》,《南京大学学报》(哲学·人文科学·社会科学)2001 年第 6 期,第 53-61 页。

王晓路:《事实·学理·洞察力——对外国文学传记式研究模式的质疑》,《外国文学研究》2005年第3期，第157-162页。

王晓路:《种族身份与种族话语之悖论——对美国非洲裔文学理论建构与解读范式的质疑》,《文化研究》2013年第16辑，第5-16页。

王岳川:《消费社会中的精神生态困境——博德里亚后现代消费社会理论研究》,《北京大学学报（哲学社会科学版）》2002年第7期，第31-40页。

温儒敏:《关于经典化与学院化》,《文化研究》1999年第1期，第3-7页。

武月明:《从卫希礼和昆丁所经历的精神危机看南方的悲剧》,《外国文学研究》2002年第3期，第72-78、171页。

谢群:《〈最蓝的眼睛〉的扭曲与变异》,《外国文学研究》1999年第4期，第104-111页。

杨金才:《19世纪美国自传文学与自我表现》,《国外文学》1999年第3期，第50-55页。

杨金才:《当代美国自传文学研究概览》,《书与人》1999年第5期，第121-125页。

翟士钊:《美国作家关于当代“文明”的危机意识》,《外国文学研究》1999年第2期，第27-30页。

张冲:《重述19世纪60年代以前美国文学的几个问题》,《外国文学研究》2000年第4期，第53-58页。

张建亮:《从普利策文学艺术奖透视出版社》,《新世纪图书馆》2007年第1期，第77-79页。

张祥龙:《“性别”在中西哲学中的地位及其思想后果》,《江苏社会科学》2002年第2期，第1-9页。

周春:《抵抗表征：美国黑人女性主义的形象批评》,《湖南师范大学社会科学学报》2005年第5期，第101-104页。

周礼:《19世纪美国报纸的社会影响》,《浙江传媒学院学报》2006年第2期，第27-29页。

（二）国外译著

〔法〕让·波德里亚:《消费社会》，刘成富、全志钢译，南京：南京大学出版社，2000年。

〔法〕西蒙娜·德·波伏娃:《第二性》，陶铁柱译，北京：中国书籍出版社，1998年。

〔德〕瓦尔特·本雅明:《机械复制时代的艺术作品》，王才勇译，北京：中国城市出版社，2002年。

〔法〕皮埃尔·布尔迪厄:《国家精英：名牌大学与群体精神》，杨亚平译，北京：商务印书馆，2004年。

〔法〕皮埃尔·布尔迪厄:《文化资本与社会炼金术：布尔迪厄访谈录》，包亚明译，上海：上海人民出版社，1997年。

〔法〕皮埃尔·布迪厄:《艺术的法则——文学场的生成和结构》，刘晖译，北京：中央编译出版社，2001年。

〔美〕华康德、〔法〕皮埃尔·布尔迪厄:《实践与反思》，李猛、李康译，北京：中央编译出版社，2004年。

〔美〕丹尼斯·布里安:《普利策传》，曹珍芬、何凡、林森等译，北京：中国财政经济出版社，2004。

〔美〕科尔森·怀特黑德:《地下铁道》，康慨译，上海：上海人民出版社，2017年。

〔英〕特雷·伊格尔顿:《二十世纪西方文学理论》，伍晓明译，西安：陕西师范大学出版社，1987年。

〔美〕爱默生:《爱默生集》，赵一凡译，上海：上海三联书店，1993年。

〔加〕诺斯罗普·弗莱等:《喜剧：春天的神话》，傅正明、程朝翔等译，北京：中国戏剧出版社，2006年。

〔德〕黑格尔:《美学》(第1卷)，朱光潜译，北京：商务印书馆，1981年。

〔美〕塞缪尔·亨廷顿:《我们是谁：美国国家特性面临的挑战》，程克雄译，北京：新华出版社，2005年。

〔德〕马克斯·霍克海默、〔德〕西奥多·阿多诺:《启蒙辩证法》，渠敬东、曹卫东译，上海：上海人民出版社，2003年。

〔英〕迈克·克朗:《文化地理学》(第2版)，杨淑华、宋慧敏译，南京：南京大学出版社，2005年。

〔德〕马克思、恩格斯:《马克思恩格斯选集》(第一卷)，中共中央马克思恩格斯列宁斯大林著作编译局编译，北京：人民出版社，1995年。

〔法〕米歇尔·福柯:《规训与惩罚：监狱的诞生》，刘北成、杨远婴译，北京：生活·读书·新知三联书店，1999年。

〔法〕热奈特、哈琴、科恩等:《文学理论精粹读本》，阎嘉译，北京：中国人民大学出版社，2006年。

〔美〕J. 希利斯·米勒:《小说与重复：七部英国小说》，王宏图译，天津：天津人民出版社，2007年。

〔美〕赖特·米尔斯:《白领——美国的中产阶级》，杨小冬等译，杭州：浙江人民出版社，1987年。

〔美〕哈丽雅特·雅各布斯:《女奴生平及导读》，史鹏路译，上海：上海交通大学出版社，2015 年。

〔美〕裘帕·拉希莉：《同名人》，卢肖慧、吴冰青译，上海：上海文艺出版社，2005 年。

〔英〕C.S. 路易斯：《痛苦的奥秘》，林菡译，上海：华东师范大学出版社，2007 年。

〔英〕C. S. 路易斯：《返璞归真（纯粹的基督教）》，汪咏梅译，上海：华东师范大学出版社，2007 年。

〔英〕C.S. 路易斯：《四种爱》，汪咏梅译，上海：华东师范大学出版社，2007 年。

〔英〕C. S. 路易斯：《文艺评论的实验》，徐文晓译，上海：华东师范大学出版社，2008 年。

〔英〕伊雷特·罗戈夫：《视觉文化研究》，载罗岗、顾铮主编：《视觉文化读本》，桂林：广西师范大学出版社，2003 年，第 3、86-87 页。

〔美〕查尔斯·鲁亚思：《美国作家访谈录》，粟旺、李文俊等译，北京：中国对外翻译出版公司，1995 年。

〔德〕彼得·比格尔：《先锋派理论》，高建平译，北京：商务印书馆，2002 年。

〔英〕布赖恩·特纳编：《社会理论指南》，李康译，上海：上海人民出版社，2003 年。

〔匈〕斯蒂文·托托西：《文学研究的合法化》，马瑞琦译，北京：北京大学出版社，1997 年。

〔德〕马克斯·韦伯：《新教伦理与资本主义精神》，于晓、陈维纲等译，北京：生活·读书·新知三联书店，1987 年。

〔美〕雷·韦勒克、奥·沃伦：《文学理论》，刘象愚、邢培明、陈圣生等译，北京：生活·读书·新知三联书店，1984 年。

〔英〕朱利安·沃尔弗雷斯编：《21 世纪批评述介》，张琼、张冲译，南京：南京大学出版社，2009 年。

（三）国内著作

鲍晓兰：《西方女性主义研究评介》，北京：生活·读书·新知三联书店，1995 年。

陈平原：《作为学科的文学史》，北京：北京大学出版社，2011 年。

程巍：《中产阶级的孩子们——60 年代与文化领导权》，北京：生活·读书·新知三联书店，2006 年。

罗钢、刘象愚主编：《文化研究读本》，北京：中国社会科学出版社，2000 年。

乔国强：《叙说的文学史》，北京：北京大学出版社，2017 年。

单德兴：《重建美国文学史》，北京：北京大学出版社，2006 年。

单德兴：《反动与重演：美国文学史与文化批评》，台北：书林，2001 年。

沈奕斐：《被建构的女性：当代社会性别理论》，上海：上海人民出版社，2005 年。
沈语冰：《透支的想象：现代性哲学引论》，上海：学林出版社，2003 年。
陶东风主编：《粉丝文化读本》，北京：北京大学出版社，2009 年。
陶洁：《美国诗歌选读》，北京：北京大学出版社，2008 年。
王恩铭：《当代美国社会与文化》，上海：上海外语教育出版社，1997 年。
汪民安：《身体、空间与后现代性》，南京：江苏人民出版社，2006 年。
王守仁、吴新云：《性别·种族·文化：托妮·莫里森与美国二十世纪黑人文学》，北京：北京大学出版社，1999 年。
王晓路主编：《文化批评关键词研究》，北京：北京大学出版社，2007 年。
王晓明：《在新意识形态的笼罩下——90 年代的文化和文学分析》，南京：江苏人民出版社，2000 年。
王政、杜芳琴主编：《社会性别研究选译》，北京：生活·读书·新知三联书店，1998 年。
夏光：《后结构主义思潮与后现代社会理论》，北京：社会科学文献出版社，2003 年。
阎景娟：《文学经典论争在美国》，北京：社会科学文献出版社，2010 年。
张意：《文化与符号权力——布尔迪厄的文化社会学导论》，北京：中国社会科学出版社，2005 年。
张锦华、柯永辉：《媒体的女人和女人的媒体》，台北：硕人出版有限公司，1995 年。

二、英文文献

Amad, Paula. "Visual Riposte: Looking Back at the Return of the Gaze as Postcolonial Theory's Gift to Film Studies." *Cinema Journal*, 2013, 52(3): 49-74.
Ashcroft, Bill, G. Griffiths and H. Tiffin. *Key Concepts in Post-Colonial Studies*. London and New York: Routledge, 1998.
Baker, Carlos. "Fiction Awards." *Columbia Library Columns*, 1957, (5): 30-34.
Baker, Houston, Jr. *Modernism and the Harlem Renaissance*. Chicago: University of Chicago Press, 1987.
Barnard, John. "Ancient History, American Time: Chesnutt's Outsider Classicism and the Present Past." *Publications of the Modern Language Association of America*, 2014, 129(1): 71-86.
Becker, Carl. *The National Awakening: Beginnings of the American People*. Cambridge: The Riverside Press, 1915.

Bancroft, George. *History of the United States of America, from the Discovery of the American Continent.* Ann Arbor: Scholarly Publishing Office, University of Michigan Library, 2004.

Baumgardner, Jennifer and Amy Richards. *Manifesta: Young Women, Feminism, and the Future, 2000*. New York: Farrar, Straus & Giroux.

Barfield, Owen. *Poetic Diction: A Study in Meaning*. Middletown: Wesleyan University Press, 1973.

Baym, Nina. *Novels, Readers, and Reviewers: Responses to Fiction in Antebellum America*. Ithaca: Cornell University Press, 1984.

Baym, Nina, Laurence Holland and Ronald Gottesman, eds. *The Norton Anthology of American Literature: Shorter Fourth Edition*. New York and London: W. W. Norton & Company, 1995.

Bazin, André and Hugh Gray. *What Is Cinema?* Trans. Hugh Gray. Berkeley: University of California Press, 1967.

Beckerman, Hannah. "Andrew Sean Greer, Pulitzer-winner: 'I have to watch I don't get arrogant'." *The Guardian*, 2018-05-19 . https://www.theguardian.com/books/2018/may/19/andrew-sean-greer-less-pulitzer-interview[2018-05-25].

Bendiner, Robert. "The Truth about the Pulitzer Prize Awards." *McCall's*, 1966, (93): 83,128-134.

Berne, Suzanne. "*Belles Lettres* Interview." *Belles Lettres*, 1992, 7(Summer): 36-38.

Bloom, Clive. *Bestsellers: Popular Fiction Since 1900*. 2nd edn. Basingstoke, Hampshire and New York: Palgrave Macmillan, 2008.

Bloom, Harold. *Modern Critical Interpretations: Beloved*. Philadelphia: Chelsea House Publishers, 1999.

Bloom, Harold. T*he American Renaissance*. New York: Chelsea House Pub, 2003.

Bloom, Harold. *The Daemon Knows: Literary Greatness and the American Sublim*e. New York: Spiegel & Grau, 2015.

Bobo, Jacqueline. "Sifting Through the Controversy: Reading *The Color Purple*." *Callaloo*, 1989, (339): 332-342.

Bosman, Julie. "Publishing Is Cranky Over Snub by Pulitzers." *New York Times*, 2012-04-17.

Bourdieu, Pierre. *The Rules of Art*. Trans. Susan Emanuel. Cambridge: Polity Press, 1996.

Bourdieu, Pierre. *On Television and Journalism*. Trans. Priscilla Parkhurst Ferguson.

London: Pluto Press, 1988.

Boyum, Joy. *Double Exposure: Fiction into Film*. New York: New American Library,1985.

Brooks, van Wyck. *Letters and Leadership*. New York: B. W. Hucbsch, 1918.

Butler, Judith. "Endangered/Endangering: Schematic Racism and White Paranoia." In *Reading Rodney King/Reading Urban Uprising*. Ed. Robert Gooding-Williams. New York: Routledge, 1993. pp.15-22.

Byerman, Keith. "'Dear Everything': Alice Walker's *The Color Purple* as Womanist Utopia." In *Utopian Thought in American Literature*. Ed. Arno Heller, Walter Hölbling and Waldemar Zacharasiewicz. Tubingen: Gunter Narr Verlag, 1988. pp.171-183.

Callaghan, Greg. "I Wrote It for Myself': Andrew Sean Greer on Pulitzer-winning Less." *The Sydney Morning Herald*, 2019-04-20. https://www.smh.com.au/entertainment/books/i-wrote-it-for-myself-andrew-sean-greer-on-pulitzer-winning-less-20190416-p51emi.html[2019-05-09].

Carafiol, Peter. " 'Who I Was': Ethnic Identity and American Literary Ethnocentrism." In *Criticism and the Color Line: Desegregating American Literary Studies*. Ed. Henry Wonham. New Brunswick: Rutger University Press, 1996. pp. 43-62.

Charles, Ron. "Finally, a Comic Novel Gets a Pulitzer Prize. It's About Time." *The Washington Post*, 2018-05-23. https://www.washingtonpost.com/entertainment/books/comic-novels-never-win-the-pulitzer-prize-except-this-year/2018/04/16/cbde8e52-41c6-11e8-8569-26fda6b404c7_story.html?noredirect=on&utm_term=.0c0c7dca52af[2021-05-30].

Chandra, Giti. *Narrating Violence, Constructing Collective Identities: To Witness These Wrongs Unspeakable*. New York: Palgrave Macmillan, 2009.

Chemishanova, Polina. *Representing the Plantation Mistress in Antebellum Literature*. Stillwater: Oklahoma State University, 2005.

Cheung, King-Kok. "'Don't Tell': Imposed Silences in *the Color Purple* and *the Woman Warrior*." *Publications of the Modern Language Association of America*, 1988,103(2):162-174.

Collins, Patricia. *Black Feminist Thought: Knowledge, Consciousness and the Politics of Empowerment*. London and New York: Routledge, 2008.

Croft, Robert. *Anne Tyler Companion*. Westport: Greenwood Press, 1998.

Cooper, Preston. "*The Intuitionist* and *The Underground Railroad*: Colson Whitehead

Works on Race Issues." In *Literature and Culture of the Chicago Renaissance: Postmodern and Postcolonial Development*. Ed. Yoshinobu Hakutani. New York: Routledge, 2019. pp.175-200.

Cox, John. *Travelling South: Travel Narratives and the Construction of American Identity*. Athens and London: University of Georgia Press, 2005.

Davidson, Cathy, ed. *Reading in America: Literary and Social History*. Baltimore: Johns Hopkins University Press, 1989.

Deleuze, Gilles and Félix Guattari. *Kafka: Toward a Minor Literature*. Trans. Dana Polan. Minneapolis: University of Minnesota Press,1986.

Dreifus, Claudia. "Chloe Wofford Talks about Toni Morrison." *New York Times, 1994-09-09*.

Du Bois, W. E. B. *The Souls of Black Folk*. New York: Bantam Dell, 1989.

Duvall, John. *The Identifying Fictions of Toni Morrison: Modernist Authenticity and Postmodern Blackness*. New York: Palgrave Mcamillan, 2001.

Eliot, T. S. *The Sacred Wood: Essays on Poetry and Criticism*. London: Methuen & Co. Ltd., 1932.

Elliot, Emory, ed. *American Literature: A Prentice Hall Anthology*. Vol. 2. New Jersey: Person College Div, 1991.

Elliott, Emory. *The Cambridge Introduction to Early American Literature*. New York: Cambridge University Press, 2002.

Emerson, Ralph. *The Annotated Emerson*. Cambridge: Belknap Press of Harvard University Press, 2012.

Farr, Cecilia. *Reading Oprah: How Oprah's Book Club Changed the Way America Reads*. Albany: State University of New York Press, 2005.

Feldman, Gayle. "Making Book on Oprah." *New York Times Book Review*, 1997.

Felperin, Howard. "'Cultural Poetics' versus 'Cultural Materialism': The Two New Historicisms in Renaissance Studies." In *Uses of the Canon: Elizabethan Literature and Contemporary Theory*. Ed. Francis Barker et al. Oxford: Oxford University Press, 1992. pp.142-169.

Findlen, Barbara. "Introduction." In *Listen Up: Voices from the Next Feminist Generation*. Ed. Barbara Findlen. Seattle: Seal Press, 2001. pp. 6-7.

Fischer, Heinz-Dietrich, ed. *The Pulitzer Prize Archive. Volume 21 Chronicle of the Pulitzer Prize for Fiction*. Munchen: K. G. Saur, 2007.

Fischer, Heinz-Dietrich and Erika J. Fischer. *The Pulitzer Prize Archive. Part F:*

Documentation. Volume 17 Complete Historical Handbook of the Pulitzer Prize System, 1917-2000: Decision-Making Processes in All Award Categories Based on Unpublished Sources. Munich: Walter de Gruyter.

Fischer, Heinz-Dietrich and Erika J. Fischer, eds. *Chronicle of the Pulitzer Prizes for History: Discussions, Decisions and Documents*. München: K.G. Saur, 2005.

Fischer, Heinz-Dietrich and Erika J. Fischer, eds. *Volume 16 Complete Biographical Encyclopedia of Pulitzer Prize Winners 1917-2000: Journalists, Writers and Composers on Their Ways to the Coverted Awards*. München: K.G. Saur, 2002.

Fischer, Heinz-Dietrich and Erika J. Fischer, eds. *Volume 6 Cultural Criticism 1969-1990: From Architectural Damages to Press Imperfections*. München: K.G. Saur, 1992.

Fischer, Heinz-Dietrich and Erika J. Fischer, eds. *General Nonfiction Awards 1962-1993: From the Election of John F. Kennedy to a Retrospect of Abraham Lincoln's Gettysburg Address*. München: K. G. Saur, 1996.

Fliegelman, Jay. "Anthologizing the Situation of American Literature." *American Literature*, 1993, 65(2): 334.

Folks, Jeffrey. *From Richard Wright to Toni Morrison: Ethics in Modern & Postmodern American Narrative*. New York: P. Lang Inc., 2001.

Ford, Ford. *Thus to Revisit: Some Reminiscences*. New York: Octagon, 1966.

Fosburgh, Lacey. "Why More Top Novelists Don't Go Hollywood." *New York Times*, 1976-11-21, Sect. 2.

Foster, Edward. *Aspects of the Novel*. London: Harcourt, 1927.

Friedan, Betty. *The Feminine Mystique*. New York: W. W. Norton & Company, 2001.

Gamer, Michael. *Romanticism and the Gothic: Genre, Reception and Canon Formation*. Cambridge: Cambridge University Press, 2000.

Gara, Larry. *The Liberty Line: The Legend of the Underground Railroad*. Lexington: University Press of Kentucky, 1996.

Gates, Henry, Jr. *Loose Canons: Notes on the Culture Wars*. New York: Oxford University Press, 1992.

Gates, Henry, Jr. *The Signifying Monkey: A Theory of African-American Literary Criticism*. New York: Oxford University Press, 1989.

Gates, Henry , Jr., ed. *The Classic Slave Narratives*. New York: Penguin Group, 1987.

Gaylin, Ann. *Eavesdropping in the Novel from Austen to Proust*. Cambridge and New York: Cambridge University Press, 2002.

Gelder, Ken. *Popular Fiction: The Logics and Practices of a Literary Field*. London and New York: Routledge, 2004.

Geoff, Ward. *The Writing of America, Literature and Cultural Identity from the Puritans to the Present*. Malden: Polity Press, 2002.

Gilbert, Sandra and Susan Gubar. *The Norton Anthology of Literature by Women*. New York: W. W. Norton & Company, 1985. Preface.

Gilman, Sander. "Black Bodies, White Bodies: Toward an Iconography of Female Sexuality in Late Nineteenth-Century Art, Medicine, and Literature." *Critical Inquiry*, 1985, 12(1): 204-242.

Givnet, Joan. *Katherine Anne Porter: A Life*. Athens: University of Georgia Press, 1991.

Gottesman, Ronald, Laurence Holland, David Kalstone, et al., eds. *The Norton Anthology of American Literature: Shorter Edition*. New York and London: W. W. Norton & Company, 1980.

Glicksberg, Charles. *American Literary Criticism, 1900 -1950*. New York: Hendricks House, 1952.

Gray, Paul. "Winfrey's Winners." *Time*, 1996-12-02.

Greenberg, Clement. "State of American Writing." *The Partisan Review*, 1948, (15): 876-883.

Greenblatt, Stephen and Giles Gunn, eds. *Redrawing the Boundaries, the Transformation of English and American Literary Studies*. New York: The Modern Language Association of America, 1992.

Greene, Gayle. *Changing the Story: Feminist Fiction and the Tradition*. Bloomingtonand Indianapolis: Indiana University Press, 1991.

Greer, Andrew. *Less: A Novel*. New York: A Lee Boudreaux Book, Little, Brown and Company, 2017.

Guillory, John. *Cultural Capital: The Problem of Literary Canon Formation*. Chicago: University of Chicago Press, 1993.

Gunning, Sandra. *Race, Rape, and Lynching: The Red Record of American Literature, 1890–1912*. New York: Oxford University Press, 1996.

Hackney, Sheldon. "A Conversation with Toni Morrison." *Humanities*, 1996, 17(1): 4-9, 48.

Hall, Jacquelyn. *Revolt against Chivalry: Jessie Daniel Ames and the Women's Campaign against Lynching*. New York: Columbia University Press, 1993.

Harris, Trudier. "On *The Color Purple*, Stereotypes, and Silence." *Black American Literature Forum*, 1984, 18(4): 155-161.

Harris, Susan. "American Regionalism." In *A Companion to American Literature and Culture*. Ed. Paul Lauter. Hoboken: Wiley-Blackwell, 2010. pp. 328-338.

Hendin, Josephine, ed. *A Concise Companion to Postwar American Literature and Culture*. Malden: Blackwell Publishing, 2004.

Heywood, Leslie. *The Women's Movement Today: An Encyclopediaof Third-Wave Feminism*. Vol. 1, A–Z. Westport: Greenwood, 2006.

Heywood, Leslie and Jennifer Drake, eds. *Third Wave Agenda: Being Feminist, Doing Feminism*. Minneapolis: University of Minnesota Press, 1997.

Hicks, Granville. *The Great Tradition: An Interpretation of American Literature Since the Civil War*. New York: The Macmillan Company, 1935.

Hoffman, Frederick. *The Art of Southern Fiction: A Study of Some Modern Noverlists*. Carbondale: Southern Illinois University Press, 1967.

Hogeland, Lisa. *Feminism and Its Fictions: The Consciousness-Raising Novel and the Women's Liberation Movement*. Philadelphia: University of Pennsylvania Press, 1998.

Hohensberg, John. *The Pulitzer Prizes. A History of the Awards in Books, Drama, Music, and Journalism, Based on the Private Files over Six Decades*. New York: Columbia University Press, 1974.

Hollinger, David. *Postethnic America Beyond Multiculturalism*. New York: Basic Books, 1995.

hooks, bell. "Writing the Subject, Reading *The Color Purple*." In *Reading Black, Reading Feminist: A Critical Anthology*. Ed. Henry Louis Gates, Jr. New York: Meridian Book, 1990. pp. 454-470.

hooks, bell. *Outlaw Culture: Resisting Representations*. New York: Routledge, 1994.

hooks, bell. *Yearning: Race, Gender and Cultural Politics*. New York: South End. Press, 1999.

hooks, bell. "The Oppositional Gaze: Black Female Spectators." In *Movies and Mass. Culture*. Ed. John Belton. New Brunswick: Rutgers University Press, 1996. pp. 247-264.

Hutcheon, Linda. *A Poetics of Postmodernism: History, Theory, Function*. London: Routledge,1988.

Hurston, Zora. "What White Publishers Won't Print." *Negro Digest* , 1950, 8(April) :

85-89.

Jacobs, Harriet. *Incidents in the Life of a Slave Girl: Written by Herself*. New York: Dover Publications, 2001.

James, Henry. *The Art of Fiction*. New York: Oxford University Press, 1948.

James, Joy. *Shadowboxing: Representation of Black Feminist Politics*. New York: St. Martin's Press, 1999.

Jameson, Fredric. *Postmodernism, or, the Cultural Logic of Late Capitalism*. Durham: Duke University Press, 1991.

Jervis, Lisa. "Mission Statement for Bitch Magazine." In *The Women's Movement Today: An Encyclopedia of Third-Wave Feminism*. Vol. 2, Primary Documents. Ed. Leslie Heywood. Westport: Greenwood Press, 2006. pp. 263-264.

Johnson, David, ed. *The Popular & the Canonical: Debating Twentieth-century Literature 1940-2000*. London and New York: Routledge, 2005.

Johnson, James, "The Dilemma of the Negro Author." In *The Politics and Aesthetics of the "New Negro" Literature*. Ed. Cary D. Wintz. New York: Garland Publishing, 1996. pp. 242-254.

Karp, Marcelle and Debbie Stoller, eds. *The BUST Guide to the New Girl Order*. New York: Penguin Books,1999.

Kazin, Michael and Joseph McCartin, eds. *Americanism: New Perspectives on the History of an Ideal*. Chapel Hill: The University of North Carolina Press, 2006.

Kozloff, Sarah. "Audio Books in a Visual Culture." *Journal of American Culture*, 1995,18(4): 83-95.

Kubitschek, Missy. *Toni Morrison: A Critical Companion*. Westport: Greenwood Press, 1998.

Kumar, Krishan and Stephen Bann, eds. *Utopias and the Millennium*. London: Reaktion Books, 1993.

Lauter, Paul. *Canons and Contexts*. New York: Oxford University Press, 1991.

Lauter, Paul. *Reconstructing American Literature: Courses, Syllabi, Issues*. Old Westbury: Feminist Press, 1983.

Lawrence, D. H. *Studies in Classic American Literature*. Cambridge: Cambridge University Press, 2003.

Lees, Gene. *Cats of Any Color: Jazz Black and White*. New York: Oxford University Press, 1995.

Lessing, Doris. *The Golden Notebook*. New York: Harper Perennial Modern Classics,

1999.

Lockard, Joe and Shi Penglu. "*Incidents in the Life of a Slave Girl* and a Global Literature of Female Suffering." *Comparative Literature: East & West*, 2014, 21(1): 88-102.

Lombardo, Paul. "Eugenic Sterilization Laws." *Eugenics Archive*. http://www.eugenicsarchive.org/html/eugenics/essay8text.html[2019-10-13].

London, Jack. "The Message of Motion Pictures." *Paramount Magazine*, 1915, (Febrary): 1-2.

Louw, Eric. *The Media and Cultural Production*. Thousand Oaks: Sage Publications, 2001.

Lowell, James. *Fable for Critics*. Boston: Houghton, Mifflin, 1890.

Lupack, Barbara, ed. *Take Two: Adapting the Contemporary American Novel to Film*. Bowling Green: Popular Press, 1994.

Macdonald, Dwight. "Masscult and Midcult." *The Partisan Review*, 1960, (27): 589-631.

Macdonald, Dwight. *Masscult and Midcult: Essays Against the American Grain*. New York: New York Review Books Classics, 2011.

Marcus, Eric. *Making Gay History: The Half-Century Fight for Lesbian and Gay Equal Rights*. New York: Harper Perennial, 2002.

Martin, Wendy. "Katherine Anne Porter." In *Modern American Women Writers*. Ed. Elaine Showalter, Lea Baechler and A. Walton Litz. New York: Macmillan Publishing Company, 1991. pp. 281-294.

Martin, Wendy. *We Are the Stories We Tell: The Best Short Stories by American Women Since 1945*. New York: Pantheon Books, 1990.

Maslin, Janet. "Film: 'The Color Purple', from Steven Spielberg." *New York Times*, 1985-12-18.

Maus, Derek. *Understanding Colson Whitehead*. Columbia: University of South Carolina Press, 2014.

May, Samuel. "Margaret and Seven Others." In *Toni Morrison's Beloved: A Case Book*. Ed. William L. Andrews and Nellie Y. McKay. New York: Oxford University Press, 1999. pp. 25-36.

Merono, Marisel. "The Important Things Hide in Plain Sight: A Conversation with Junot D ı az." *Latino Studies*, 2010, 8(4): 532-542.

McHaney, Pearl. *Eudora Welty: The Contemporary Reviews*. New York: Cambridge

University Press, 2005.

Millard, Kenneth. *Contemporary American Fiction: The Introduction to American Fiction Since 1970*. Beijing: Foreign Language Teaching and Research Press, 2006.

Miller, Joseph. *Fiction and Repetition: Seven English Novels*. Cambridge: Harvard University Press, 1982.

Miller, Nancy. *Subject to Change: Reading Feminist Writing*. New York: Columbia University Press, 1988.

JanMohamed, Abdul and David Lloyd. "Introduction: Minority Discourse: What Is to Be Done?" *Cultural Critique*, 1987, (7): 5-17.

Mooney, Susan. *The Artistic Censoring of Sexuality: Fantasy and Judgment in the Twentieth-Century Novel*. Columbus: Ohio State University Press, 2008.

Morrison, Toni. *Jazz*. New York: Plume, 1993.

Morrissey, Lee, ed. *Debating the Canon: A Reader from Addison to Nafisi*. Basingstoke, Hampshire and New York: Palgrave Macmillan, 2005.

Mullan, John. *How Novel Works*. New York: Oxford University Press, 2006.

Mussell, Kay. *Fantasy and Reconciliation: Contemporary Formulas of Women's Romance Fiction*. Westport: Greenwood Press, 1984.

Nakadate, Neil, ed. *Understanding Jane Smiley*. Columbia: University of South Carolina Press, 1999.

North, Joseph. *Literary Criticism: A Concise Political History*. Cambridgeand London: Harvard University Press, 2017.

O'Flaherty, Patrick. *The Rock Observed: Studies in the Literature of Newfoundland*. Toronto: University of Toronto Press, 1979.

Ong, Walter. *Interfaces of the Word: Studies in the Evolution of Consciousness and Culture*. Ithaca: Cornell University Press, 1977.

Overton, James. *Making a World of Difference: Essays on Tourism, Culture, and Development in Newfoundland*. St. John's: Inst of Social & Economic, 1996.

Pattee, Fred. *A History of American Literature*. New York: Silver, Burdett, 1896.

Pollock, Sheldon. "Cosmopolitan and Vernacular in History." *Public Culture*, 2000, 12(3): 591-625.

Radway, Joan. *A Feeling for Books: The Book-of-the-Month Club, Literary Taste, and Middle Class Desire*. Chapel Hill: University of North Carolina Publisher, 1997.

Rainwater, Catherine. "Marilynne Robinson." In *Contemporary American Women Fiction Writers: An A-to-Z Guide*. Ed. Laurie Champion and Rhonda Austin.

Westport: Greeenwood Press, 2002. pp. 320-330.

Raymond, Ida(Pseud). Mary T. Tardy. *Southland Writers: Biographical and Critical Sketches of the Living Female Writers of the South*. Vols. 2. Philadelphia: Claxton, Remsen, and Haffelfinger, 1870.

Reverby, Susan. *The Infamous Syphilis Study and Its Legacy: Examining Tuskegee*. Chapel Hill: University of North Carolina Press, 2009.

Richter, Conrad. *The Awakening Land: The Trees, the Fields, & the Town*. New York: Alfred A. Knopf, 1966.

Ruttenberg, N. *Democratic Personality: Popular Voice and the Trial of American Authorship*. Palo Alto: Stanford University Press, 1998.

Dyck, Reginald and Cheli Reutter. *Crisscrossing Borders in Literature of the American West*. New York: Palgrave Macmillan, 2009.

Rody, Caroline. "Toni Morrison's *Beloved*: History, 'Reme-mory,' and a 'Clamor for a Kiss.'" *American Literary History*, 1995, 7(1): 92-119.

Royster, Jacqueline. *Traces of a Stream: Literacy and Social Change Among African American Women*. Pittsburgh: University of Pittsburgh Press, 2000.

Royster, Philip. "In Search of Our Fathers' Arms: Alice Walker's Persona of the Alienated Darling." *Black American Literature Forum*, 1986, 20(4): 347-370.

Russell, Danielle. *Between the Angle and the Curve: Mapping Gender, Race, Space, and Identity in Willa Cather and Toni Morrison*. New York: Routledge, 2006.

Rubin, Joan. *The Making of Middlebrow Culture*. Chapel Hill and London: The University of North Carolina Press, 1992.

Sage, Lorna, Germaine Greer and Elaine Showalter, eds. *The Cambridge Guide to Women's Writing in English*. New York: Cambridge University Press, 1999.

Sales, Nancy. "Meet Your Neighbor, Thomas Pynchon." *New York Magazine,* 1996.

Saldívar, Ramón. "Historical Fantasy, Speculative Realism, and Postrace Aesthetics in Contemporary American Fiction." *American Literary History*, 2011, 23(3): 574-599.

Schappel, Elissa. "Toni Morrison: The Act of Fiction CXXXIV." *Paris Review*, 1993, (128): 83-125.

Sherman, Stuart. *The Genius of America: Studies in Behalf of the Younger Generation*. New York: Charles Scribner's Sons, 1923.

Showalter, Elaine. *A Jury of Her Peers: American Women Writers from Anne Bradstreet to Annie Proulx*. New York: Alfred A. Knopf, 2009.

Silverman, Kaja. *The Acoustic Mirror: The Female Voice in Psychoanalysis and Cinema*. Bloomington: Indiana University Press, 1988.

Sinha, Manisha. "The Underground Railroad in Art and History: A Review of Colson Whitehead's Novel." *The Journal of the Civil War Era*, 2016. https://www.journalofthecivilwarera.org/2016/11/underground-railroad-art-history-review-colson-whiteheads-novel/[2019-11-28].

Smiley, Jane. "Censorship in a World of Fantasy." *Chicago Tribune*, 1994-02-15. https://www.chicagotribune.com/news/ct-xpm-1994-02-15-9402150264-story.html [2012-04-30].

Smith, Barbara. "Toward a Black Feminist Criticism." In *African American Literary Theory: A Reader*. Ed. Winston Napier. New York: New York University Press, 2000. pp. 132-146.

Snyder, R. "What Is Third-Wave Feminism?" *Signs*, 2008, 34(1): 175-196.

Stam, Robert and Alessandra Raengo, eds. *Literature and Film: A Guide to the Theory and Practice of Film Adaptation*. Malden: Blackwell, 2005.

Stave, Shirley. *Toni Morrison and the Bible: Contested Intertextualities*. New York: Peter Lang, 2006.

Steiner, Wendy. "Look Who's Modern Now." *New York Times Book Review*, 1999, 13 (5).

Stoppard, Tom. *Travesties*. London: Faber & Faber, 1975.

Stouck, David. *Willa Cather's Imagination*. Lincoln: University of Nebraska Press, 1975.

Stout, Janis. *The Journey Narrative in American Literature: Patterns and Departures*. Westport: Greenwood Press, 1983.

Stuckey, William. *The Pulitzer Prize Novels: A Critical Backward Look*. Norman: University of Oklahoma Press, 1981.

Styan, J. *The Dark Comedy*. New York: Cambridge University Press, 1968.

Taine, Hippolyte. *History of English Literature*. Vol. 4. Trans. H. van Laun. Philadelphia: Henry Altemus Co., 1908.

Tally, Justine. *The Cambridge Companion to Toni Morrison*. New York: Cambridge University Press, 2007.

Tate, Allen. "William Faulkner 1897-1962." *The Sewanee Review*, 1963, 71 (1):159-163.

Tate, Cladudia, ed. *Black Women Writers at Work*. New York: Continuum, 1983.

Taylor-Guthrie, Danille, ed. *Conversation with Toni Morrison*. Jackson: University Press of Mississippi, 1994.

Moi, Toril. *Sexual/Textual Politics: Feminist Literary Theory*. New York: Routledge, 2002.

Trent, William et al., eds. *The Cambridge History of American Literature*. Cambridge: Cambridge University Press, 1917.

Turner, Fredrick. *The Frontier in American History*. New York: Henry Holt and Company, 1921.

Wagner, Geoffrey. *The Novel and the Cinema*. Rutherford: Fairleigh Dickinson University Press, 1975.

Walker, Alice. "Alice Walker and *The Color Purple*." BBC production, 1986.

Walker, Alice. "Coming in from the Cold: Welcoming the Old, Funny Natty Dread Rides Again!"In *Living by the Wold: Selected Essays and Writings*. Ed. Alice Walker. New York: Harvest-Harcourt, Brace, Jovanovich, 1988.

Walker, Rebecca."Becoming the Third Wave." *Ms.*, 1992, 2(4): 39-41.

Walker, Rebecca."Being Real: An Introduction." In *to Be Real: Telling the Truth and Changing the Face of Feminism*. Ed. Rebbecca Walker. New York: Anchor Books, 1995. pp. 19-23.

Warren, Kenneth. "The Problem of Anthologies, or Making the Dead Wince." *American Literature*,1993, (65): 338–342.

Weber, Max. *Economy and Society: An Outline of Interpretive Sociology*. Vol. 1. Berkeley: University of California Press, 1978.

Weiskel T. *The Romantic Sublime: Studies in the Structure and Psychology of Transcendence*. Baltimore: John Hopkins University Press, 1976.

White, Evelyn. *Alice Walker: A Life*. New York: W. W. Norton & Company, 2005.

Wolf, Naomi. "'Two Traditions' from *Fire with Fire*." In *The Women's Movement Today: An Encyclopedia of Third-Wave Feminism*. Vol. 2, Primary Documents. Ed. Leslie Heywood. Westport: Greenwood Press, 2006. pp.13-19.

Woodson, Carter. *A Century of Negro Migration*. Lancaster: Press of the New Era Printing Company, 1918.

Woolf, Virginia. *The Death of the Moth*. London: The Hogarth Press, 1981.

Woolf, Virginia. "The Movies and Reality." *New Republic*, 1926-08-04.

Yaeger, Patricia. *Dirt and Desire: Reconstructing Southern Women's Writing, 1930–1990*. Chicago: University of Chicago Press, 2000.

Zuberi, Tukufu. *Thicker Than Blood: How Racial Statistics Lie*. Minneapolis: University of Minnesota Press, 2003.

附录 国内暂无研究的获奖作品汇总

1918 年厄内斯特 · 普尔:《他的家庭》*[①]

1919 年布思 · 塔金顿:《伟大的安巴逊》*

1922 年布思 · 塔金顿:《爱丽丝·亚当斯》

1924 年玛格丽特 · 威尔逊:《了不起的安德森家族》*

1925 年埃德娜 · 费伯:《如此之大》*

1927 年路易斯 · 布朗菲尔德:《初秋》*

1929 年朱莉亚 · 彼得金:《红衣修女玛丽》*

1930 年奥利弗 · 拉法奇:《爱笑的孩子》*

1931 年玛格丽特 · 艾尔 · 巴恩斯:《岁月的恩赐》*

1933 年托马斯 · 西吉斯蒙德 · 斯特里布林:《商店》*

1934 年卡罗琳 · 米勒:《上帝怀中的羔羊》

1935 年约瑟芬 · 约翰逊:《十一月的此刻》

1936 年 哈罗德 · L. 戴维斯:《角质杯中的蜜》*

1938 年约翰 · 菲利普斯 · 马昆德:《已故的乔治 · 阿普利》*

1944 年马丁 · 弗莱文:《黑暗中的旅行》*

1948 年詹姆斯 · A. 麦切纳:《南太平洋故事集》*

1949 年詹姆斯 · 古尔德 · 科曾斯:《守护荣誉》*

1950 年 A. B. 小格思里:《西行记》*

1956 年麦金雷 · 坎特:《安德森维尔》

1958 年詹姆斯 · 艾吉:《失亲记》

1959 年罗伯特 · 路易斯 · 泰勒:《杰米 · 麦克菲特斯的旅行》*

1960 年艾伦 · 德鲁利:《忠告与采纳》*

1962 年埃德温 · 奥康纳:《悲伤的边缘》*

---

① 加星号条目为截至 2022 年 7 月既无译本，也暂无研究的获奖作品。

1965 年雪莉 · 安 · 格劳:《管家》*

1970 年琼 · 斯塔福德:《琼 · 斯塔福德小说集》*

1975 年迈克尔 · 夏拉:《决战葛底斯堡》

1978 年詹姆斯 · 艾伦 · 麦克弗森:《活动空间》*

1990 年奥斯卡 · 黑杰罗斯:《曼波之王的情歌》*

1993 年罗伯特 · 奥伦 · 巴特勒:《奇山飘香》

1996 年理查德 · 福特:《独立日》[①]*

1997 年马丁 · 德雷斯勒:《马丁 · 德雷斯勒: 一个美国寻梦者的故事》*

2001 迈克尔 · 夏邦:《卡瓦利与克雷的神奇冒险》

2013 年亚当 · 约翰逊:《孤儿领袖的儿子》*

2018 年安德鲁 · 西恩 · 格利尔:《莱斯》*

2020 年科尔森 · 怀特黑德:《黑男孩》

2021 年路易斯 · 埃德里希:《守夜人》*

---

① 截至 2021 年仅有五篇文献与理查德 · 福特相关。王伟庆于 1994 年发表于《外国文学》的《理查德 · 福特: 冬天的作家》是国内第一篇针对理查德 · 福特的研究。何璐娇、芦红娟对理查德 · 福特的《体育记者》做出了分析, 但围绕《独立日》的研究尚未出现。